D0710780

CON AMOR, SIMON

Becky Albertalli

Con amor, Simon

PUCK

Argentina – Chile – Colombia – España
Estados Unidos – México – Perú – Uruguay – Venezuela

Título original: *Simon vs. The Homo Sapiens Agenda*
Editor original: Balzer + Bray – An Imprint of HarperCollins*Publishers*,
New York
Traducción: Victoria Simó Perales

1.ª edición: Febrero 2018

Copyright © 2015 by Becky Albertalli
All Rights Reserved
Published by arrangement with Lennart Sane Agency AB.
© de la traducción 2016 *by* Victoria Simó Perales
© 2016, 2018 *by* Ediciones Urano, S.A.U.
  Plaza de los Reyes Magos 8, piso 1.º C y D – 28007 Madrid
  www.mundopuck.com

ISBN: 978-84-96886-77-3
E-ISBN: 978-84-17180-96-6
Depósito legal: B-2.451-2018

Fotocomposición: Ediciones Urano, S.A.U.
Impreso por: Rodesa, S.A. – Polígono Industrial San Miguel
Parcelas E7-E8 – 31132 Villatuerta (Navarra)

Impreso en España – *Printed in Spain*

A Brian, Owen y Henry
que son la razón de que yo escriba historias de amor

La conversación resulta rara de tan sutil. Tardo un rato en darme cuenta de que se trata de un chantaje.

Estamos sentados en sendas sillas plegables de metal, entre bastidores, cuando Martin Addison me dice:

—He leído tu correo electrónico.

—¿Qué? —Levanto la vista para mirarlo.

—Antes. En la biblioteca. Sin querer, claro.

—¿Has entrado en mi cuenta de correo?

—Bueno, he usado el ordenador después de ti —me explica— y cuando he entrado en Gmail ha aparecido tu cuenta. Se te habrá olvidado cerrarla.

Lo miro de hito en hito. Él golpetea la pata de su silla con el pie.

—¿Y qué? ¿Por qué utilizas un nombre falso? —pregunta.

Bueno. Le respondería que si usas un nombre falso será para evitar que personas como Martin Addison descubran tu identidad secreta. Así pues, supongo que ha funcionado de maravilla.

Supongo que me habrá visto sentado al ordenador.

Y supongo que soy un idiota de marca mayor.

Sonríe. En serio.

—En fin, he pensado que a lo mejor te interesaba saber que mi hermano es gay.

—Ya. Pues no me interesa, la verdad.

Me mira.

—¿Qué estás insinuando? —le pregunto.

—Nada. Mira, Spier, a mí me parece muy bien. No es para tanto.

Si no fuera porque, en realidad, lo considero una pequeña tragedia. O puede que una putada como la copa de un pino, en función de si Martin es capaz o no de mantener el pico cerrado.

—Esto me resulta incomodísimo —prosigue Martin.

¿Qué quiere que le diga?

—A lo que íbamos —dice—, salta a la vista que no quieres que la gente se entere.

Ya. Supongo que no. Si no fuera porque todo ese rollo de salir del armario en realidad no me asusta.

No creo que me asuste.

Da un corte que te mueres, si lo piensas, y no voy a fingir que lo estoy deseando. Pero no creo que fuera el fin del mundo. En mi caso, no.

Por desgracia, no sé cómo se lo tomaría Blue. Si Martin lo fuera contando por ahí. Lo malo de Blue es que se trata de una persona un tanto reservada. La clase de persona que nunca olvidaría cerrar su cuenta de correo electrónico. La clase de persona que jamás me perdonaría un descuido como ese.

Sí, supongo que estoy intentando decir que no sé lo que implicaría para nosotros. Para Blue y para mí.

En serio, no me puedo creer que esté manteniendo esta conversación con Martin Addison. Precisamente él, de todas las personas que podrían haber entrado en Gmail después que yo. Quiero que entendáis que, para empezar, yo jamás habría usado los ordenadores de la biblioteca si no fuera porque aquí bloquean el wifi. Y hay días en los que no puedes esperar a conectarte en casa con el portátil. Como hoy. O sea, ni siquiera he podido esperar a echar un vistazo al móvil en el aparcamiento.

Porque esta mañana le he escrito a Blue desde mi cuenta secreta. Y era un email importante y tal.

Solo pretendía averiguar si me había contestado.

—Si te digo la verdad, estoy seguro de que todo el mundo se lo tomará bien —continúa Martin—. Deberías mostrarte tal como eres.

¿Pero este tío de qué va? Un hetero que apenas me conoce se atreve a darme consejos sobre la conveniencia de salir del armario. Pongo los ojos en blanco. No puedo evitarlo.

—Bueno, vale, da igual. No se los voy a enseñar a nadie —me dice.

Soy tan bobo que me siento aliviado por un instante. Hasta que me percato de lo que acaba de decir.

—¿Enseñar? —pregunto.

Se sonroja y juguetea con el puño de la camisa. Hay algo en su expresión que me revuelve las tripas.

—¿No habrás…? ¿No habrás hecho una captura de la pantalla o algo así?

—Bueno… —responde—. De eso te quería hablar.

—¿Perdona? ¿Has sacado un puto pantallazo?

Frunce los labios y mira al infinito.

—Verás —se explica—, sé que eres amigo de Abby Suso y quería pedirte…

—¿Pedirme? ¿Va en serio? ¿Por qué no me explicas antes a santo de qué has hecho una captura de mis correos?

Aguarda un momento antes de responder.

—Mira, yo solo estaba pensando si querrías ayudarme a hablar con Abby.

Se me escapa la risa.

—¿Qué me estás pidiendo? ¿Qué interceda por ti?

—Bueno, sí —reconoce.

—¿Y por qué leches iba a hacer algo así?

Me mira y, de sopetón, ato cabos. Todo esto es por Abby. Eso es lo que quiere de mí. A cambio de no difundir mis putos correos privados.

Y los de Blue.

La Virgen. Y yo que consideraba a Martin un tipo inofensivo. El típico pringado bobalicón, a decir verdad, pero no en el mal sentido. Y siempre me había parecido graciosillo y tal.

Pero ahora no me estoy riendo.

—Hablas en serio. Me vas a obligar a hacerlo —me horrorizo.

—¿Obligarte? Venga. No te lo tomes así.

—Ya. ¿Y cómo quieres que me lo tome?

—De ninguna manera. O sea, a mí me gusta esa chica. Y se me ha ocurrido que tú me podrías echar un cable. Avisarme cuando estés con ella. No sé.

—Y si no lo hago, ¿qué? ¿Publicarás los emails en Facebook? ¿O en el puto Tumblr?

Por Dios. Los «Secretos de Creek» de Tumblr: la zona cero de los cotilleos del instituto Creekwood. Antes de que acabe el día lo sabrá todo el colegio.

Ambos guardamos silencio.

—Yo solo he pensado que estábamos en condiciones de ayudarnos mutuamente. Nada más —me suelta Martin por fin.

Trago saliva con dificultad.

—Llamando a Marty —grita la señorita Albright desde el escenario—. Segundo acto, escena tres.

—Tú piénsatelo. —Pliega su silla.

—Ya, qué bien. Ya te digo, esto es flipante —le espeto.

Me mira. Y otra vez se hace un silencio.

—No sé qué leches quieres que te diga —añado finalmente.

—Bueno, tú verás.

Se encoge de hombros. Y no creo que nunca en la vida haya tenido tantas ganas de perder de vista a alguien. Pero se vuelve a mirarme mientras roza la cortina con los dedos.

—Solo por curiosidad —dice—. ¿Quién es Blue?

—Nadie. Vive en California.

Si Martin piensa que voy a delatar a Blue, está como una puta cabra.

Blue no vive en California. Vive en Shady Creek y asiste a al mismo instituto que nosotros. No se llama Blue.

Pues claro que es alguien. Y puede que sea alguien que conozco. Pero no sé quién. Y no estoy seguro de querer saberlo.

No estoy de humor para aguantar a mi familia, la verdad. Tengo casi una hora muerta antes de la cena, y eso significa una hora intentando transformar mi jornada escolar en una anécdota graciosa tras otra. Así son mis padres. No se conforman con que les cuentes que la profe de francés iba luciendo culote ni que a Garrett se le ha caído la bandeja en la cafetería. Tienes que montar un numerito. Hablar con ellos es más agotador que llevar un blog.

Por otro lado, es curioso. Antes me encantaba el jaleo que se organizaba en el salón antes de la cena. Ahora estoy deseando salir por piernas. Particularmente hoy. En cuanto llego a casa, le ato la correa a *Bieber* y me largo pitando.

Intento tranquilizarme escuchando a Tegan and Sara en el iPod. Pero no puedo dejar de pensar en Blue, en Martin Addison y en lo horrible que ha sido el ensayo de hoy.

Así que a Martin le mola Abby, igual que a todos los empollones heteros del programa de excelencia. Y, en realidad, lo único que me ha pedido es que le deje pegarse a nosotros cuando salga con ella. Si lo pienso así, no me parece un drama.

Si no fuera porque me está chantajeando. Y, de rebote, está chantajeando a Blue. Es ese pequeño detalle lo que me pone frenético.

Sin embargo, Tegan and Sara me relajan. Ir a casa de Nick también. Ya se va notando el frío otoñal y la gente empieza a decorar las entradas con calabazas. Eso me encanta. Siempre me ha encantado, desde que era niño.

Bieber y yo atajamos por el jardín trasero de Nick y bajamos al sótano. Hay un inmenso televisor de cara a la puerta, en cuya pantalla los templarios sufren una paliza brutal. Nick y Leah están apoltronados en sendas butacas multimedia. Seguro que llevan allí tirados toda la tarde.

Cuando me ve entrar, Nick pone la pausa. Es lo bueno de Nick. Nunca suelta la guitarra por ti, pero deja la videoconsola en pausa.

—*¡Bieber!* —exclama Leah.

El perro no tarda ni dos segundos en plantarle el culo en el regazo con la lengua fuera y moviendo una pata. El muy fresco no conoce la vergüenza en presencia de Leah.

—No, tranquilos. Saludad al perro. Pasad de mí.

—Pobrecito, ¿tú también quieres que te rasque las orejas?

Sonrío con ganas. Qué bien: se respira normalidad.

—¿Ya habéis encontrado al traidor? —pregunto.

—Lo hemos matado. —Nick propina unos toquecitos al mando.

—Guay.

No creo que a nadie le importe menos que a mí la suerte de asesinos, templarios o cualquier otro personaje de videojuego, en serio. Pero me parece que, ahora mismo, necesito algo así. Necesito la violencia de los videojuegos, el tufo del sótano y la tranquilidad que me inspiran Leah y Nick. La cadencia de nuestras charlas y silencios. La desidia de las tardes de octubre.

—Simon, Nick no sabe lo de *le culotte*.

—Ahhhh. *Le culotte. C'est une histoire touchante.*

—En inglés, por favor —dice Nick.

—O mejor lo representas —sugiere Leah.

Resulta que se me da de miedo imitar a la gente que va enseñando por ahí la ropa interior.

Vale, sí que me gusta montar numeritos. Un poco.

Creo que estoy experimentando el efecto «excursión en autocar» que me producen Nick y Leah. No sé cómo explicarlo pero, cuando estamos los tres solos, se crea un ambiente estúpido y perfecto. Martin Addison deja de existir en momentos como este. Los secretos dejan de existir.

Estúpido. Perfecto.

Leah rompe el envoltorio de una pajita, y ambos sostienen gigantescos vasos desechables de té dulce del restaurante Chick-fil-A. Hace tiempo que no voy a Chick-fil-A, la verdad. Mi hermana oyó decir que donan dinero para hacerles la vida imposible a los gays y supongo que se me quitaron las ganas de comer allí. Aunque sus batidos de leche con Oreo sean tazones gigantes de pura gula espumosa. Por desgracia, no puedo comentar el tema con Nick y con Leah. No suelo hablar con nadie del rollo gay. Solo con Blue.

Nick toma un sorbo de té y bosteza. Al instante, Leah intenta colarle una bolita de papel en la boca. Pero Nick la cierra a toda prisa, así que falla.

Leah se encoge de hombros.

—Tú sigue bostezando, dormilón.

—¿Por qué estás tan cansado?

—Porque salgo de fiesta. Hasta el amanecer. Cada noche —replica Nick.

—Si por «fiesta» te refieres a los deberes de cálculo…

—LO QUE TÚ DIGAS, LEAH.

Se recuesta en el sillón y bosteza otra vez. En esta ocasión, la bolita de papel de Leah le roza la comisura de los labios.

Él se la devuelve.

—Bueno, es que no paro de soñar cosas raras —añade Nick.

Enarco las cejas.

—Puaj. No me cuentes los detalles.

—Hum. No me refiero a esa clase de sueños.

Leah se pone como un tomate.

—No —prosigue Nick—, solo son sueños como raros. He soñado que estaba en el cuarto de baño poniéndome las lentillas y no sabía cuál iba en cada ojo.

—Vale. ¿Y entonces qué?

Leah tiene la cara enterrada en el pescuezo de *Bieber* y su voz suena amortiguada.

—Nada. Me he despertado, me he puesto las lentillas sin problemas y todo arreglado.

—Es el sueño más soso del mundo —dice ella. Luego, un instante después—: ¿Será por eso por lo que indican «derecha» e «izquierda» en los estuches de las lentillas?

—O por lo que la gente lleva gafas y pasa de toquetearse los ojos.

Me siento en la alfombra con las piernas cruzadas. *Bieber* abandona el regazo de Leah para acercarse a mí.

—Ya, o porque si llevas gafas te pareces más a Harry Potter, ¿eh, Simon?

Una vez. Lo dije una vez.

—Bueno, yo creo que mi inconsciente intenta decirme algo. —Nick suele ser monotemático cuando se pone en plan intelectual—. Obviamente, el tema del sueño es la vista. ¿Se me está escapando algo? ¿Cuáles son mis puntos ciegos?

—Tu colección de música —sugiero.

Nick reclina la butaca y toma otro sorbo de té.

—¿Sabíais que Freud interpretaba sus propios sueños cuando estaba formulando su teoría? ¿Y que creía que todos los sueños son un mecanismo inconsciente para satisfacer los propios deseos?

Leah y yo nos miramos, y me percato de que estamos pensando lo mismo. Da igual que esté soltando un montón de chorradas, porque Nick es irresistible cuando se pone filosófico.

Yo, como es lógico, tengo por norma no colarme por chicos heteros. Al menos no por heteros corroborados. Sea como sea, tengo por norma no colarme por Nick. Pero Leah está loca por él. Y eso ha provocado todo tipo de problemas, sobre todo ahora que Abby ha entrado en escena.

Al principio yo no entendía por qué Leah odiaba a Abby, y las preguntas directas no me llevaban a ninguna parte.

«Ya, es lo más. O sea, es animadora. Y es mona y está como un fideo. Vamos, que es una tía alucinante, ¿o no?»

Quiero que entendáis que nadie domina el arte de hablar con cara de póker tan bien como Leah.

En fin, al final me di cuenta de que Nick intercambiaba a menudo el asiento con Bram Greenfeld en el comedor; hablo de intercambios estratégicos, pensados para maximizar sus posibilidades de sentarse cerca de Abby. Por no mencionar la cuestión de los ojos. Las famosas miraditas tiernas de Nick Eisner. Ya vivimos esa vomitiva experiencia anteriormente con Amy Everett a finales de tercero de secundaria. Sin embargo, debo reconocer que la intensidad de las emociones de Nick cuando le gusta alguien tiene un punto fascinante.

Cuando Leah atisba esa expresión en el rostro de nuestro amigo, se encierra en sí misma y no quiere saber nada de nadie.

Y eso significa que tengo buenas razones para convertirme en la zorra alcahueta de Martin Addison. Si Martin y Abby se enrollan, puede que el problema de Nick se esfume sin más. Entonces Leah podrá relajarse de una vez y todo volverá a la normalidad.

Así pues, esto no solo me afecta a mí y a mis secretos. Apenas si tiene que ver conmigo.

2

De: hourtohour.notetonote@gmail.com
Para: bluegreen181@gmail.com
Enviado el: 17 de octubre a las 12:06
Asunto: Re: cuándo lo supiste

Qué historia más erótica, Blue. O sea, la secundaria es una peli de horror de alcance infinito. Bueno, infinito no, porque ya pasó, pero esos años te marcan a fuego. En todos los casos. La adolescencia es inmisericorde.

Una pregunta, por curiosidad: ¿has vuelto a verlo después de la boda de tu padre?

Yo ni siquiera sé en qué momento lo supe. Fue una suma de pequeñas cosas. Como ese sueño tan raro que tuve una vez con Daniel Radcliffe. O mi obsesión con Passion Pit durante la secundaria, y cómo me di cuenta de que la música, en el fondo, era lo de menos.

Y luego, en segundo, me eché una novia. Ya sabes cómo son esas relaciones. «Sales» con alguien, pero no vas a ninguna parte fuera del instituto. Y en realidad tampoco haces nada dentro. Puede que hiciéramos manitas. El caso es que fuimos al baile de segundo juntos, en plan de pareja, pero mis amigos y yo nos pasamos toda la noche comiendo Fritos y espiando a la gente desde las profundidades del graderío.

Y en cierto momento llegó una chica y me dijo que mi novia me estaba esperando delante del gimnasio. En teoría tenía que salir a buscarla para montármelo con ella, supongo. Con la boca cerrada, como se hace a esa edad.

En fin, he aquí mi momento estelar: salí corriendo y me escondí en el baño como un puñetero preescolar asustado. En plan, me encerré en un cubículo y me acuclillé sobre el retrete para que no se me vieran las piernas desde fuera. Como si las chicas fueran a entrar para sacarme por la fuerza. Te lo juro por Dios, me quedé allí dentro toda la tarde. Y después de eso no volví a dirigirle la palabra a mi novia.

Para colmo, era el día de los enamorados. Sí, soy una persona con clase. Total, que si soy del todo sincero conmigo mismo, a esas alturas ya lo sabía. Solo que tuve dos novias más después de esa.

¿Sabías que este es, oficialmente, el email más largo que he escrito nunca? No bromeo. Es posible que seas la única persona que ha recibido más de 140 caracteres seguidos de mi puño y letra. Es alucinante, ¿verdad?

Bueno, lo voy a dejar aquí. No te voy a mentir. Ha sido un día muy raro.

Jacques

De: bluegreen181@gmail.com
Para: hourtohour.notetonote@gmail.com
Enviado el: 17 de octubre a las 20:46
Asunto: Re: cuándo lo supiste

¿Soy el único? Es alucinante, ya lo creo que sí. Lo considero un gran honor, Jacques. Y también es curioso, porque yo tampoco suelo enviar emails. Y nunca hablo de estas cosas con nadie. Solo contigo.

Si te sirve de consuelo, me parecería de lo más deprimente que tu verdadero momento estelar hubiera tenido lugar durante la secundaria. Ni te imaginas lo mal que lo pasé en esa época. ¿Te acuerdas de cómo la gente se te quedaba mirando y te soltaba: «Hum, vaaaale» cuando terminabas de contar algo? Todo el mundo tenía que dejarte bien claro que daba igual lo que pensaras o sintieras porque estabas más solo que la una. Y lo peor, lo reconozco, es que yo les hacía lo mismo a los demás. Me entra un poco de náusea solo de recordarlo.

Así que, en resumidas cuentas, lo que intento decir es que deberías darte algo de cancha. Todos éramos horribles en aquella época.

Respondiendo a tu pregunta, me he cruzado alguna que otra vez con él después de la boda; un par de veces al año, más o menos. A mi madrastra le gusta organizar reuniones familiares y ese tipo de cosas. Está casado y creo que ahora mismo su mujer está embarazada. No me siento incómodo exactamente en su presencia, porque todo fue una fantasía. Es sorprendente, ¿verdad? Que alguien pueda desencadenar tu gran crisis de identidad sexual sin tener la menor idea de que la ha provocado. La verdad, creo que aún me considera el hijastro rarito de su prima, el mismo chavalín de doce años de entonces.

En fin, supongo que la pregunta es obvia, pero la formularé de todos modos: si ya sabías que eras gay, ¿a santo de qué tuviste más novias?

Siento que hayas tenido un día raro.

Blue

De: hourtohour.notetonote@gmail.com
Para: bluegreen181@gmail.com
Enviado el: 18 de octubre a las 23:15
Asunto: Re: cuándo lo supiste

Blue,

Sí, ese horrible «vaaaale». Siempre acompañado de unas cejas arqueadas y una asquerosa mueca de condescendencia. Y sí, yo también lo dije. Todos éramos chungos a esa edad.

El asunto de las novias es más difícil de explicar, supongo. Sucedió sin más. La relación de segundo fue un desastre total, ya lo sabes, así que poco puedo decir al respecto. En cuanto a las otras dos: resumiendo, éramos amigos, descubrí que yo les gustaba y empezamos a salir. Y luego rompimos, y las dos pasaron de mí, pero me dio igual o poco menos. Sigo siendo amigo de la chica con la que salí en tercero.

Ahora bien, ¿quieres que te diga la verdad? Creo que tenía novias porque no me acababa de creer al cien por cien que fuera gay. O quizá pensaba que se me pasaría.

Me imagino que estarás pensando: «Vaaaaale».

Jacques

De: bluegreen181@gmail.com
Para: hourtohour.notetonote@gmail.com
Enviado el: 19 de octubre a las 08:01
Asunto: El inevitable…

Vaaaaaaaaaaaaaaaale.
(Cejas, mueca asquerosa, etc.)
Blue

Lo que más me revienta de este rollo de Martin es no poder comentarlo con Blue. No estoy acostumbrado a ocultarle nada.

Quiero decir, hay montones de cosas que no nos contamos. Hablamos de los temas importantes, pero evitamos los datos relativos a nuestra identidad: los nombres de nuestros amigos y cualquier detalle demasiado específico relacionado con el instituto. Todo aquello que antes pensaba que me definía. Pero no considero que sean secretos. Se trata más bien de un acuerdo tácito.

Si Blue de verdad fuera un alumno de bachillerato, con taquilla, notas y perfil de Facebook, estoy seguro de que no le contaría nada. O sea, claro que estudia en Creekwood. Ya lo sé. Pero, en cierto sentido, vive en mi portátil. Es difícil de explicar.

Fui yo el que dio con él. En Tumblr, nada menos. Corría el mes de agosto y el curso acababa de empezar. En teoría, entras en «Secretos de Creek» para subir confesiones anónimas e ideas que te pasan por la cabeza, y la gente los comenta sin enjuiciarte. Solo que pronto se convirtió en un vertedero de cotilleos, poesía mala y citas de la Biblia plagadas de errores gramaticales. A pesar de todo, engancha.

Allí encontré el artículo de Blue. Y me llegó al corazón y eso. Ni siquiera lo atribuyo al rollo gay. No lo sé. El comentario no pasaba de las cinco líneas pero estaba bien escrito y destilaba una poesía extraña. Se alejaba totalmente de cualquier cosa que yo hubiera leído antes.

Supongo que me cautivó el hecho de que hablara de la soledad. Y es raro porque no me considero una persona solitaria. Pero su forma de describir el sentimiento resonó en mí. Como si me hubiera leído el pensamiento.

La idea de que puedes conocer de memoria las expresiones de alguien pero nunca sabes lo que está pensando. Y la sensación de que las personas son como casas con enormes salas y ventanas minúsculas.

La idea de que uno se siente expuesto a pesar de todo.

Eso de que Blue se siente furtivo y al mismo tiempo expuesto en relación a su identidad sexual.

Experimenté una sensación extraña de terror y vergüenza cuando leí esa parte, pero también como un latido de emoción.

Hablaba del océano que nos separa. Decía que el sentido de todo es encontrar una orilla a la que merezca la pena nadar.

O sea, tenía que conocerlo y ya está.

Al final reuní el valor necesario para publicar el único comentario que se me ocurrió: TAL CUAL. En mayúsculas. Y a continuación escribí mi dirección de email. Mi cuenta secreta de Gmail.

Pasé toda la semana siguiente preguntándome obsesivamente si se pondría en contacto conmigo. Y entonces lo hizo. Más tarde me confesó que mi comentario lo puso nervioso. Es sumamente cuidadoso. Más cuidadoso que yo, desde luego. En resumidas cuentas, si descubriera que Martin Addison ha guardado pantallazos de nuestros emails, estoy seguro de que se pondría frenético. Pero se pondría frenético al estilo de Blue.

Vaya, que dejaría de escribirme.

Recuerdo muy bien cómo me sentí cuando apareció su primer mensaje en mi bandeja de entrada. Fue una sensación un tanto surreal. Quería saber más de mí. Durante los días siguientes, en el instituto, me sentía como el protagonista de una película. Casi podía imaginar un primer plano de mi cara proyectado en una pantalla gigante.

Es raro porque, en la realidad, no soy un chaval que destaque. Más bien soy el clásico amigo del alma.

Supongo que, en el fondo, jamás me he considerado una persona interesante hasta que Blue demostró interés en mí. Así que no le puedo contar lo que ha pasado. No quiero perderlo.

Hace varios días que evito a Martin. Lleva toda la semana intentando captar mi atención, en clase y en los ensayos. Ya sé que es algo así como una reacción de cobardes. Esta situación me hace sentir un gallina. Y hay que ser tonto, porque ya he decidido que lo voy a ayudar. O que voy a ceder a su chantaje. Llamadlo como queráis. La verdad, estoy un tanto asqueado.

A la hora de la cena, estoy distraído a más no poder. Mis padres se muestran más animados de lo habitual si cabe, porque hoy celebramos la noche de *Solteras*. Lo digo en serio. Dedicamos un día a un *reality show*. Anoche miramos juntos el programa, pero hoy llamaremos a Wesleyan por Skype para comentarlo con Alice. Se trata de la nueva tradición familiar de los Spier. A absurdos no hay quien nos gane, nadie lo sabe mejor que yo.

Yo qué sé. Mi familia siempre ha sido así.

—¿Y cómo están Leo y Nicole? —pregunta mi padre. Se le escapa la risa por los bordes del tenedor. Cambiarles el género a Leah y a Nick es el sumun del humor para mi padre.

—De maravilla —digo.

—LOL, papá —interviene Nora en tono aburrido. Últimamente le ha dado por usar abreviaturas de texto al hablar, aunque nunca las utiliza en los mensajes. Lo hace en plan irónico, creo. Me mira.

—Sí, ¿has visto a Nick tocando la guitarra en el atrio del teatro?

—Me parece que Nick está buscando novia —interviene mi madre.

Tiene gracia, mamá, porque… a ver si lo pillas. En realidad estoy tratando de evitar que Nick se ligue a la chica que le gusta para que Martin Addison no le cuente a todo el instituto que soy gay. ¿Te había mencionado ya que soy gay?

Quiero decir, ¿cómo aborda la gente estos temas?

Puede que todo fuera distinto si viviéramos en Nueva York, pero no sé cómo ser gay en Georgia. Residimos en las afueras de Atlanta, así que podría ser peor, ya lo sé. Pero Shady Creek tampoco se puede considerar un paraíso de la progresía. En el colegio hay un par de chicos que han salido del armario, y la gente les hace la vida imposible, os lo aseguro. Nada de violencia física, pero la palabra «maricón» está a la orden del día. Debe de haber también unas cuantas chicas lesbianas y bisexuales, pero para ellas es distinto, creo yo. Más fácil, quizá. Si algo me ha enseñado Tumblr es que a los chicos les pone saber que una chica es lesbiana.

Ahora bien, supongo que también sucede a la inversa. Hay chicas como Leah, aficionadas a dibujar esbozos de estilo yaoi para subirlos a la Red.

A mí me parece fenomenal. Los dibujos de Leah son alucinantes.

Y Leah también anda metida en el *fanfiction* tipo *slash*, algo que despierta mi curiosidad hasta tal extremo que el verano pasado me puse a buscar páginas de ese rollo en Internet. Para echar un vistazo. No me lo podía creer; había para dar y vender. Harry Potter y Draco Malfoy montándoselo de mil maneras distintas en todos y cada uno de los trasteros de Hogwarts. Encontré unos cuantos que no estaban mal escritos y me quedé leyendo toda la noche. Fueron dos semanas raras. Aquel verano aprendí a hacer la colada. Hay calcetines que tu madre no debería lavar.

Después de cenar, Nora se conecta a Skype en el ordenador del salón. Cuando aparece en pantalla, Alice parece un tanto desaliñada, pero debe de ser por culpa del pelo, rubio oscuro y alborotado. Los tres tenemos un pelo de locos. Al fondo veo su cama deshecha, cubierta de almohadones, y alguien ha comprado una alfombra redonda, de pelo largo, para cubrir el escaso suelo libre. Aún me cuesta imaginar a Alice compartiendo cuarto con una chica cualquiera de Mineápolis. En plan, ¿quién iba a imaginar que mi hermana acabaría viviendo con alguien aficionado a los deportes? Los Minnesota Twins, nada menos.

—Vale, os veo pixelados. Voy a… No, espera, ahora os veo bien. Ay, papá, por Dios, ¿eso es una rosa?

Partiéndose de risa, mi padre sostiene una rosa roja delante de la webcam. No es broma. Mi familia se toma muy a pecho lo relativo a *Solteras*.

—Simon, imita a Chris Harrison.

Para que lo sepáis: hago una imitación de Chris Harrison que es la monda. En todo caso, lo es en circunstancias normales. Pero hoy no estoy en vena.

Estoy preocupadísimo. Y no solo porque Martin haya guardado los emails. También me preocupan los propios correos. Desde que Blue me preguntó por esa historia de las novias, me siento raro. ¿Y si me considera un farsante? Tengo la impresión de que él, cuando comprendió que era gay, dejó de salir con chicas y en paz.

—Así que Michael D. sostiene haber usado la suite fantasía solo para charlar —dice Alice—. ¿Nos lo creemos?

—Ni en broma, nena —replica mi padre.

—Siempre dicen eso —interviene Nora. Ladea la cabeza y reparo por primera vez en los cinco piercings que le ascienden por el borde de la oreja.

—¿Verdad? —asiente Alice—. Eh, canijo, ¿no tienes nada que decir?

—Nora, ¿desde cuándo llevas eso? —me toco mi propio lóbulo.

Ella se sonroja o poco menos.

—¿Desde el fin de semana pasado?

—Déjame verlo —pide Alice. Nora vuelve la oreja hacia la webcam—. Hala.

—Quiero decir, ¿por qué? —pregunto.

—Porque sí.

—Pero, o sea, ¿por qué tantos?

—¿Podemos seguir hablando de la suite fantasía? —me corta. A Nora le pone nerviosa ser el centro de atención.

—A ver, es la suite fantasía —intervengo—. Pues claro que lo hicieron. Estoy seguro de que la fantasía no incluye conversar.

—Pero no necesariamente implica el acto sexual.

—MAMÁ. Por Dios.

Supongo que me resultaba más fácil tener relaciones que no comportasen esas pequeñas humillaciones que a veces te toca soportar cuando te sientes atraído por alguien. O sea, me llevo bien con las chicas. No me importa besarlas. Salir con ellas me resultaba llevadero.

—¿Y qué me decís de Daniel F.? —pregunta Nora al tiempo que se recoge un mechón de cabello detrás de la oreja. Jo, menuda masacre. No la entiendo.

—Vale, Daniel F. es el tío bueno —dice Alice. Mi madre y Alice siempre utilizan la expresión «un regalo para la vista» cuando se refieren a esa clase de chicos.

—¿Lo decís en serio? —se escandaliza mi padre—. ¿El gay?

—Daniel no es gay —protesta Nora.

—Nena, es el hombre orquesta del orgullo gay. Es una llama eterna.

Todo mi cuerpo se crispa. Leah dijo una vez que prefería que la gente la llamara gorda a la cara a tener que seguir sentada mientras unas chicas sueltan paridas sobre el peso de las demás. Me parece que estoy de acuerdo, la verdad. No hay nada peor que la humillación secreta de sentirte insultado por proximidad.

—Papá, vale ya —lo regaña Alice.

Y a mi padre no se le ocurre otra cosa que ponerse a cantar «Eternal flame» de The Bangles.

Nunca sé si mi padre dice esas cosas porque las piensa de veras o solo para hacer rabiar a Alice. O sea, si de verdad opina eso, casi prefiero saberlo. Aunque ya no haya modo de ignorarlo.

En fin, la mesa del comedor también resulta ser problemática. No ha pasado ni una semana desde que mantuvimos la conversación relativa al chantaje, pero Martin me llama cuando me encamino a mi sitio con la bandeja en las manos.

—¿Qué quieres, Martin?

Echa un vistazo a mi mesa.

—¿Hay sitio para uno más?

—Pues… —agacho la cabeza—. La verdad es que no.

Otra vez el mismo silencio casi imperceptible.

—Ya somos ocho.

—No sabía que los asientos estuvieran reservados.

¿Qué quiere que le diga? La gente ocupa siempre el mismo sitio. Yo habría jurado que era una ley universal.

Uno no se cambia de mesa a mediados de octubre.

Y mi grupo es tirando a rarito, pero funciona. Nick, Leah y yo. Las dos amigas de Leah, Morgan y Anna, que leen manga, usan perfilador de ojos negro y son más o menos intercambiables. Anna y yo estuvimos saliendo en primero, y sigo pensando que son intercambiables.

Y luego están los dos futbolistas, amigos de Nick, que nos han tocado en suerte: Bram alias «silencios incómodos» y el semigilipollas de Garrett. Y Abby. Llegó de Washington a principios de curso y supongo que nos atrajimos mutuamente. Lo nuestro fue en parte obra del destino y en parte del criterio alfabético en los trabajos por parejas.

El caso es que sumamos ocho. Y el cupo está lleno. Ya nos hemos apretujado para incluir dos sillas más en una mesa de seis.

—Ya, bueno. —Martin inclina la silla hacia atrás y mira al techo—. Pensaba que nos habíamos entendido en relación a Abby, pero…

Y enarca las cejas. En serio.

Así pues, no hemos llegado a especificar los términos del chantaje, pero la cosa funciona más o menos así: Martin pide lo que le viene en gana. Y se supone que yo debo complacerlo.

Es la hostia.

—Mira, quiero ayudarte.

—Lo que tú digas, Spier.

—Escucha —bajo la voz. Ahora hablo casi en susurros—. Hablaré con ella y todo ese rollo. ¿Vale? Pero deja que lo haga a mi manera.

Se encoge de hombros.

Noto su mirada asesina de camino a mi mesa.

Tengo que comportarme con naturalidad. No puedo comentar nada de esto, ni por asomo. O sea, ahora tengo que hablarle a Abby de Martin, supongo. Pero le diré todo lo contrario de lo que me gustaría decirle.

Me va a costar horrores conseguir que Abby se fije en ese tío. Porque yo no lo soporto.

Aunque eso ahora sea lo de menos.

Pero los días van pasando y yo sigo sin hacer nada al respecto. No he hablado con Abby ni he invitado a Martin a acompañarnos a ninguna parte, ni los he encerrado juntos en un aula vacía. Ni siquiera sé lo que quiere, la verdad.

Casi albergo la esperanza de poder evitarlo durante tanto tiempo como sea humanamente posible. Supongo que me dejo ver poco últimamente. O me pego como una lapa a Nick y a Leah, para que Martin no intente hablar conmigo. El martes aparco el coche en el aparcamiento del instituto y Nora se baja… pero cuando se da cuenta de que no la sigo, se asoma otra vez.

—Esto, ¿vienes?

—Sí, ya iré —digo.

—Vale —guarda silencio—. ¿Va todo bien?

—¿Cómo? Sí.

Me mira.

—Nora. Todo va bien.

—Vale —repite antes de apartarse. Cierra la puerta con un golpe suave y se encamina a la entrada del centro. No sé. A veces tengo la sensación de que Nora posee una extraña intuición, pero hablar con ella me resulta un tanto incómodo. No reparé en ello hasta que Alice se marchó a la universidad.

Me dedico a enredar con el móvil, a actualizar mi correo y a mirar vídeos musicales en YouTube. Pero alguien llama a la ventanilla del copiloto y estoy a punto de pegar un bote. Últimamente me aterra empezar a ver a Martin por todas partes. Pero solo es Nick. Le indico por gestos que entre.

Se sienta a mi lado.

—¿Qué haces?

Evitar a Martin.

—Mirar vídeos —le digo.

—Ay, tío. Genial. No me puedo sacar un tema de la cabeza.

—Si es de los Who —le informo— o de Def Skynyrd o algo así, olvídalo.

—Voy a fingir que no acabas de decir «Def Skynyrd».

Me encanta hacer rabiar a Nick.

Acabamos viendo parte de un episodio de *Hora de aventuras* de mutuo acuerdo y es justo la distracción que necesito. No pierdo de vista el reloj, porque no quiero perderme la clase de lengua y literatura. Solo pretendo reducir el margen de tiempo antes de que empiece la sesión, para asegurarme de que Martin no se acerque a hablar conmigo.

Y es raro. Sé que Nick ha notado que me pasa algo, pero no me hace preguntas ni intenta sonsacarme. Nosotros dos somos así. Conozco su voz, sus expresiones y sus pequeñas manías. Los monólogos existenciales que suelta sin venir a cuento. Su manía de tamborilear con los dedos en el pulgar cuando está nervioso. Y supongo que él me conoce del mismo modo. O sea, somos amigos desde los cuatro años. Pero, en realidad, la mayor parte del tiempo no tengo ni idea de lo que le pasa por la cabeza.

Todo eso me recuerda muchísimo a lo que Blue publicó en Tumblr.

Nick me arrebata el teléfono y empieza a desplazarse por los vídeos.

—Si encontramos uno con imaginería cristiana, tendremos una excusa para saltarnos la clase de inglés.

—Hum, si encontramos imaginería cristiana, escogeré *Hora de Aventuras* para la redacción de tema libre.

Me mira y se echa a reír.

A pesar de todo, no me siento solo en compañía de Nick. Con él todo es fácil y ya está. Así que puede que estemos bien tal cual.

Llego temprano al ensayo del jueves, así que me escabullo por una puerta trasera del auditorio y me encamino a la zona de detrás del edificio. Hace mucho frío teniendo en cuenta que estamos en Georgia y, por lo que parece, han caído cuatro gotas después de comer. Aunque aquí solo tenemos dos climas, en realidad: el de la sudadera con capucha y el de la sudadera con capucha por si acaso.

Debo de haber olvidado los auriculares en la mochila, dentro del auditorio. Me revienta escuchar música por el altavoz del móvil, pero algo de música siempre es mejor que nada. Me apoyo contra la pared de detrás de la cafetería mientras busco en mi biblioteca un EP de Leda. Aún no lo he escuchado, pero Leah y Anna están obsesionadas con él, así que promete.

De sopetón, ya no estoy solo.

—Vale, Spier. ¿De qué vas? —me pregunta Martin al tiempo que se recuesta contra la pared, a mi lado.

—¿De qué voy?

—Me parece que me estás evitando.

Ambos llevamos zapatillas Converse, y no acabo de decidir si mis pies parecen pequeños o los suyos enormes. Martin debe de pasarme unos quince centímetros. Nuestras sombras se han pegado de un modo absurdo.

—Ya, pues no es verdad —le suelto. Me aparto de la pared y echo a andar hacia el auditorio. O sea, no quiero que la señorita Albright se enfade conmigo por llegar tarde.

Martin me alcanza.

—En serio —dice—. No le voy a enseñar los emails a nadie, ¿vale? No te pongas paranoico.

Pero me parece que voy a coger eso con un millón de pinzas. Porque estoy segurísimo de que no le he oído decir que vaya a borrarlos.

Me mira, y soy incapaz de interpretar su expresión. Qué raro. Llevo años en la misma clase que este chico, riéndome con los demás de las chorradas que suelta. He coincidido con él en montones de funciones. Incluso nos sentamos juntos en el coro durante un año entero. Pero la verdad es que apenas lo conozco. Supongo que no lo conozco en absoluto.

Jamás en mi vida había subestimado a alguien de un modo tan flagrante.

—Ya te he dicho que hablaré con ella —le espeto por fin—. ¿Vale?

Estoy a punto de abrir la puerta del auditorio.

—Espera —dice. Lo miro, y lleva el móvil en la mano—. ¿Por qué no intercambiamos los números? Así sería más fácil.

—¿Tengo elección?

—Pues… —se encoge de hombros.

—Por Dios, Martin.

Le arranco el teléfono y prácticamente me tiemblan las manos de furia cuando introduzco mi número en sus contactos.

—¡Genial! Ahora yo te llamaré para que tengas el mío.

—Como quieras.

Puto Martin Addison. Tengo muy claro que su nombre en mis contactos será «capullo integral».

Empujo la puerta, y la señorita Albright nos lleva en manada al escenario.

—Muy bien. Necesito a Fagin, a Truhán, a Oliver y a los chicos. Primer acto, escena seis. Vamos allá.

—¡Simon! —Abby me echa los brazos al cuello y luego me pellizca los carrillos—. Nunca vuelvas a dejarme.

—¿Qué me he perdido? —me obligo a esbozar una especie de sonrisa.

—Nada —contesta por lo bajo—, pero esto es el infierno versión Taylor.

—El más rubio de todos los círculos del infierno.

Taylor Metternich. La perfección hecha pesadilla. O sea, si la perfección tuviera un lado oscuro. No sé si me explico. Siempre la imagino sentada delante del espejo por las noches, contando las veces que se cepilla la melena. Y es de esas personas que escriben en tu cuenta de Facebook para preguntarte cómo te ha ido el examen de historia. No lo hace por ser amable. Quiere saber qué nota has sacado.

—Vale, chicos —dice la señorita Albright. Tiene gracia, porque Martin, Cal Price y yo somos los únicos varones de toda la concurrencia—. Tened paciencia, porque hoy vamos a empezar con la planificación.

Se aparta las greñas de los ojos y se las recoge detrás de las orejas. La señorita Albright es muy joven para ser una profesora, y pelirroja. O sea, tiene el pelo de un rojo rabioso.

—La escena seis del primer acto es la del carterista, ¿no? —pregunta Taylor, porque también es la típica que finge preguntar algo solo para demostrar que conoce la respuesta.

—Sí —responde la señorita Albright—. Encárgate tú, Cal.

Cal es el director de escena. Estudia primero de bachillerato igual que yo y lleva una copia del guión escrita a doble espacio en una carpeta gigante atestada de notas escritas a lápiz. Llama la atención que su trabajo consista básicamente en darnos órdenes y estresarse, porque es la persona menos autoritaria que he conocido en mi vida. Habla siempre en tono afable con auténtico acento sureño, algo que casi nunca se oye en Atlanta, la verdad.

Tiene el pelo castaño y lleva el flequillo muy largo, tal como a mí me gusta. Sus ojos son de color azul marino, oscuros. No he oído decir que sea gay, pero puede que proyecte esa onda que percibo a veces.

—Muy bien —empieza la señorita Albright—. Truhán acaba de hacerse amigo de Oliver y lo lleva a su escondrijo por primera vez para que conozca a Fagin y a los chicos. ¿Qué vais a hacer?

—Enseñarle quién manda —dice Emily Goff.

—¿O hacerlo rabiar un poco? —propone Mila Odom.

—Exacto. Es el nuevo y no se lo vais a poner fácil. Es un pardillo. Queréis intimidarlo y robarle sus porquerías.

Esa frase arranca carcajadas a un par de alumnos. La señorita Albright es relativamente enrollada para ser una profe.

Cal y ella nos colocan en nuestras posiciones; la señorita Albright lo llama «componer el cuadro». Me piden que me tumbe boca abajo en una tarima, apoyado sobre los codos, al mismo tiempo que lanzo al aire una bolsa de monedas y la vuelvo a atrapar. Cuando Truhán y Oliver entran, todos tenemos que levantarnos de un salto y arrebatarle la mochila a Oliver. A mí se me ocurre metérmela debajo de la camisa y pasear por el escenario con una mano en los riñones como si estuviera embarazado.

A la señorita Albright le encanta la idea.

Mis compañeros se ríen y, lo juro por Dios, este momento es lo más de lo más. Todas las luces están apagadas excepto las del escenario, nos brillan las miradas y estamos borrachos de risa. Incluida Taylor.

Incluido Martin. Me sonríe cuando se percata de que lo miro, y yo le devuelvo la sonrisa de corazón. Es un mamón del carajo, en serio, pero también es larguirucho y nervioso y absurdo. Eso le quita fuelle al odio que inspira.

Así pues, sí. No voy a escribir un poema en su honor. Y no sé qué espera que le diga a Abby. Ni idea. Pero supongo que… ya pensaré algo.

El ensayo concluye, pero Abby y yo nos sentamos con las piernas colgando en uno de los estrados y miramos cómo la señorita Albright y Cal toman notas en la enorme carpeta. Tenemos quince minutos de margen antes de que salga el autobús a la zona sur del condado, y a Abby todavía le quedará una hora de camino hasta llegar a casa. Ella y casi todos los chicos negros del instituto pasan más tiempo yendo y viniendo a diario que yo en una semana. En Atlanta, la segregación racial alcanza extremos grotescos y nadie lo menciona nunca.

Abby bosteza y se tumba en la tarima con la cabeza apoyada en un brazo. Lleva mallas y un vestidito corto, la muñeca izquierda atiborrada de pulseras de la amistad.

Al otro extremo del escenario, a pocos metros, Martin cierra la mochila tan despacio que sin duda lo hace aposta. Se guarda de mirar en nuestra dirección.

Abby tiene los ojos cerrados. Posee esa clase de boca que nunca deja de sonreír del todo y huele como a tostadas. Si yo fuera hetero. El hechizo de Abby. Creo que lo pillo.

—Eh, Martin —digo, y mi voz suena rara. Me mira—.
¿Mañana irás a casa de Garrett?

—Esto… —dice—. ¿A una fiesta?

—La fiesta de Halloween. Deberías venir. Te enviaré la
dirección.

Solo cuatro palabras al Capullo Integral.

—Sí, puede —contesta. Se inclina hacia delante, se levanta y al instante tropieza con el cordón del zapato. Luego
finge que estaba haciendo un bailecito. Abby se ríe, él sonríe
y, no os engaño: Martin le hace una reverencia. O sea, ¿cómo
reaccionas ante algo así? Supongo que me encuentro en esa
tierra de nadie que se extiende entre reírte de alguien y reírte con alguien.

Os aseguro que ese territorio incierto se llama Martin.

Abby se vuelve a mirarme.

—No sabía que fueras amigo de Martin —me dice.

Es la puta frase más graciosa del mundo.

De: hourtohour.notetonote@gmail.com
Para: bluegreen181@gmail.com
Enviado el: 30 de octubre a las 21:56
Asunto: Re: disfraces patéticos

Blue,

Supongo que nunca se me ha ocurrido disfrazarme de nada terrorífico. A mi familia le van más los disfraces divertidos. Antes competíamos por ver quién arrancaba a mi padre las carcajadas más fuertes. Mi hermana se vistió de cubo de la basura una vez. No de Óscar el Gruñón, de los Teleñecos. Hablo de un cubo lleno de basura, tal cual. Y yo siempre iba a piñón fijo. El disfraz de chica nunca perdía la gracia (hasta que la perdió, supongo; iba a cuarto de primaria y llevaba encima un vestido de los años veinte alucinante, pero me miré al espejo y noté la descarga eléctrica de la vergüenza).

Digamos que ahora opto por ese delicado equilibrio entre sencillez y caña. No me puedo creer que no te vayas a disfrazar. ¿No te das cuenta de que estás desperdiciando la ocasión perfecta para convertirte en otra persona durante una noche?

Atentamente, si bien un tanto decepcionado,
Jacques

De: bluegreen181@gmail.com
Para: hourtohour.notetonote@gmail.com
Enviado el: 31 de octubre a las 08:11
Asunto: Re: disfraces patéticos

Jacques,

Lamento decepcionarte. No tengo nada en contra de los disfraces y tu alegato en favor de los mismos resulta de lo más convincente. La idea de convertirse en otra persona durante una noche (o en general) tiene su gracia, lo reconozco. De hecho, yo también iba a piñón fijo cuando era pequeño. Siempre me disfrazaba de superhéroe. Supongo que me gustaba imaginarme en posesión de una complicada identidad secreta. Puede que aún me guste. Tal vez sea esa la razón de estos emails.

A lo que íbamos, este año no me disfrazo porque no voy a salir. Mi madre tiene no sé qué fiesta en el despacho, así que me toca a mí repartir golosinas. Seguro que entiendes que no hay nada más triste que un chico de dieciséis años que, a solas en su casa la noche de Halloween, abre la puerta disfrazado.

Tu familia parece interesante. ¿Cómo convencías a tus padres de que te compraran disfraces? Seguro que estabas monísimo vestido de chica años veinte. ¿Te fastidiaban los disfraces tus padres obligándote a llevar prendas de abrigo? Recuerdo que un año tuve una pataleta de mil demonios porque GREEN LANTERN NO LLEVA CUELLO ALTO. Aunque, ahora que lo pienso, algo parecido sí lleva. ¡Perdona, mamá!

Bueno, espero que disfrutes de tu día libre de Jacques. Y espero que tu disfraz de ninja triunfe (lo he adivinado, ¿verdad? El delicado equilibrio entre sencillez y caña).

Blue

De: hourtohour.notetonote@gmail.com
Para: bluegreen181@gmail.com
Enviado el: 31 de octubre a las 08:25
Asunto: Re: disfraces patéticos

¿De ninja? Buen intento pero has follado.
Jacques

De: hourtohour.notetonote@gmail.com
Para: bluegreen181@gmail.com
Enviado el: 31 de octubre a las 08:26
Asunto: Re: disfraces patéticos

Ahhh… fallo del corrector. Buen intento pero has follado.

De: hourtohour.notetonote@gmail.com
Para: bluegreen181@gmail.com
Enviado el: 31 de octubre a las 08:28
Asunto: Re: disfraces patéticos

¡¡¡¡AGGGHHHH!!!!
Pero has FALLADO. FALLADO. Por Dios. Por eso nunca te
escribo desde el teléfono.
Da igual, ahora me voy a que me trague la tierra.
J

5

Os doy mi palabra, celebrar Halloween en viernes es lo mejor del mundo. En el instituto se respira una especie de nerviosismo contenido que vuelve las clases menos aburridas y a los profes más divertidos. Llevo unas orejas de gato pegadas a la capucha y una cola prendida al trasero de los vaqueros, y chicos que no conozco de nada me sonríen por el pasillo. Se ríen, pero de buen rollo. Es un día alucinante.

Abby viene a casa conmigo y más tarde pasaremos por la de Nick donde Leah nos recogerá a todos. Leah ya tiene diecisiete, la edad clave en Georgia en lo concerniente al carné de conducir. Yo, ahora mismo, solo puedo llevar a un pasajero aparte de Nora, punto. Mis padres no son demasiado estrictos en general, pero se vuelven dictadores psicópatas cuando hay coches de por medio.

Abby se tira al suelo para achuchar a *Bieber* en el instante en que entramos en la cocina. Puede que Leah y ella no tengan mucho en común, pero las dos están obsesionadas con mi perro. Y el can está tumbado ahora en una postura humillante, panza arriba, mirando a Abby con ojos soñadores.

Bieber es un golden retriever con unos ojos grandes, castaños, como maníacos. Alice se creyó muy lista cuando se le ocurrió ese nombre, pero no os voy a mentir. Le queda bien.

—¿Y dónde está eso? —pregunta Abby al tiempo que levanta la vista para mirarme. Ella y el perro se han enredado en un abrazo infinito y la diadema le tapa los ojos a medias. Hoy mucha gente ha optado por versiones discretas de lo que sería un disfraz, apropiadas para la escuela: orejas de animales, máscaras y cosas por el estilo. Abby se ha presentado en el instituto vestida de Cleopatra de la cabeza a los pies.

—¿La casa de Garrett? En alguna parte de la calle Roswell, creo. Nick lo sabe.

—Entonces, ¿será una fiesta de futbolistas, principalmente?

—Seguramente. No lo sé —respondo.

Quiero decir, he recibido un mensaje de Capullo Integral confirmando que iría. Pero no me apetece comentarlo.

—Bueno, da igual. Será divertido.

Intenta separarse del perro y el disfraz se le desliza casi hasta el muslo. Lleva mallas, pero, jo. Es curioso, supongo. Por lo que yo sé, todo el mundo me considera hetero, pero parece ser que Abby ya se ha percatado de que conmigo no le hacen falta remilgos. O puede que ella sea así y en paz.

—Eh, ¿tienes hambre? —pregunta. En ese momento me doy cuenta de que debería haberle ofrecido algo.

Acabamos preparando bocadillos de queso en la sandwichera y los llevamos al salón para comer delante de la tele. Nora está acurrucada en su rincón del sofá leyendo *Macbeth*. Un libro un tanto *halloweeniano*, supongo. En realidad, Nora nunca sale. La veo echar una ojeada a nuestros sándwiches y luego se levanta del sofá para prepararse uno. O sea, si quería un sándwich de queso, debería habérmelo dicho. Nuestra madre siempre está dale que te pego con eso de que debería ser más asertiva. Por otro lado, yo le podría haber preguntado si tenía hambre. A veces me cuesta mucho saber lo que están pensando los demás. Seguramente ese es mi peor defecto.

Sentados en el sofá, con *Bieber* entre los dos, miramos lo que echan en Bravo. Nora entra con su bocadillo y reanuda la lectura. Alice, Nora y yo solemos hacer los deberes delante de la tele o escuchando música, pero sacamos buenas notas de todos modos.

—Eh, será mejor que nos vistamos, ¿no? —propone Abby. Se ha traído otro disfraz para la fiesta, porque todo el mundo ha visto ya el de Cleopatra.

—Nick no nos espera hasta las ocho.

—¿Pero no quieres estar disfrazado cuando llamen para pedir caramelos? —pregunta—. A mí me daba mucha rabia que la gente me abriera la puerta vestida de calle.

—Bueno, si tú lo dices… Pero te prometo que a los niños de por aquí solo les interesan los caramelos y les importa un comino quién se los dé.

—Es preocupante, ¿no? —dice Abby.

Me río.

—Sí, sí que lo es.

—Vale, bueno, si te parece me cambiaré en tu baño. Hora de la transformación.

—Suena bien —asiento—. Yo me transformaré aquí mismo.

Nora despega la vista del libro.

—Simon. Puaj.

—Solo me voy a echar una túnica de dementor por encima de la ropa. Podrás soportarlo.

—¿Qué es un dementor?

O sea, no.

—Nora, desde hoy ya no eres mi hermana.

—Ya, algo de Harry Potter —dice.

Garrett entrechoca el puño con Nick cuando llegamos.

—Eisner. Qué pasa contigo.

Y nos inunda un caos de notas graves, carcajadas sueltas y gente pertrechada con latas que no son de refresco. Ya empiezo a sentirme un tanto desplazado. El caso es que… estoy acostumbrado al otro tipo de fiestas. Esas en las que llegas a casa de alguien y su madre te acompaña al sótano, y hay comida basura y Manzanas con Manzanas y un montón de gente cantando a su bola. Y quizás unos cuantos jugando con la videoconsola.

—Bueno, ¿qué queréis beber? —pregunta Garrett—. Tenemos cerveza y, hum, vodka y ron.

—Ya, gracias, no —declina Leah—. Me toca conducir.

—Bueno, también tenemos refrescos y zumos.

—Yo tomaré vodka con zumo de naranja —pide Abby. Leah niega con la cabeza.

—Un destornillador para la Mujer Maravilla, marchando. ¿Eisner, Spier? ¿Os traigo una birra?

—Claro —acepto. Mi corazón empieza a ejecutar pasos de baile.

—Una birra para el espía —dice Garrett, y se ríe. De su propio chiste, supongo. Desaparece para traernos las bebidas. Como un perfecto anfitrión, diría mi madre. Aunque ni de coña les diría a mis padres que he tomado alcohol. Eso sí que tendría gracia.

Me echo la capucha de dementor sobre la cabeza y me apoyo contra la pared. Nick ha subido a la primera planta a buscar la guitarra del padre de Garrett y se crea esa tensión sorda que siempre aparece cuando estoy a solas con Abby y Leah. Abby canturrea por lo bajo la letra del tema que está sonando y menea una pizca los hombros.

Noto cómo mi cuerpo busca refugio en Leah. En ocasiones sé que se siente exactamente igual que yo. Lo sé y punto.

Leah mira en dirección al sofá.

—Hala, ¿esa no es Katniss montándoselo con Yoda?

—¿Quién se lo monta con quién? —pregunta Abby.

Se hace un silencio.

—Olvídalo —dice Leah.

Creo que Leah se torna más sarcástica de lo normal cuando está nerviosa. Pero Abby nunca reacciona a su tono irritado.

—¿Dónde leches está Nick? —pregunta.

Solo de oír que Abby pronuncia el nombre de Nick, Leah aprieta los labios.

—¿Toqueteando una guitarra en alguna parte? —sugiero.

—Sí —dice Leah—. La manera más retorcida del mundo de pillar cacho.

El comentario arranca una risita tonta a Abby. Leah se queda como aturullada y satisfecha de sí misma.

Es rarísimo. A veces, cuando estoy con Abby y Leah, tengo la sensación de que solo se están haciendo las duras.

Entonces Garrett se acerca cargado de bebidas y la expresión de Leah se oscurece al instante.

—Muy bien… destornilladores para las damas… —dice él al llegar, y les tiende uno a cada una.

—Pero si yo… vale —empieza a decir Leah, pero pone los ojos en blanco y deja la copa sobre la mesa que hay a su lado.

—Y una cerveza para… lo que quiera que seas.

—Un dementor —digo.

—¿Y eso qué diablos es?

—¿No sabes lo que es un dementor? ¿De Harry Potter?

—Bueno, ponte la capucha otra vez, por el amor de Dios. ¿Y tú de qué se supone que vas?

—De Kim Kardashian —responde Leah con cara de póker.

Garrett se queda a cuadros.

—De Tohru, de *Fruits Basket*.

—No…

—Es un manga —aclara.

—Ah. —Suena un golpe de notas disonantes en la otra punta de la sala y los ojos de Garrett resbalan sobre nosotros para ver de dónde proceden. Un par de chicas se han sentado en la banqueta del piano y supongo que una ha apoyado el codo en las teclas. Se oyen carcajadas descontroladas, empapadas en alcohol.

Y yo empiezo a lamentar no haberme quedado en casa con Nora, mirando Bravo, atento a la puerta e hinchándome a Kit Kats formato diversión. Que, dicho sea de paso, no son ni de lejos tan divertidos como los Kit Kats formato normal. No sé. No digo que me esté aburriendo y tal. Pero me siento raro.

Tomo un sorbo de cerveza y es… o sea, no me puedo creer lo mala que está. No me esperaba que supiera a helado, pero hostia, no me jodas. ¿La gente miente, falsifica carnés de identidad y se cuela en los bares por esto? Antes prefiero montármelo con *Bieber*, en serio. El perro. O con Justin.

Da igual, cosas así te hacen dudar muy seriamente de todo el alboroto que se organiza alrededor del sexo.

Garret nos deja la birra de Nick y se reúne con las chicas del piano. Creo que son de tercero. Han elegido unos disfraces sorprendentemente inteligentes. Una lleva un camisón de seda negro con una foto de la cara de Freud pegada en la parte delantera. Un sueño freudiano. A Nick le encantará. Pero tienen la edad de Nora. No me puedo creer que estén bebiendo. Garrett baja la tapa de las teclas a toda prisa, y solo por eso ya me cae mejor. Me gusta que se preocupe por el piano.

—Aquí estás —dice Abby.

Nick regresa aferrado a una guitarra acústica como si fuera un salvavidas. Se sienta en el suelo para afinarla, de espaldas contra un lateral del sofá. Un par de invitados lo miran sin interrumpir sus conversaciones. Es curioso, porque casi todo el mundo me suena de algo, pero son futbolistas y deportistas varios. No pasa nada, claro que no. Lo que me incomoda es que en realidad no los conozco. No cabe duda de que no voy a encontrar a Cal Price en este grupo, y no sé dónde carajo se ha metido Martin.

Me siento y Leah se agacha para acomodarse junto a mí. Se apoya contra la pared con las piernas recogidas a un lado, como si se sintiera incómoda. Se ha puesto falda por el disfraz y noto que intenta esconder los muslos. Un gesto absurdo y muy propio de Leah. Me arrimo a ella y la veo esbozar una pequeña sonrisa sin mirarme. Abby se acomoda delante de nosotros, con las piernas cruzadas, y empiezo a sentirme a gusto. Hemos creado nuestro propio rincón en la habitación.

Ahora estoy casi contento y algo aturdido, y la cerveza no sabe tan mal después de los primeros tragos. Garrett o alguien ha apagado el equipo de música y unas cuantas personas se han acercado para escuchar a Nick. No sé si lo he mencionado, pero Nick canta con la voz rota más perfecta del mundo. Vale, su obsesión por el rock clásico es un tanto rara y viejuna, pero eso no siempre es malo, supongo. Porque ahora mismo está cantando «Wish you were here», de Pink Floyd, y yo estoy pensando en Blue. Y estoy pensando en Cal Price.

Veréis, presiento que Blue es Cal Price. No sé por qué. Creo que son los ojos. Tiene unos ojos marinos; olas y olas de azul verdoso. Y, en ocasiones, cuando miro a Cal, tengo la sensación de que nos entendemos, y él entiende, y todo es perfecto e implícito.

—Simon, ¿cuánto has bebido? —me pregunta Leah. Le estoy retorciendo las puntas de la melena. Leah tiene un cabello precioso que huele a tostadas, tal cual. Ay, no, esa es Abby. Leah huele a almendras.

—Una cerveza.

La cerveza más deliciosa y maravillosa del mundo.

—Una cerveza. ¿Pero tú te das cuenta de lo bobo que eres?

Pero está casi sonriendo.

—Leah, ¿sabías que tienes unos rasgos muy irlandeses?

Me mira.

—¿Qué?

—Ya sabes lo que quiero decir. Tienes cara de irlandesa. ¿Eres irlandesa?

—Que yo sepa, no.

Abby se ríe.

—Mis antepasados eran escoceses —dice alguien. Levanto la vista y veo a Martin Addison, que lleva orejas de conejo.

—Sí, exacto —prosigo mientras Martin se sienta al lado de Abby, cerca pero no demasiado—. Vale, y es rarísimo, ¿no?, porque nuestros antepasados proceden de diversas partes del mundo, y aquí estamos, en el salón de Garrett, y los antepasados de Martin eran escoceses y, lo siento mucho, pero los de Leah procedían de Irlanda.

—Si tú lo dices.

—Y los de Nick eran de Israel.

—¿De Israel? —interviene Nick, que sigue deslizando los dedos por los trastes de la guitarra—. Eran rusos.

Se aprenden cosas nuevas cada día, porque yo pensaba que todos los judíos procedían de Israel.

—Vale, bien, yo soy medio judío y medio alemán, y Abby, ya sabéis…

Ay, Dios, no sé nada de África, y no sé si eso me convierte en un racista.

—De África occidental, creo.

—Exacto. O sea, es tan fortuito. ¿Cómo hemos acabado aquí?

—En mi caso, por culpa de la esclavitud —aclara Abby.

Ay, la hostia. Tengo que cerrar el pico. Tendría que haberlo cerrado hace cinco minutos.

El equipo de música vuelve a funcionar.

—Eh, creo que voy a buscar una copa —dice Martin, y se levanta de un salto con uno de esos movimientos espasmódicos tan propios de él—. ¿Os traigo algo?

—Gracias, pero me toca conducir —responde Leah. Pero si no tuviera que conducir tampoco bebería. Lo sé. Porque existe una línea invisible, a un lado de la cual se encuentra gente como Garrett, Abby, Nick y todos los músicos que han existido y existirán. Gente que acude a fiestas, bebe y no se empapuza con una cerveza. Personas que mantienen relaciones y no piensan que eso sea nada del otro mundo.

Al otro lado de la línea están las personas como Leah y como yo.

Y si acaso todo eso tiene algo bueno es el hecho de saber que Blue pertenece a mi bando. Puede que esté sacando conclusiones precipitadas, pero no creo que Blue haya besado nunca a nadie, la verdad. Y es raro, porque yo sí lo he hecho, pero no sé si cuenta.

Nunca he besado a un chico. Pienso en ello constantemente.

—¿Spier? —pregunta Martin.

—Perdona, ¿qué?

—¿Te traigo una copa?

—Ah, no, gracias.

Leah suelta algo parecido a un bufido.

—Yo tampoco quiero nada, pero gracias. —Abby me propina un toque con el pie—. En casa, cogería el metro y entraría por la puerta trasera, así que no importaría. —Cuando Abby habla de «casa», todavía se refiere a Washington—. Pero no creo que a los padres de Simon les haga gracia verme borracha.

—No creo que les importase.

Abby se retira el flequillo de la cara y me mira.

—Lo dudo mucho.

—Le han dado permiso a mi hermana para ponerse un millón de piercings en la oreja.

—Hala. Nora es la caña —exclama Leah.

—A ver, Nora es lo contrario de la caña —sacudo la cabeza—. Yo soy mucho más cañero que Nora.

—Y no dejes que nadie te diga lo contrario —interviene Martin al tiempo que vuelve a sentarse junto a Abby con una cerveza en la mano.

Abby se despereza y, apoyando la mano en mi capucha, se levanta.

—Venga. La gente está bailando.

—Bien por la gente —replica Nick.

—Vamos a bailar. —Abby le tiende ambos brazos.

—Nooooo.

Pero Nick deja la guitarra en el suelo y acepta la ayuda de Abby.

—Hum, pero ¿has visto mi bailecito? —pregunta Martin.

—Que se vea.

La historia consiste en fingir que nada al ritmo de la música para luego menear los hombros y desplazar al mismo tiempo el culo de lado a lado.

—Sí, lo haces fenomenal —dice Abby—. Venga.

Le estira las manos y él se levanta de un salto, sonriendo. Abby conduce a su pequeño harén a la zona alfombrada que hay cerca del equipo, donde la gente bebe y se contonea al ritmo de Kanye. Salvo que Abby tiende a perderse en su propio mundo cuando baila, así que Nick y Martin acaban meciéndose con aire turbado mientras hacen lo posible por no mirar al otro.

—Ay, Dios mío —se burla Leah—. Ha sucedido. Por fin estamos presenciando algo más penoso que el bar mitzvá de Nick.

—Nivel de vergüenza ajena desbloqueado.

—¿Lo grabamos?

—Limítate a disfrutarlo.

Le rodeo los hombros con el brazo para atraerla hacia mí. Y Leah es un poco especial a veces para eso de los abrazos, pero hoy entierra la cara en mi hombro y murmura algo contra la tela de mi túnica.

—¿Qué? —le propino un codazo.

Pero ella se limita a negar con la cabeza y a suspirar.

Leah nos deja a todos en casa de Nick a medianoche. Desde allí, hay un paseo de siete minutos hasta la mía. No se ve ni una luz en el interior de las casas, pero el vecindario sigue brillando con un fulgor anaranjado. Hay unas cuantas calabazas aplastadas y montones de papel higiénico colgando de las ramas. Puede que Shady Creek sea una urbanización de cuento por lo general, pero en Halloween, cuando las golosinas se acaban, los criminales de metro y medio se apoderan del barrio. Como mínimo en mi zona.

Hace frío y reina un silencio sobrenatural. Si Abby no estuviera conmigo, tendría que ahogar el silencio en música. Me siento como si fuéramos los últimos supervivientes de un apocalipsis zombi. La Mujer Maravilla y un dementor gay. La supervivencia de la especie lo tendría claro con nosotros.

Giramos al final de la calle de Nick. Podría hacer este camino con los ojos cerrados.

—Vale, tengo que preguntarte una cosa —empieza Abby.

—¿Sí?

—Es que, verás, Martin ha estado hablando conmigo mientras ibas al baño.

Se me hiela la sangre en las venas.

—Vale —digo.

—Sí y... puede que me equivoque, pero se ha puesto a hablar del baile de bienvenida y lo ha sacado a colación tres veces.

—¿Te ha invitado al baile?

—No, pero... He tenido la impresión de que quería hacerlo.

Dichoso Martin Addison. Qué torpe es.

Pero, qué carajo, es un alivio saber que no le ha dicho nada.

—Supongo que sus ardides no han dado resultado.

Abby se muerde el labio y sonríe.

—Es muy simpático.

—Ya.

—Pero ya he quedado con Ty Allen. Me lo pidió hace dos semanas.

—¿En serio? ¿Y por qué yo no sabía nada?

—Perdona... ¿Tendría que haberlo anunciado en Tumblr? —sonríe—. Da igual, había pensado que a lo mejor se lo podías mencionar a Martin. Sois amigos, ¿no? Prefiero que no me lo pida, si puedo evitarlo.

—Hum. Veré qué puedo hacer.

—¿Y qué me dices de ti? ¿Sigues con el boicot? —pregunta Abby.

—Claro.

Leah, Nick y yo compartimos la opinión de que el baile de bienvenida es patético a más no poder, así que pasamos de asistir año tras año.

—Deberías pedírselo a Leah —opina Abby. Me mira de reojo, con una expresión rara y desafiante.

Una carcajada burbujea en mi interior.

—No creerás que me gusta Leah.

—No sé —responde sonriendo, y se encoge de hombros—. Esta noche estabais muy monos.

—¿Leah y yo? —pregunto.

Pero si soy gay. GAY. Gaaaaaayyyyyy. Dios, debería decírselo. Casi puedo imaginar su reacción. Los ojos como platos. La boca abierta de par en par.

Ya te digo. Otro día será.

—Eh —le suelto, sin mirarla del todo—. ¿Crees que te podría gustar Martin?

—¿Martin Addison? Hum. ¿Por qué lo preguntas?

—Por nada. No sé. Es buen tío. Supongo.

Estoy hablando en un tono falso y chillón. Como Voldemort. No me puedo creer que esté haciendo esto.

—Ohhh. Es encantador que seáis amigos.

¿Qué quiere que le diga?

Mi madre nos está esperando en la cocina cuando entramos y me preparo para la que se avecina. El problema de mi madre es que está especializada en psicología infantil. Y se nota.

—¡Eh, contadme cómo ha ido la fiesta, chicos!

Allá vamos. *Ha sido alucinante, mamá. ¿Y sabes qué? En casa de Garrett había mogollón de bebidas alcohólicas. Qué guay, ¿verdad?* O sea, por favor.

Abby se desenvuelve mejor que yo en este tipo de situaciones. Se embarca en una descripción sumamente detallada de los disfraces de todos los presentes, mientras mi madre nos acerca una fuente monumental de chucherías que toma de la encimera. Mis padres suelen acostarse sobre las diez y noto que mi madre está agotada. Pero sabía que la encontraría despierta cuando llegáramos a casa. Jamás desaprovecha la ocasión de demostrar que «eh, chicos, soy una madre enrollada».

—Y Nick ha tocado la guitarra —concluye Abby.

—Nick tiene mucho talento —sentencia mi madre.

—Uf, ya lo sé —responde Abby—. A las chicas se les caía la baba con él.

—Por eso le insisto a Simon que aprenda a tocar la guitarra. Su hermana sabe tocarla.

—Me voy a la cama —la corto—. Abby, ¿necesitas algo?

Mi madre ha instalado a Abby en la habitación de Alice. Tiene gracia si piensas que Nick lleva cosa de diez años durmiendo en el suelo de mi habitación.

Solo cuanto entro en mi cuarto consigo relajarme por fin. *Bieber* ya se ha dormido a los pies de mi cama, en un nido de vaqueros y sudaderas. La túnica de dementor acaba tirada en el suelo. Había apuntado al cesto de la ropa sucia. Soy patoso hasta extremos cómicos.

Me tumbo encima de la cama sin apartar las sábanas. Detesto deshacer la cama a menos que sea absolutamente necesario. Sé que es raro, pero me hago la cama a diario, aunque el resto de mi habitación sea un caos de papeles, ropa sucia, libros y trastos. A veces tengo la sensación de que mi cama es un bote salvavidas.

Me encasqueto los auriculares. Nora y yo compartimos una pared, de manera que, en teoría, no puedo escuchar música por los altavoces después de que ella se haya acostado.

Necesito algo conocido. Elliott Smith.

Estoy completamente despierto y todavía me recorre la electricidad de la fiesta. Me parece que ha estado bien. No tengo mucho con lo que compararla. No me puedo creer que me haya tomado una birra. Ya sé que es lo más patético del mundo pensar algo así de una sola cerveza. Para Garrett y los demás futbolistas lo increíble debe de ser parar después de la primera. Pero yo soy yo.

No creo que se lo cuente a mis padres. Si bien estoy bastante seguro de que no me echarían la bronca si lo hiciera. No lo sé. Tengo que acostumbrarme a este nuevo Simon. Mis padres son especialistas en arruinar este tipo de cosas. Me fríen a preguntas. Es como si tuvieran una imagen preconcebida de mí y, cuando les rompo los esquemas, alucinan. Me siento tan violento cuando reaccionan así que ni siquiera soy capaz de describirlo.

O sea, contárselo a mis padres fue sin duda lo más raro y horrible del hecho de tener novia. Las tres veces. En serio, peor que ninguna de las rupturas. Nunca olvidaré el día que les hablé de mi novia de segundo de secundaria. Rachel Thomas. Ay, Dios mío. Para empezar, buscaron su foto en el anuario. Mi padre llevó el libro a la cocina, porque allí hay más luz, y no dijo ni pío durante un minuto entero.

—Vaya cejas tiene esta chica.

O sea, yo ni me había dado cuenta hasta que lo dijo pero, después de eso, no podía pensar en otra cosa.

A mi madre le extrañó muchísimo que tuviera novia porque nunca había salido por ahí con chicas en plan de pareja. No sé por qué le sorprendió tanto, la verdad. Para todo el mundo hay una primera vez, ¿no? Pero sí. Y quería saberlo todo: cómo habíamos empezado a salir, cómo me sentía yo y si queríamos que nos llevara a alguna parte. El tema le inspiraba un interés malsano. El hecho de que mis hermanas nunca hablaran de chicos ni de citas tampoco ayudó, porque toda la atención estaba centrada en mí.

Sinceramente, lo más incómodo fue que armaran tanto jaleo como si hubiera salido del armario. No creo que sea normal. Por lo que yo sé, salir del armario no es algo que preocupe a los heteros.

Es eso lo que nadie entiende. Lo que implica salir del armario. No tanto el hecho de ser gay, porque, muy en el fondo, estoy seguro de que mi familia se lo tomaría bien. No somos religiosos. Mis padres votan a los demócratas. A mi padre le gusta bromear con el tema y sin duda me sentiría incómodo, pero supongo que tengo suerte. Sé que no me van a repudiar. Y estoy seguro de que algunos compañeros del instituto me harían la vida imposible, pero mis amigos lo aceptarían sin más.

A Leah le encantan los gays, así que daría saltos de alegría.

Pero estoy harto de salir del armario. Tengo la sensación de que no hago otra cosa. Intento no cambiar, pero siempre lo estoy haciendo, de maneras casi imperceptibles. Salgo con una chica. Tomo una cerveza. Y en cada dichosa ocasión, me toca redefinir mi papel en el universo, una y otra vez.

De: bluegreen181@gmail.com
Para: hourtohour.notetonote@gmail.com
Enviado el: 1 de noviembre a las 11:12
Asunto: Re: disfraces patéticos

Jacques,

Espero que disfrutaras de una fantástica noche de Halloween y que tu delicado equilibrio entre sencillez y caña arrasase. Por aquí reinó la tranquilidad. Apenas llamaron unas seis veces para pedir golosinas. Y, claro, eso significa que estoy obligado por contrato a zamparme las chocolatinas Reese's sobrantes.

No me puedo creer que el baile de bienvenida esté al caer. Qué emoción. No me interpretes mal, el fútbol americano no es ni de lejos mi deporte favorito, pero me encanta asistir al partido inaugural. Supongo que se debe a las luces, a los tambores y al ambiente. El aire otoñal siempre desprende un aroma a posibilidad. O puede que esté deseando comerme con los ojos a las animadoras. Ya me conoces.

¿Vas a hacer algo interesante este fin de semana? Si las predicciones no follan, hará un tiempo estupendo. Perdón, si las predicciones no follan. FALLAN. ☺

Blue

De: hourtohour.notetonote@gmail.com
Para: bluegreen181@gmail.com
Enviado el: 1 de noviembre a las 17:30
Asunto: prefiero las Reese's al sexo

Muy gracioso, Blue. MUY GRACIOSO.

En cualquier caso, lamento que tuvieras que quedarte en casa ayer por la noche solo por seis visitas de nada. Qué manera de perder el tiempo. El año que viene, ¿por qué no dejas el cuenco en la entrada con una nota que indique a los niños que solo tomen dos? Te aseguro que los chavales de mi barrio agarrarían golosinas a puñados entre risotadas siniestras y seguramente se harían pis en la nota para acabarlo de rematar. Pero puede que los niños de tu zona sean más civilizados.

Pero, en serio, ¿chocolatinas Reese's sobrantes? ¿Han inventado un sistema para enviarlas por email? POR FAVOR, DI QUE SÍ.

Mi noche de Halloween no estuvo mal. No te voy a contar gran cosa, pero acabé acudiendo a la fiesta de un colega. No me sentía en mi ambiente, la verdad, pero fue interesante, ya lo creo que sí. Supongo que me vino bien abandonar mi zona de comodidad por una vez (espera… ¿acabo de machacar cualquier posibilidad de convencerte de que soy un fiestero rematado, ¿verdad?).

El caso es que he estado dándole vueltas a la idea de las identidades secretas. ¿Alguna vez te has sentido prisionero de ti mismo? No sé si me explico. Quiero decir que, en ocasiones, tengo la sensación de que todo el mundo sabe quién soy menos yo.

Vale, me alegro de que menciones el baile de bienvenida, porque se me había olvidado por completo que la semana próxima está dedicada al espíritu estudiantil. El lunes es el día de las décadas, ¿no? Supongo que debería echar un vistazo a la página del instituto, para no quedar en ridículo. En serio, no me puedo creer que programen la semana del espíritu estudiantil inmediatamente después de Halloween. Creekwood se ventila de un plumazo todas las fiestas de disfraces. ¿Has pensado ya qué vas a llevar el lunes? Sé de antemano que no me contestarás.

Y no he dudado ni por un momento de que el viernes te dedicarías a comerte con los ojos a las animadoras, porque estás obsesionado con las chicas. Yo también, Blue. Yo también.

Jacques

De: bluegreen181@gmail.com
Para: hourtohour.notetonote@gmail.com
Enviado el: 2 de noviembre a la 13:43
Asunto: Re: prefiero las Reese's al sexo

¿Cómo que prefieres las Reese's al sexo? Reconozco que no soy el más indicado para opinar al respecto, pero espero que te equivoques. Tal vez deberías renunciar al sexo hetero, Jacques. Solo es una sugerencia.

Los niños de tu barrio deben de ser encantadores. La orina no representa un gran problema por estos lares, así que puede que el año que viene siga tu consejo. Aunque creo que será irrelevante, en cualquier caso, porque mi madre casi nunca sale. Ya no está para los trotes de un fiestero rematado como tú, Jacques. ☺

Entiendo muy bien eso que dices de sentirte prisionero de ti mismo. En mi caso, ni siquiera tiene que ver con que los demás crean conocerme. Más bien me gustaría dejarme llevar, hacer y decir ciertas cosas, pero siempre me contengo.

Creo que buena parte de mí tiene miedo. Solo de pensar en ello me entra náusea. ¿Te he comentado ya que me entra náusea con facilidad?

Precisamente por eso prefiero no decir nada sobre la semana del espíritu estudiantil y los disfraces. No quiero que sumes dos y dos y adivines quién soy. Sea lo que sea esto, no creo que funcione si averiguamos la verdadera identidad del otro. Reconozco que me pone nervioso pensar en ti como alguien que forma parte de mi vida y no como una persona más o menos anónima con la que me relaciono en Internet. Como puedes suponer, te he contado cosas de mí mismo que nunca le había revelado a nadie. No sé, Jacques… tienes algo que me induce a abrirme y eso me aterroriza en parte.

Espero que todo esto no te incomode. Sé que bromeabas cuando me preguntaste por el disfraz que tenía pensado llevar, pero prefiero aclarar las cosas… por si la broma fuera medio en serio. Admito que a veces también me inspiras curiosidad.

Blue

P.D. Te envío unas cuantas Reese's adjuntas. Espero que te refirieses a esto.

De: hourtohour.notetonote@gmail.com
Para: bluegreen181@gmail.com
Enviado el: 3 de noviembre a las 18:37
Asunto: Re: prefiero las Reese's al sexo

Blue,

Me parece que te has agobiado y lo siento mucho, de veras. Soy un cotilla. Es un defecto que tengo. Lo lamento muchísimo. Ya sé que parezco un disco rayado. No sé si alguna vez lo he expresado con claridad, pero estos emails son muy importantes para mí. Jamás me perdonaría a mí mismo si jodiera esto. Si lo fastidiara. Perdona. Ni siquiera sé si dices tacos.

En fin, creo que el asunto de este mensaje te puede haber inducido a error. No sé, de primera mano, si las Reese's superan al sexo. Las Reese's son la bomba, no me interpretes mal. Y supongo que superan al sexo hetero o, dicho de otro modo, al acto sexual (en palabras de mi madre).

Ahora bien, ¿sexo no hetero? Imagino que debe de ser aún mejor que las Reese's. ¿Te parece raro que sea incapaz de mencionar este tema sin sonrojarme?

En fin, hablando de Reese's, muchas gracias por la foto. Me refería exactamente a eso. En lugar de comerme una, quería IMAGINAR la sensación de saborear una, tan saladita, pegajosa y alucinante. Es genial, porque me apetecía torturarme, pero no tenía ganas de buscar las chocolatinas Reese's en Google por mí mismo.

La emprendería con nuestra propia provisión de chocolatinas sobrantes, pero no han sobrevivido al fin de semana, ni de lejos.

Jacques

(Más fiestero que la madre de Blue desde 2014).

7

El miércoles es el día de flexibilidad de género, que consiste en cantidades ingentes de sureños heteros travestidos. Definitivamente, no es mi día favorito.

A primera hora nos ponen *Noche de Reyes*, porque los profes de lengua y literatura se creen siempre muy graciosos. En clase del señor Wise hay un sofá raído y mugriento que despide cierto tufo a cerveza, y estoy seguro de que la gente lo usa para mantener relaciones y llenarlo de fluidos después de clase. Esa clase de sofá. A pesar de todo, nos peleamos a muerte por ocuparlo durante las clases. Supongo que cualquier cosa es un millón de veces más soportable cuando no estás sentado en un pupitre.

Hoy se han apoderado de él los futbolistas, todos vestidos de animadoras de Creekwood; concretamente Nick, Garrett y Bram. Es el disfraz que suelen escoger los deportistas para el día de flexibilidad de género. No habrá más de veinte animadoras en total, así que no entiendo cómo se las arreglan para cubrir la demanda. Puede que tengan diez uniformes cada una. A saber en qué gasta el dinero este centro.

Pero reconozco que en parte es un gustazo ver todas esas pantorrillas de futbolista con sus viejas zapatillas de deporte asomando de las falditas plisadas de las animadoras. No me puedo creer que Bram Greenfeld se haya disfrazado. Bram, de nuestra mesa. Es un chaval negro, muy callado, que tiene fama de ser un cerebrito aunque nunca lo he oído hablar a menos que lo obliguen a ello. Apoltronado en una punta del sofá, se frota la punta de un pie contra el otro y nunca antes me había dado cuenta, pero es como monísimo.

El señor Wise ya ha puesto la película cuando Abby entra en el aula como un vendaval. Entre los ensayos de las animadoras, el teatro y el resto de sus múltiples compromisos, Abby siempre tiene algún motivo para llegar tarde a primera hora, pero nunca le llaman la atención. A Leah le da mucha rabia, en particular porque la gente del sofá siempre está deseando hacerle un sitio.

Echa un vistazo al grupo del sofá y suelta una carcajada. Y la cara de Nick es un poema; así de satisfecho está. Su expresión reproduce con exactitud la que tenía el día que encontramos un hueso de dinosaurio enterrado en el patio del colegio.

O sea, al final resultó ser un hueso de pollo, pero qué más da.

—¿Pero qué leches? —pregunta Abby a la vez que se sienta detrás de mí. Lleva traje, corbata y una barba larga estilo de Dumbledor—. ¿Por qué no os habéis disfrazado?

—Yo llevo pinzas en el pelo —señalo.

—Ya, bueno, son invisibles —se vuelve hacia Leah—. ¿Y tú te has puesto vestido?

Leah la mira y se encoge de hombros sin explicarse. Es típico de Leah vestirse superfemenina el día de flexibilidad de género. Una forma de subversión.

El caso es que habría dejado las dichosas pinzas del pelo en el cajón de Alice, donde las he encontrado, si hubiera pensado que la gente iba a pasar de mí. Pero todo el mundo sabe que siempre participo en estos rollos. Desde la ironía, claro. Pero lo hago. Habría quedado raro que no me disfrazase en un día como hoy, aunque fuera mínimamente. Es curioso que, al final, son los chicos más machotes, pijos y deportistas los que se implican a tope en la flexibilidad de género. Supongo que se sienten tan seguros de su masculinidad que les da igual.

La verdad es que me molestan mucho ese tipo de comentarios. Yo también me siento seguro de mi masculinidad. Sentirte seguro de tu masculinidad no equivale a ser hetero.

Lo que de verdad me incomoda es vestirme de chica, supongo. Nadie lo sabe, ni siquiera Blue, pero en su día esos disfraces me producían una sensación especial. No sé cómo explicarlo, ni siquiera acabo de aceptarlo, pero no he olvidado el tacto de la seda y el fresquito en las piernas. Siempre supe que era un chico y nunca quise ser otra cosa. Pero, cuando era más joven, me despertaba en pleno abril soñando con Halloween. Me probaba el disfraz montones de veces a lo largo del mes de octubre y luego en noviembre, y fantaseaba obsesivamente con la idea de sacarlo a pasear una vez más. Pero nunca crucé esa línea.

No sé. La intensidad de aquellos sentimientos en cierta manera me mortifica. Los recuerdo con absoluta claridad. Ahora, no soporto la idea de travestirme. Ni siquiera me gusta pensar mucho en ello. La mayor parte del tiempo, no me puedo creer que aquel fuera yo.

La puerta del aula se abre y allí está Martin Addison, enmarcado por la brillante luz del pasillo. Se las ha arreglado para encontrar un uniforme de animadora e incluso se ha tomado la molestia de ponerse relleno para lucir unas tetas inquietantemente realistas. Martin es muy alto, así que la cantidad de piel que muestra resulta un tanto obscena.

Alguien silba desde el fondo del aula.

—Qué buena estás, Ritalín.

—Justificante, señor Addison —dice el señor Wise. Y puede que Leah esté pensando por mí, pero me parece injusto que no se lo haya pedido a Abby; no puedo evitarlo.

Martin estira los brazos hacia la jamba de la puerta como si fuera a colgarse del arco de barras de un parque infantil, y la camiseta del uniforme se le sube aún más si cabe. Unas cuantas chicas sueltan risitas. Martin sonríe y se ruboriza. Os doy mi palabra, ese chico se prostituiría a cambio de una risa tonta. Pero supongo que posee un talento especial para eso, porque no he conocido a ningún pringado tan querido entre los populares. O sea, no os voy a mentir. Le toman el pelo todo lo que quieren y más. Pero sin mala leche. Lo tratan como a una mascota.

—Estoy esperando, señor Addison —le espeta el señor Wise.

Martin se estira la camiseta, se coloca las tetas en su sitio y entra en el aula.

El viernes, el pasillo de mates y ciencias está cubierto de heno. Debe de haber unos siete centímetros bajo mis pies, y unas cuantas briznas asoman de las rendijas de mi taquilla. El polvo lo invade todo e incluso la luz parece distinta.

El tema de este año es la música y, de todos los géneros que existen en el mundo, los de primero de bachillerato han escogido el *country*. Algo así solo pasa en Georgia. De ahí que lleve pañuelo y sombrero vaqueros. Dichoso espíritu escolar.

Vale. A ver, el baile de bienvenida es un asco y la música *country*, bochornosa, pero adoro el heno. Aunque su presencia implique que hoy Anna y Taylor Metternich, así como todos los demás asmáticos, tendrán que saltarse ciencias y mates. Tengo la sensación de estar en otro universo.

Cuando entro en la cafetería, casi me caigo de la risa, en serio. Los de tercero tienen la culpa. Son adorables y ridículos y, ay, Dios mío, me parto el pecho. Han elegido el género emo, que básicamente consiste en un mar de flequillos, muñequeras y lágrimas. Ayer por la noche le supliqué a Nora que se pusiera una peluca negra, perfilador de ojos y, por el amor de Dios, una camiseta de My Chemical Romance cuando menos. Me miró como si le hubiera sugerido que se plantara en el instituto desnuda o poco menos.

La veo un momento en la otra punta de la cafetería y su cabello rubio y rizado es cualquier cosa menos emo. Pero, por lo que parece, ha transigido en lo del maquillaje tipo mapache, seguramente al ver que todo el mundo lo llevaba. Es un perfecto camaleón.

Me cuesta creer que sea la misma persona que tiempo atrás se empeñó en disfrazarse de cubo de basura.

Martin está sentado en la mesa contigua y lleva peto. En serio, tiene petos. Intenta captar mi mirada pero yo desvío la vista deprisa y corriendo. A estas alturas, evitar a Martin se ha tornado un acto reflejo para mí.

Me siento entre Leah y Garret, que prosiguen su discusión.

—¿Quién diablos es? —pregunta Leah.

—¿No has oído hablar de Jason Aldean? ¿Va en serio? —se escandaliza Garrett.

—Va en serio. No he oído hablar de él.

Garrett estampa las manos contra la mesa y yo hago lo propio en plan payaso. Me dirige una sonrisa avergonzada.

—Eh —dice Nick a la vez que se sienta delante de mí y abre su fiambrera—. He pensado una cosa —me informa—. Deberíamos ir al partido de esta noche.

—No lo dirás en serio —interviene Leah.

Nick la mira.

—¿Y qué pasa con los gofres? —añade ella. Siempre vamos a La Casa de los Gofres durante los partidos de fútbol americano.

—¿Qué pasa?

Leah ha agachado la cabeza, así que sus ojos dan como miedo y está apretando los labios. Por un instante, se hace el silencio.

Y puede que no venga a cuento, pero supongo que no estoy pensando en Leah ahora mismo.

—Yo me apunto al partido —declaro. Porque estoy seguro de que Blue estará allí. Me atrae la idea de compartir graderío con Blue.

—¿En serio? —dice Leah. Noto sus ojos clavados en mí, aunque yo me aseguro de mirar al frente—. *¿Et tu, Brute?*

—Cómo te pasas… —empieza a decir Nick.

—Tú te callas —lo corta Leah.

Garrett suelta una risa nerviosa.

—¿Me he perdido algo? —La llegada de Abby nos sorprende en mitad de un silencio denso e incómodo. Se sienta junto a Nick—. ¿Va todo bien?

—Sí, todo va bien.

Nick se vuelve un momento a mirarla y se ruboriza un poco.

—Vale —dice Abby, y sonríe. No lleva un sombrero de vaquero sino un montón, apilados—. ¿Y qué? ¿Ya estáis mentalizados para el partido de esta noche?

Leah se levanta con brusquedad, devuelve la silla a su sitio de un empujón y se marcha sin pronunciar palabra.

El partido empieza a las siete, pero hay un desfile a las seis. Me acerco a casa de Nick al salir de clase y regresamos al instituto en su coche.

—Ahora estamos en la lista negra de Leah —comento mientras nos desviamos por la carretera que lleva a Creekwood. Ya hay coches aparcados en paralelo por toda la calle, lo que significa que el aparcamiento está lleno. Abundan los aficionados al fútbol americano, supongo.

—Lo superará —opina Nick—. ¿Se puede aparcar ahí?

—No, es una boca de incendios.

—Mierda, vale. Jo, esto está a tope.

Me parece que es la primera vez que Nick asiste a un partido. Yo, desde luego, me estreno hoy. Tardamos otros diez minutos en encontrar una plaza en la que Nick pueda aparcar en batería, porque odia hacerlo en línea. Al final, tenemos que caminar kilómetros y kilómetros bajo la lluvia para llegar al instituto, pero supongo que los sombreros de vaquero sirven para algo, a fin de cuentas.

Es la primera vez en mi vida que me fijo en los focos del estadio. O sea, siempre han estado ahí y seguramente los he visto encendidos en otras ocasiones, pero nunca me había dado cuenta de lo increíblemente intensos que son. A Blue le encantan. Me pregunto si ya se ha fundido con la muchedumbre que pulula por el campo. Pagamos un par de pavos, nos entregan las entradas y, al momento, estamos dentro. La banda toca una mezcla de temas de Beyoncé, raro pero flipante, y hace un envarado bailecito sin moverse del sitio. Y, en serio, a pesar de la lluvia y de que detesto esta fiesta, empiezo a entender por qué Blue alucina con esto. Tienes la sensación de que cualquier cosa es posible.

—¡Estáis aquí! —exclama Abby, que trota hacia nosotros. Nos obsequia con un abrazo gigante a cada uno—. Acabo de enviaros un mensaje a los dos. ¿Queréis participar en el desfile?

Nick y yo nos miramos.

—Vale —acepto. Nick se encoge de hombros.

Pronto estamos siguiendo a Abby al aparcamiento de los profesores, donde un montón de gente del consejo estudiantil se ha reunido en torno a la carroza de primero de bachillerato. Han erigido la estructura en la plataforma de un camión y sin duda recuerda al mundo country. Las balas de heno cubren toda la superficie pero se yerguen a mayor altura en la parte del fondo, y han atado pañuelos de vaquero rojos a modo de guirnaldas alrededor de la estructura. Hay lucecitas de Navidad por doquier. Un tema pop con reminiscencias country suena a todo volumen por los altavoces de un iPod.

Abby forma parte del cotarro, faltaría más. Irá montada en la carroza con unas cuantas animadoras. Todas llevan minifaldas vaqueras y camisas a cuadros atadas a la cintura para lucir barriga. Hay un par de chicos vestidos con peto, incluido uno que viaja sentado entre las balas de heno fingiendo que toca la guitarra acústica. Le lanzo a Nick una sonrisa irónica, porque nada le molesta más que ver a alguien fingiendo tocar la guitarra. En particular si ese alguien ni siquiera se molesta en desplazar los dedos por los trastes.

Una tal Maddie del consejo estudiantil nos obliga a formar detrás de la carroza y alguien nos pasa briznas de heno para que las llevemos entre los dientes.

—Y todos tenéis que cantar —nos instruye Maddie, seria a más no poder—. Van a juzgar nuestro espíritu estudiantil.

—*Dishosos aqueros* —farfullo mirando a Nick. Él responde con un bufido. No se puede decir gran cosa cuando llevas una brizna de heno entre los dientes.

A Maddie le entra pánico.

—Ay, Dios mío, vale, escuchadme todos. Cambio de planes. Nada de heno. Que todo el mundo se quite el heno de

70

la boca. Vale, bien. Gritad a todo pulmón. Y no os olvidéis de sonreír.

La carroza empieza a avanzar por el aparcamiento hasta colocarse detrás de la monstruosidad dedicada al rock and roll que han montado los de cuarto. Los seguimos de cerca, atendiendo a las indicaciones de Maddie, que grita lemas y aúlla «yuju» cuando el nivel de ruido le parece insuficiente. El desfile abandona los terrenos del instituto y da una vuelta a la manzana antes de entrar en la pista que circunda el campo de fútbol. Las luces nos iluminan, la gente nos vitorea, y no me puedo creer que Nick y yo hayamos acabado aquí en medio. Es tan película de adolescentes. Tengo la sensación de que debería hacer algún comentario para enfatizar la ridiculez de todo, pero ¿sinceramente? En parte es agradable no recurrir al cinismo por una vez.

Tengo la sensación de formar parte de algo, supongo.

Abby y las demás animadoras corren al cuarto de baño en el instante en que concluye el desfile para ponerse los uniformes, y Nick y yo alzamos la vista hacia los graderíos. Las caras se mezclan, y nos cuesta encontrar a algún conocido. Resulta un tanto abrumador.

—El equipo de fútbol está ahí arriba —dice Nick por fin al tiempo que señala a la izquierda, unas cuantas filas por debajo de las gradas más altas. Lo sigo por las escaleras de cemento y nos abrimos paso haciendo equilibrios para llegar hasta ellos. Señor. Y yo que creía haberme puesto ya en evidencia de todas las formas posibles. Y entonces nos enfrentamos al problema de encontrar sitio. Garrett se apretuja contra Bram, pero a mí me toca sentarme prácticamente en el regazo de Nick, una situación insostenible lo mires como lo mires. Me levanto al instante, presa del nerviosismo y la timidez.

—Vale —le informo—. Me voy con la gente de teatro.

Localizo la brillante melena rubia y supercuidada de Taylor un par de filas más abajo, cerca de las escaleras. Está sentada con Emily Goff y un par de compañeros más. Un par de compañeros que incluyen a Cal Price. Se me acelera el corazón. Sabía que encontraría a Cal aquí.

Hago equilibrios de nuevo para recorrer la fila y bajo las escaleras con la sensación de que todos los ojos del estadio están clavados en mí. Por fin introduzco el brazo por debajo de la barandilla para llamar a Cal con unos golpecitos en el hombro.

—¿Qué pasa, Simon? —me saluda. Me gusta que me llame «Simon». Muchos chicos me llaman «Spier», y no me importa, pero no sé. Sinceramente, creo que Cal podría llamarme como le viniera en gana y a mí me gustaría.

—Eh —digo—. ¿Me puedo sentar con vosotros?

—Claro —se desplaza medio metro—. Hay mucho sitio.

Y lo hay. No tendré que sentarme en su regazo, en todo caso. Es una pena, la verdad.

Me paso un minuto entero discurriendo qué decir. La cabeza no me funciona a derechas.

—Nunca te había visto en un partido, ¿verdad? —comenta Cal, y se aparta el flequillo de los ojos.

Y, en serio, es demasiado. Porque… el flequillo de Cal. Los ojos de Cal. El hecho de que, por lo visto, se ha fijado en mí lo suficiente como para reparar en que no frecuento los partidos.

—Hoy me estreno —respondo. Porque tenía que hacer el comentario más virginal del mundo, faltaría más.

—Qué guay. —Está tan tranquilo. Ni siquiera se vuelve a mirarme, porque es capaz de hablar y observar el juego al mismo tiempo—. Yo vengo siempre que puedo. Procuro no perderme el gran partido, como mínimo.

Intento discurrir un modo de formularle la pregunta que estoy pensando. Tal vez si mencionara algo sobre la fragancia del aire, solo por ver su reacción. Pero si dijera eso y Cal de verdad fuera Blue, ataría cabos al instante. Y no creo estar preparado.

A pesar de todo, me embarga una puñetera, absurda, estúpida curiosidad.

—Eh.

De repente, alguien se sienta a mi lado en la grada. Es Martin. Me desplazo al momento para dejarle sitio.

—Ritalín —gruñe un chico por detrás de nosotros, y le revuelve el pelo a Martin. Este le sonríe. Luego se plancha el pelo con las manos, o lo intenta, y se pasa un rato mordisqueándose el labio.

—¿Qué pasa, Spier?

—Nada —respondo. Me da un vuelco el corazón. Martin se vuelve hacia mí y salta a la vista que le apetece charlar. Eso me pasa por querer hablar con Cal. Eso me pasa por pensar que se respiraba posibilidad.

—Oye, mira, eso de Abby...

—¿Sí?

—La invité al baile —me informa casi en susurros— y me rechazó.

—Ya, bueno. Lo siento. Qué guarrada.

—¿Sabías que ya había quedado con otro?

—Esto, sí. Me parece que sí. Lo siento —repito. Debería haber encontrado un momento para hablarle a Martin de eso.

—¿Me podrías avisar la próxima vez? —me pide—. ¿Para no ponerme en ridículo?

Parece hundido en la miseria. Y experimento un curioso sentimiento de culpa. Aunque me esté chantajeando, me siento culpable. Qué lío.

—No creo que estén saliendo juntos —le digo.

—Da igual —responde. Lo miro. No sé si ha renunciado a Abby o qué. Y si renuncia a ella... ¿qué pasa con los emails? Puede que pendan sobre mi cabeza durante toda le eternidad.

La verdad, no se me ocurre nada peor que eso.

8

De: hourtohour.notetonote@gmail.com
Para: bluegreen181@gmail.com
Enviado el: 11 de noviembre a las 23:45
Asunto: Re: de todo lo antedicho

Blue,

Vale, en primer lugar, las galletas Oreo están considera-das un grupo alimentario. En segundo lugar, son el ÚNICO grupo alimentario que importa. Mis hermanas y yo inventa-mos un país llamado Shoreo hace unos años, una noche que nos quedamos a dormir en casa de mi tía. En ese país, todo está fabricado de algún tipo de Oreo, y el río es un batido de leche con Oreos, que navegas a bordo de una Oreo gigante. Te puedes servir todos los batidos que quieras. Es igual que una escena de *Charlie y la fábrica de chocolate*, supongo. Se-guramente teníamos hambre aquella noche, nada más. Mi tía cocina fatal.

A lo que íbamos, te perdono tu ignorancia. Sé que no te has percatado de que hablabas con un experto.

Jacques

De: bluegreen181@gmail.com
Para: hourtohour.notetonote@gmail.com
Enviado el: 2 de noviembre a las 17:37
Asunto: Re: de todo lo antedicho

Jacques,

Es verdad, no tenía ni idea de que hablaba con semejante especialista en galletas Oreo. Shoreo debe de ser un país mágico. Así pues, doctor, ¿cuántas raciones de productos Oreo hacen falta para llevar una dieta equilibrada?

Tengo la impresión de que eres un poquitín goloso.

Blue

De: hourtohour.notetonote@gmail.com
Para: bluegreen181@gmail.com
Enviado el: 13 de noviembre a las 19:55
Asunto: ¿Goloso yo?

No entiendo qué te ha llevado a sacar esa conclusión.

Muy bien… Albergo fuertes sospechas de que no estás cumpliendo la dieta Oreo a rajatabla. Las pautas son muy sencillas. Nada de excusas. El desayuno consiste, como es lógico, en una barrita de avena Oreo o en una tortita Oreo. No, no son asquerosas. Cállate. Son alucinantes. La comida debería ser una pizza de Oreo, un batido de leche con Oreo y un par de trufas de Oreo como las que hace mi madre (dicho de otro modo, la puñetera golosina más deliciosa del universo). Para cenar hay que tomar buñuelos de Oreo servidos sobre helado de Oreo, todo ello acompañado de galletas Oreos disueltas en leche. Nada de agua. Solo leche con Oreos. De postre te puedes comer las Oreo tal cual. ¿Te parece factible? Es por tu bien, Blue.

Me está entrando hambre solo de escribir esto, palabra. Cuando era pequeño siempre me pasaba. ¿Verdad que es rara esa tendencia infantil a fantasear con la comida basura? Te pasas todo el santo día pensando en ello. Supongo que con algo te tienes que obsesionar antes de saber que existe el sexo.

Doctor Jacques

De: bluegreen181@gmail.com
Para: hourtohour.notetonote@gmail.com
Enviado el: 14 de noviembre a las 22:57
Asunto: Re: ¿Goloso yo?

Jacques,

Te agradezco infinitamente que te preocupes por mi bienestar. Me va a costar lo mío, pero sé que mi cuerpo me lo agradecerá. En serio, no te puedo discutir que las Oreo están de muerte y el menú que describes es para chuparse los dedos. Sin embargo, tendré que prescindir de los buñuelos de la cena. Cometí el error de comerme uno en una feria momentos antes de montar en el torbellino. Te ahorraré los detalles, pero digamos que a la gente que se marea fácilmente no se le ha extraviado nada en esa atracción. Desde entonces, los buñuelos de Oreo han perdido su encanto. Lamento mucho darte esta noticia. Sé que las galletas Oreo son sumamente importantes para ti.

Reconozco que me gusta imaginarte como un niño que fantasea con la comida basura. Y también me gusta imaginarte ahora fantaseando con el sexo. No me puedo creer lo que acabo de escribir. No me puedo creer que vaya a pinchar la palabra «enviar».

Blue

9

Le gusta imaginarme fantaseando con el sexo.

No debería haber leído algo así instantes antes de meterme en la cama. Aquí me encuentro, tendido en la más completa oscuridad, leyendo esas palabras en el móvil una y otra vez. Estoy desvelado y hecho un manojo de nervios, todo a causa de ese email. Y empalmado. Qué raro es todo.

Estoy hecho un mar de confusión. En el buen sentido. Blue suele ser muy cuidadoso con lo que escribe.

¡Le gusta imaginarme fantaseando con el sexo!

Creía ser el único que albergaba esa clase de pensamientos respecto a nosotros dos.

Me pregunto cómo me sentiría si lo conociera en persona, después de tanto tiempo. ¿Tendríamos que hablar siquiera? ¿Nos enrollaríamos de buenas a primeras? Me lo puedo imaginar, creo. Está en mi dormitorio y nos hallamos a solas, él y yo. Se sienta en la cama, a mi lado, y se vuelve a mirarme con sus ojos azul turquesa. Con los ojos de Cal Price. Y entonces me toma el rostro entre las manos y, antes de que me dé cuenta, me está besando.

Me rodeo con las manos mi propia cara. Bueno. Con la mano izquierda. Tengo la derecha ocupada.

Lo visualizo. Me besa y no se parece en nada a besar a Rachel, a Anna o a Carys. Ni de lejos. Ni siquiera pertenece a la misma estratosfera. Una especie de hormigueo eléctrico recorre todo mi cuerpo y mi cerebro se nubla, y estoy seguro de estar oyendo los latidos de mi corazón.

Tengo que ser muy, muy silencioso. Nora duerme al otro lado de la pared.

Noto su lengua en la boca. Sus manos resbalan por debajo de mi camiseta y me recorre el pecho con los dedos. Estoy a punto. Es casi insoportable. Dios mío. Blue.

Todo mi cuerpo se torna gelatina.

El lunes Leah me aborda en el instante en que llego al instituto.

—Eh —dice—. Nora, te lo robo.

—¿Qué pasa? —pregunto. El terreno hace pendiente y hay una especie de repisa de cemento que rodea el patio. En algunas zonas es tan baja que puedes apoyar el trasero.

Leah evita mirarme.

—Te he confeccionado una lista —dice a la vez que me tiende un CD en un estuche de plástico transparente—. La puedes cargar en el iPod cuando llegues a casa. O lo que quieras.

Lo tomo y le doy la vuelta. En lugar de los títulos de las canciones, Leah ha escrito algo parecido a un haikú.

Cuello arrugado, cabello cano
Lamento decirlo, Simon
Pero estás hecho un vejestorio.

—Leah. Qué bonito.

—Sí, vale. —Se desplaza hacia atrás y apoya las manos en la repisa, mirándome—. Muy bien. ¿Estamos bien?

Asiento.

—¿Te refieres a...?

—¿A que me dejasteis colgada el día del baile de bienvenida?

—Lo siento mucho, Leah.

Una sonrisa baila en la comisura de sus labios.

—Tienes mucha suerte de que sea tu puñetero cumpleaños.

Tras decir eso, extrae del bolso un gorrito de fiesta en forma de cono y me lo coloca en la cabeza.

—Siento haber exagerado —añade.

A la hora de comer hay un enorme pastel cuadrado en la mesa y, cuando llego, todo el mundo me espera con gorritos en la cabeza. Es la tradición. Nadie come pastel si no se encasqueta un gorro. Creo que Garrett espera agenciarse dos trozos porque lleva un par de conos prendidos a guisa de cuernos.

—Siiiimon —me saluda Abby, aunque en realidad lo canta con una voz grave y ronca como de barítono—. Pon la mano y cierra los ojos.

Deposita algo casi ingrávido en mi palma. Abro los ojos y veo una pajarita de papel pintada con cera dorada.

Unas cuantas personas nos miran desde las otras mesas y yo noto un cosquilleo en la cara cuando una sonrisa asoma a mis labios.

—¿Me la tengo que poner?

—Oh, sí —dice—. Te la tienes que poner. Una pajarita dorada para tu cumpleaños áureo.

—¿Mi qué?

—Tu cumpleaños áureo. Diecisiete el diecisiete —aclara Abby. A continuación levanta la barbilla con aire ceremonioso y tiende la mano—. Nicholas, el celo.

Nick lleva esperando desde Dios sabe cuándo con tres trozos de cinta adhesiva pegados a la yema de los dedos, palabra. Parece su perrito faldero.

Abby me pega la pajarita y me pellizca las mejillas, algo que hace con una frecuencia preocupante porque, por lo visto, mis carrillos son adorables. A saber qué carajo significa eso.

—Bueno, cuando tú digas —indica Leah. Sostiene un cuchillo de plástico en la mano, además de un montón de platos, y me parece que está haciendo lo posible por no mirar a Nick o a Abby.

—Adelante.

Leah corta el pastel en cuadritos perfectos y, en serio, algo parecido a vaharadas de gloria bendita invaden el ambiente. Adivinad qué mesa de empollones del programa de excelencia se ha convertido, como por arte de magia, en el grupo de chicos y chicas más popular del instituto.

—Si no hay gorro, no hay pastel.

Morgan y Anna dictan la ley desde la otra punta de la mesa. Un par de chicos transforman hojas de papel en capirotes y otro tío se embute una bolsa de papel en la cabeza como si fuera un gorro de chef. La gente pierde la vergüenza en presencia de un pastel. Es un espectáculo precioso.

El pastel en sí mismo es tan perfecto que solo Leah puede haberlo escogido: la mitad de chocolate y la mitad de vainilla, porque no llego a decidirme por ninguno de los dos sabores, y cubierto de glaseado de supermercado, que está de muerte. Y nada de glaseado rojo. Leah no ignora que, en mi opinión, sabe demasiado encarnado.

Nadie como Leah para alegrarte el cumpleaños.

Llevo las sobras al ensayo, y la señorita Albright nos deja organizar una merienda en el escenario. Y por merienda me refiero a un montón de alumnos de teatro asaltando la caja como buitres para zamparse el pastel a puñados.

—Ay, Dios mío, me parece que acabo de engordar dos kilos —se lamenta Amy Everett.

—Pobre —le suelta Taylor—. En mi caso tengo la suerte de tener un metabolismo superrápido.

En serio, Taylor es así. O sea, hasta yo conozco gente que te mataría por hacer ese tipo de comentarios, y con razón.

Y hablando de víctimas: Martin Addison está despatarrado en el escenario con la cara hundida en la caja vacía.

La señorita Albright se le acerca.

—Muy bien, chicos. A trabajar. Sacad los lápices. Quiero que añadáis lo siguiente a vuestros guiones…

No me molesta escribir. La escena que estamos montando se desarrolla en una taberna, y yo me limito a anotar que debo comportarme como si estuviera borracho. Lástima que no nos vayan a examinar de estos apuntes en los finales. De ser así, las notas de unos cuantos mejorarían significativamente.

Ensayamos de un tirón sin descansar, pero yo no participo en todas las escenas así que puedo desconectar de vez en cuando. Hay tarimas retiradas a un lado del escenario, que se quedaron allí después de un concierto del coro. Me siento cerca del fondo y apoyo los codos en las rodillas. En ocasiones se me olvida lo agradable que resulta sentarse a mirar sin más.

Cerca del borde del escenario, hacia la izquierda, Martin le cuenta no sé qué anécdota a Abby con ademanes nerviosos. Ella sacude la cabeza y se ríe. Parece ser que Martin no ha tirado la toalla, a fin de cuentas.

Y de repente Cal Prize se planta delante de mí y me propina un toque en el pie con la punta de su deportiva.

—Eh —dice—. Feliz cumpleaños.

Esto sí que es un cumpleaños feliz.

Se sienta a mi lado en la tarima, a cosa de un palmo.

—¿Vas a hacer algo para celebrarlo?

Ay.

Vale. No quiero mentirle. Pero tampoco me apetece confesar que mis planes consisten en pasar la noche con mi familia y leer felicitaciones en Facebook. Es lunes, ¿vale? Nadie tiene planes chulos entre semana.

—Sí, supongo que sí —respondo por fin—. Me parece que vamos a tomar pastel helado. De Oreo —añado.

No he podido evitar sacar las Oreo a colación.

—Qué guay —dice—. Espero que te quede sitio.

Ninguna reacción perceptible a la mención de las Oreo. Aunque eso, en principio, no tiene por qué significar nada.

—Vale, bien —dice Cal, que se desplaza hacia delante. Le pido mentalmente que no se levante. Se levanta—. Que te diviertas.

Pero entonces me apoya la mano en el hombro durante una milésima de segundo. Estoy por pensar que no ha sucedido.

O sea, lo digo totalmente en serio. Los cumpleaños son alucinantes.

10

De: hourtohour.notetonote@gmail.com
Para: bluegreen181@gmail.com
Enviado el: 18 de noviembre a las 04:15
Asunto: ¿Por qué por qué por qué?

Ay, Dios mío, Blue, estoy tan cansado que me duele todo. ¿No te pasa a veces que tu cerebro no se apaga aunque tu cuerpo está para el arrastre? Te voy a escribir un email y espero que te parezca bien por muy incoherente que sea. No me lo tengas en cuenta, ¿vale? Aunque esté mal escrito. Tú escribes de maravilla, Blue, y yo suelo repasar unas tres veces todo lo que te escribo porque no quiero decepcionarte. Así que te pido perdón de antemano por hacerme un lío con los había, habían, haya, halla, allá y todo lo demás.

Hoy ha sido un día alucinante, en realidad. Intento no pensar en la pinta de zombi que tendré mañana. Por si fuera poco, tengo cinco exámenes durante los próximos dos días incluido uno en une *autre langue* que se me da como el culo. MERDE.

Oye, ¿no había un *reality show* en el que la gente se citaba a oscuras? Deberíamos hacerlo. Deberíamos buscar por ahí una habitación en la que no entrara ni un rayo de luz. Así podríamos pasar un rato juntos sin sacrificar el anonimato. Y no estropearíamos nada. ¿Qué te parece?

Jacques

De: bluegreen181@gmail.com
Para: hourtohour.notetonote@gmail.com
Enviado el: 18 de noviembre a las 07:15
Asunto: Re: ¿Por qué por qué por qué?

Zombi Jacques,

No sé qué decir. Por una parte, lamento que hoy estés condenado a pasar un día de mierda y espero de corazón que al final pudieras pegar ojo un par de horas como poco. Por otra parte, eres muy mono cuando estás agotado. Y, por cierto, te expresabas con suma coherencia y corrección para ser las cuatro de la mañana.

Ahora bien, no te derrumbes ahora y tira adelante. *Bonne chance*, Jacques. Tienes todo mi apoyo.

Nunca jamás he oído hablar del programa que mencionas. Supongo que no sé gran cosa de telerrealidad. Es una idea interesante, pero ¿cómo resolveríamos el problema de la voz?

Blue

De: hourtohour.notetonote@gmail.com
Para: bluegreen181@gmail.com
Enviado el: 18 de noviembre a las 19:32
Asunto: Re: ¿Por qué por qué por qué?

Bueno, me da un poco de miedo leer lo que te escribí anoche. Me alegro de que me encontraras mono y correcto.

En cualquier caso, no sé por qué leches me dio por ahí. Ayer me pasé con el azúcar. Perdón perdón perdón.

Sí. Mi encefalograma sigue plano. Mejor ni me planteo lo que sacaré en los exámenes.

¿Que no sabes gran cosa de telerrealidad? ¿Me estás diciendo que tus padres no te obligan a mirar puñeteros *realities*? Porque los míos, sí. Piensas que bromeo, ¿verdad?

Algo de razón tienes en ese asunto de las voces. Supongo que tendríamos que disfrazarlas con una especie de megáfono robótico al estilo de Darth Vader. O podríamos hacer otras cosas en lugar de charlar. No sé. Ahí lo dejo.

Tu zombi Jacques

11

Ayer celebramos Acción de Gracias. Alice ha venido a casa y ahora estamos en el porche trasero, pasando el rato después de la cena. El tiempo es tan cálido que invita a ir en sudadera y en pantalón del pijama. Y a comer sobras de pastel helado y jugar a Scattergories.

—Vale. ¿Parejas y tríos famosos?

—Abbott y Costello —responde mi madre.

Nora y yo soltamos al unísono:

—Adán y Eva.

Es sorprendente, teniendo en cuenta que debemos de ser la única familia del Sur que no posee una Biblia.

—Los países del eje —dice mi padre, y se le nota que está superorgulloso de su contribución.

—Alvin y las ardillas —interviene Alice como si nada, y todos nos partimos de risa. No sé. Les tenemos cariño a las ardillas de Alvin. Imitamos las voces a la perfección, hemos inventado una coreografía inspirada en el tema principal de la peli y, cuando éramos pequeños, organizábamos actuaciones delante de la chimenea. La cosa se prolongó durante años. Qué suerte la de nuestros padres. Por otro lado, fueron ellos los que decidieron llamarnos Alice, Simon y Eleanor, así que lo estaban pidiendo a gritos.

Alice le frota el lomo a *Bieber* con el pie. Lleva calcetines

disparejos y me parece casi imposible que esta sea su primera noche en casa desde hace tres meses. Me parece que no
me había percatado hasta ahora de lo raro que ha sido vivir
sin ella.

Nora debe de estar pensando lo mismo que yo, porque
dice:

—No me puedo creer que te marches dentro de dos días.

Alice frunce los labios un instante, pero guarda silencio.
Empieza a refrescar y escondo las manos en los puños de la
sudadera. En ese momento, mi teléfono emite un zumbido.

Un mensaje de Capullo Integral: *eh vais a hacer algo este
fin de semana.*

Al cabo de un momento: *con Abby y tal quiero decir.*

Por lo que parece, a Martin le importa un carajo la pun-
tuación, algo que no me sorprende nada en absoluto.

Le respondo: *Lo siento, fin de semana en familia. Mi hermana está en casa.*

Respuesta instantánea: *tranqui Spier, mi hermano también
está en casa. Saludos de su parte ;)*

Y ni siquiera sé si pretende hacer una broma o me está
amenazando o qué, pero le odio. Ahora mismo le odio con
toda mi puta alma, palabra.

—Eh —dice Alice por fin. Dobla las rodillas para reco-
ger las piernas en la silla. Mis padres se han ido a dormir y
cada vez hace más frío aquí fuera—. No sé si aún tenéis hambre, pero tengo una caja de Chips Ahoy casi llena en la male-
ta. Que lo sepáis.

Doy gracias a Dios por Alice.

Doy gracias a Dios por las Chips Ahoy.

Voy a pasar una noche alucinante con mis hermanas, me
voy a hinchar a galletas y desde luego me voy a olvidar de
Capullo Integral y de su turbio emoticono con guiño incluido. Nos trasladamos al sofá del salón y *Bieber* se queda frito

con la mitad de su corpachón desparramado en el regazo de Alice.

—¿A alguien le apetece un Nick Eisner?

—¿Va en serio? Sí. Ve a buscar la mantequilla de cacahuete —ordena Alice en su tono mandón.

Un Nick Eisner es una galleta con un pegote de mantequilla de cacahuete en la superficie. Las llamamos así porque, cuando teníamos cinco años, Nick pensaba que la gente se refería a eso cuando hablaba de galletas de mantequilla de cacahuete. Y conste que están deliciosas. Pero en mi familia pagas caro esa clase de errores.

—¿Y cómo está el pequeño Nick Eisner?

—Igual. Pegado a su guitarra.

Y le dolería horrores saber que Alice aún lo considera «pequeño». Está medio enamorado de mi hermana mayor desde principios de la secundaria.

—Estaba a punto de preguntar. Qué mono.

—Se lo diré de tu parte.

—Ni se te ocurra —Alice se recuesta en el sofá y se frota los ojos por detrás de las gafas—. Perdonad —bosteza—. El avión salía muy temprano. Y aún me estoy recuperando de esta última semana.

—¿Exámenes trimestrales? —pregunta Nora.

—Sí —responde Alice. Y salta a la vista que hay algo más, pero no se explica.

Bieber bosteza en plan superescandaloso y se tumba de lado, y la oreja se le dobla del revés. Y luego le entra un tic en los belfos. Es un tarado.

—Nick Eisner —repite Alice. Acto seguido, sonríe—. ¿Recordáis su bar mitzvá?

Nora suelta una risita.

—Ay, Dios —digo avergonzado. Es el momento perfecto para enterrar la cara en un almohadón.

—*Boom boom boom.*

No, espera. Es el momento perfecto para golpear a Alice con un almohadón.

Ella para el golpe con los pies.

—De verdad, Simon. Podemos despejar el suelo ahora mismo si quieres —sugiere.

—Break dance según Simon Spier —apostilla Nora.

—Sí. Vale.

Nick cometió el error de invitar a mi familia a su bar mitzvá. Y yo cometí el error de probar a marcarme unos pasos de *popping* al ritmo de «Boom boom pow» delante de ellos. A los doce años, desconoces el significado de la expresión «buena idea».

—¿No os gustaría volver atrás en el tiempo y cambiar las cosas? En plan, eh, Alice adolescente, vale ya. No sigas por ahí.

—OMG —Nora niega con la cabeza—. No quiero ni acordarme de la adolescencia.

¿En serio?

O sea, fue Alice la que se pasó todo un mes llevando guantes de seda largos hasta el codo. Y estoy seguro de que fui yo el que se comió cinco cucuruchos de helado con tropezones de galleta en la feria del Renacimiento, cuando iba a sexto, y luego lo vomitó todo en un molde de cera de su propia mano. (Valió la pena.)

¿Pero Nora? Ni siquiera se me ocurre de qué se puede avergonzar. Puede que parezca genética o evolutivamente imposible, pero fue una tía guay durante toda la adolescencia. Guay sin pretenderlo. De esas personas que molan porque han aprendido a tocar la guitarra solas, se visten con prendas normales y no crean un Tumblr llamado «OBSESIÓN por Passion Pit».

Supongo que incluso a Nora la han visitado los fantasmas de la adolescencia.

—Sí, ojalá alguien le hubiera dicho al Simon adolescente que por favor intentara ser un tío fabuloso. Que lo intentara, nada más.

—Tú siempre has sido fabuloso, canijo —dice Alice, que alarga el brazo por encima de *Bieber* para estirarme la punta del pie.

Yo soy «canijo» y Nora es «pequeñaja». Pero solo para Alice.

—Y tus pasos de baile son superalucinantes —añade.

—Cállate —le digo.

Todo es un poco más perfecto cuando Alice está en casa.

Entonces Alice se marcha, se reanudan las clases y todo vuelve a ser un asco. Cuando llego a la clase de lengua y literatura, el señor Wise nos dedica una sonrisa maléfica, señal de que ha terminado de corregir las redacciones sobre Thoreau que nos puso como examen.

Y tengo razón. Empieza a repartirlas y advierto que casi todas están repletas de tachones rojos. Leah apenas echa un vistazo a la suya antes de doblarla, cortar la parte inferior y convertir el resto de la hoja en una pajarita de papel. A juzgar por su expresión, Leah está de un humor de perros. Estoy seguro al cien por cien de que se debe a que Abby ha llegado tarde y se ha sentado entre Nick y ella en el sofá.

El señor Wise hojea el fajo de exámenes y se humedece el dedo antes de extraer el mío. Lo siento, pero algunos profes son asquerosos. Seguro que también se ha tocado los ojos con esos dedazos que tiene. Como si lo viera.

Cuando veo un diez rodeado de un círculo en la parte superior del examen, alucino. No digo que se me dé mal la asignatura y la verdad es que *Walden* me gustó. Pero dormí dos horas como mucho, la noche antes del examen. Ni de coña.

Ah, espera. Tengo razón. Ni de coña, porque este no es mi dichoso examen. Bien por recordar mi nombre, señor Wise.

—Eh —digo. Me inclino hacia el pasillo para propinarle a Bram un toque en el hombro. Él se vuelve a mirarme—. Me parece que esto es tuyo.

—Ah. Gracias —responde, y alarga el brazo para tomar la hoja. Tiene unos dedos largos y nudosos. Una manos bonitas. Echa un vistazo al examen, me mira otra vez y se ruboriza. Le incomoda que haya visto su nota.

—No pasa nada. Quiero decir, me quedaría con la nota si pudiera.

Esboza una sonrisa mínima y vuelve a bajar la vista. Uno nunca sabe lo que está pensando. Pero tengo la teoría de que Bram es muy divertido para sus adentros. Ni siquiera sé por qué lo pienso.

Pero lo digo en serio: sean cuales sean los chistes privados que se gasta, creo que me gustaría compartirlos.

Por la tarde, cuando llego al ensayo, Abby está sentada en la primera fila del auditorio moviendo los labios con los ojos cerrados. Sostiene el guión abierto sobre el regazo y tapa unas cuantas líneas con la mano.

—Eh —la saludo.

Abre los ojos de sopetón.

—¿Cuánto rato llevas ahí?

—Solo un momento. ¿Estás memorizando el papel?

—Sí —le da la vuelta al guión y usa la pierna para impedir que me acerque. Su tono cortante me escama.

—¿Estás bien?

—Sí, perfectamente —asiente—. Solo un poco estresada —añade por fin—. ¿Sabías que tenemos que traer aprendido el papel para después de las vacaciones?

—Para después de las vacaciones de Navidad —aclaro.

—Ya lo sé.

—Falta más de un mes. Te lo sabrás.

—Para ti es fácil decirlo —me suelta—. No tienes papel.

Y entonces me mira con las cejas enarcadas y la boca en forma de o, y se me escapa la risa.

—Eso ha estado feo. Soy una zorra. No me puedo creer que te haya dicho algo así.

—Ha estado superfeo —asiento—. Eres una zorra camuflada.

—¿Qué la has llamado? —pregunta Martin.

Lo juro por Dios, este tío se cuela en las conversaciones cuando menos te lo esperas.

—No pasa nada, Marty. Solo estábamos haciendo el bobo —explica Abby.

—Sí, bueno, acaba de llamarte «zorra». Yo creo que sí pasa algo.

Ay, por Dios. Esto va en serio. El tío pretende plantarse aquí, perderse la broma y luego darle la vuelta para echarme un sermón sobre mi puto lenguaje. Genial, Martin. ¿Por qué no me atizas para quedar como un héroe delante de Abby? Y, por cierto, la mera idea de que Martin Addison se ponga en plan moralista mientras por detrás me está haciendo chantaje… es flipante.

—Martin, de verdad. Estábamos bromeando. Yo he sido la primera en decirlo.

Abby suelta una carcajada, pero le sale forzada. Yo me miro los zapatos.

—Si tú lo dices.

Martin está como un tomate y se toquetea la piel del codo. Quiero decir, por Dios, si tan decidido está a impresionar a Abby, quizá debería mostrarse menos agitado, cortado e irritante todo el tiempo. Y tal vez debería parar de arrancarse la maldita piel del codo. Porque es asqueroso. No creo ni que se dé cuenta.

Lo peor es que soy muy consciente de que si Alice me oyera expresarme así, también me llamaría la atención. Alice es inflexible en lo que concierne al uso apropiado de la palabra «zorra».

Apropiado: «La zorra dio a luz a unas crías preciosas».

Inapropiado: «Abby es una zorra».

Aunque la haya llamado «zorra camuflada». Aunque se lo haya dicho en plan de broma. Puede que la lógica de Alice sea un tanto extrema, pero me siento incómodo y mal al respecto.

Farfullo una disculpa. Me arde la cara. Martin sigue ahí plantado y yo me largo por piernas. Subo a toda prisa las escaleras que llevan al escenario.

Sentada en una tarima junto a Taylor, la señorita Albright le señala algo en el guión. En mitad del escenario, la chica que interpreta a Nancy lleva a caballito al chaval que hace el papel de Bill Sikes. Y al fondo a la izquierda una alumna de cuarto llamada Laura está sentada en una pila de sillas llorando sobre su brazo, y supongo que Mila Odom la está consolando.

—Ni siquiera lo sabes —dice Mila—. En serio, mírame. Mírame.

Laura levanta la vista.

—Es el puñetero Tumblr, vale. La mitad de esa mierda es inventada.

La voz de Laura suena llorosa y quebrada.

—Pero siempre hay… algo… de verdad… en… lo que…

—Son chorradas —dice Mila—. Tienes que hablar con él.

Entonces me ve ahí escuchando y me fulmina con la mirada.

94

Veréis: Simon significa «el que oye» y Spier, «el que mira». En consecuencia, estaba predestinado a ser un cotilla.

Cal y dos chicas mayores aguardan junto a la puerta del camerino, de espaldas a la pared, con las piernas extendidas. Él alza la vista y sonríe. Tiene una sonrisa fácil, muy bonita. La típica sonrisa que queda bien en las fotos. La conversación con Abby y Martin me ha dejado tocado, pero me parece que estoy a punto de sentirme mejor.

—Eh —los saludo.

Las chicas me dedican una especie de sonrisa. Sasha y Brianna son dos chicos de Fagin, igual que yo. Es curioso. Soy el único de los chicos de Fagin interpretado por un varón. Debe de ser porque ellas son más menudas o parecen más jóvenes. Yo qué sé. Pero en parte es genial, porque eso me convierte en la persona más alta del escenario en las escenas que compartimos. Algo que no sucede a menudo, para ser sincero.

—¿Qué pasa, Simon? —pregunta Cal.

—Ah, bueno. Nada. Eh, ¿no deberíamos estar haciendo algo ahora mismo?

Al instante me pongo rojo como un tomate, porque, tal como he formulado la frase, ha sonado como si le estuviera haciendo proposiciones. *Eh, Cal. ¿No deberíamos estar enrollándonos ahora mismo? ¿No deberíamos estar manteniendo unas relaciones fabulosas en el camerino ahora mismo?*

Puede que sean paranoias mías, porque Cal no se sofoca ni nada.

—No, creo que la señorita Albright tiene que acabar no sé qué, y luego nos llamará.

—Por mí, genial —digo. Y entonces me fijo en las piernas. La pierna de Sasha y la de Cal se entrecruzan apenas, casi a la altura del tobillo. Bueno, a saber qué leches significa.

Estoy deseando que acabe este día de mierda, la verdad.

Cuando la señorita Albright da la sesión por terminada, está lloviendo a cántaros, faltaría más, y estampo una huella mojada en forma de culo en la tapicería de mi coche. Apenas me puedo secar las gafas de lo empapada que tengo la ropa. Y no me acuerdo de encender los faros hasta que estoy a medio camino de casa, así que puedo dar gracias de que no me hayan multado.

Cuando tuerzo a la derecha para entrar en mi barrio, veo el coche de Leah parado en el semáforo, esperando para girar a la izquierda. Supongo que viene de casa de Nick. La saludo, pero llueve tanto que no me ve. Los limpiaparabrisas se desplazan a toda velocidad y noto una especie de peso en el estómago. No debería molestarme que Nick y Leah queden a mis espaldas. Pero me siento marginado, no sé por qué.

No siempre. Solo en ocasiones.

Pero sí. Me siento prescindible. Detesto esa sensación.

De: bluegreen181@gmail.com
Para: hourtohour.notetonote@gmail.com
Enviado el: 2 de diciembre a las 17:02
Asunto: Debería estar…

…escribiendo una redacción para la clase de lengua y literatura. Prefiero escribirte a ti. Estoy en mi habitación y hay una ventana junto al escritorio. En el exterior brilla el sol y debe de hacer mucho calor. Tengo la sensación de estar soñando.

En fin, Jacques, debo confesarte que tu dirección de email me intriga desde hace tiempo. Por fin cedí a la curiosidad y consulté al todopoderoso Google, y he descubierto que procede de la letra de una canción de Elliott Smith. Lo conocía de nombre pero nunca había oído nada suyo, así que me descargué «Waltz» 2. Espero que no te moleste. Me encanta. Me ha sorprendido, porque se trata de una canción verdaderamente triste y no me esperaba algo así viniendo de ti. Pero la he escuchado unas cuantas veces y, por raro que parezca, sí que me recuerda a ti en cierto modo. No por la letra ni por el estado de ánimo que transmite. Te imagino escuchándola tendido en una alfombra, comiendo galletas Oreo y quizás escribiendo un diario.

También tengo que confesarte que me he estado fijando en las camisetas de la gente del instituto para ver si alguien llevaba una de Elliott Smith. Ya sé que la posibilidad era muy remota. También sé que mi actitud es injusta, porque no debería ir por ahí intentando averiguar tu identidad si por mi parte me niego a darte ninguna pista pasable sobre la mía.

Una cosa. Mi padre viene de Savannah este fin de semana y celebraremos la fiesta de Januká en un hotel. Estaremos los dos solos, y estoy seguro de que nos sentiremos violentos de aquí a la luna. Optaremos por la menorá apagada (porque no queremos que el detector de humos se dispare). Y luego le regalaré algo decepcionante como café del bar Aurora y unas cuantas redacciones (es profesor de lengua y literatura, así que le gusta leerlas). Y entonces él querrá que abra ocho regalos seguidos, algo que no hace sino poner de manifiesto el hecho de que no volveré a verlo hasta fin de año.

El caso es que me estoy planteando multiplicar el marrón por dos y aprovechar este lío para salir del armario. Tal vez debería escribirlo con mayúsculas: Salir Del Armario. ¿Estoy loco?

Blue

De: hourtohour.notetonote@gmail.com
Para: bluegreen181@gmail.com
Enviado el: 2 de diciembre a las 21:13
Asunto: Re: Debería estar…

Blue,

Vale, lo primero es lo primero: ¿por qué nunca me has dicho que eras judío? Supongo que es tu forma de darme una pista, ¿no? ¿Debería ponerme a buscar por los pasillos chicos tocados con kipá? Sí, he buscado cómo se escribe. Por cierto, tu pueblo es muy creativo, fonéticamente hablando. A lo que íbamos, espero que el Januká vaya bien y, por cierto, el café Aurora no es para nada decepcionante. De hecho, es probable que te robe la idea, porque a todos los padres les chifla el café. Y mi padre dará saltos de alegría, sobre todo si procede de la zona Little Five Points. Mi padre se considera un hípster. Es para partirse de risa.

Bueno, vamos a lo que importa, Blue: Salir Del Armario. Jo. Quiero decir, no estás loco. Me descubro ante ti. ¿Te preocupa su reacción? ¿Y se lo vas a decir también a tu madre?

Vale, también me impresiona el hecho de que hayas buscado en Google a Elliott Smith, al que considero el compositor más alucinante desde Lennon y McCartney. Y todo eso que dices de que la canción te recuerda a mí es tan halagador e increíble que no sé ni qué responder. No tengo palabras, Blue.

Pero te diré una cosa: has dado en el clavo con lo de las Oreo y la alfombra, pero te equivocas acerca del diario. Lo más parecido a un diario que he tenido nunca eres tú.

Ahora deberías descargarte «Oh well, okay» y «Between the bars». Lo dejo ahí.

En fin, odio decirte esto, pero no pierdas el tiempo intentando averiguar quién soy a partir de las camisetas. Casi nunca llevo camisetas de grupos, aunque en cierto modo me gustaría. Soy de esas personas que prefieren escuchar música en la intimidad. O puede que esta sea la típica excusa de los que son demasiado pringados como para asistir a conciertos. En cualquier caso, vivo prácticamente pegado al iPod, pero nunca he ido a ningún concierto y tengo la sensación de que llevar la camiseta de un grupo sin haberlo visto en directo sería como hacer trampa. ¿Me explico? No sé por qué, pero me da apuro pedir camisetas de bandas por Internet. Como si los músicos pudieran sentirse ofendidos. No sé.

En fin, llegados a este punto, te doy la razón en que este empleo del tiempo ha resultado mucho más satisfactorio que usarlo para escribir redacciones. Eres muy entretenido.

Jacques

De: bluegreen181@gmail.com
Para: hourtohour.notetonote@gmai.lcom
Enviado el: 3 de diciembre a las 17:20
Asunto: Re: Debería estar…

Jacques,

En cuanto a que no sabías que era judío… ya sé que nunca te lo había mencionado. Ni siquiera soy judío, estrictamente hablando, porque el judaísmo es matrilineal y mi madre pertenece a la iglesia episcopal. Da igual, aún no he decidido si voy a seguir adelante. No es algo que tuviera previsto hacer a corto plazo. Pero últimamente, no sé por qué, siento la necesidad de mostrarme tal como soy. Puede que sencillamente quiera quitármelo de encima. ¿Qué me dices tú? ¿Has pensado en Salir del Armario?

La cosa se complica cuando la religión entra en juego. En teoría, tanto los judíos como los episcopales ven a los gays con buenos ojos, pero nunca se sabe cuando se trata de tus propios padres. Quiero decir, uno lee acerca de chicos gays de familias católicas practicantes cuyos padres acaban apuntándose a las asociaciones de amigos de los gays y acudiendo al desfile del orgullo. Y luego te enteras de padres que dicen aceptar la homosexualidad pero se ponen frenéticos cuando su propio hijo sale del armario. Todo es posible.

Creo que, en lugar de descargarme las canciones de Elliott Smith que me sugerías, le voy a insinuar a mi padre que me regale un par de álbumes para Januká. Te garantizo que ya ha comprado seis regalos y agradecerá cualquier sugerencia.

En fin, ya sé que tú y yo no podemos intercambiar obsequios, pero que sepas que, si pudiera, encargaría un montón de camisetas de grupos por Internet. Aunque todos los músicos del mundo me perdieran el respeto (sí, estoy seguro de que eso funciona así, Jacques). O te invitaría a un concierto. Soy un ignorante en materia de música, pero supongo que si fuera contigo me lo pasaría bien. Puede que algún día.

Me alegro de que me consideres entretenido. Lo contrario no sería justo para ti.

Blue

13

Hoy es jueves y estoy en clase de historia. Por lo que parece, la señorita Dillinger acaba de formularme una pregunta, porque mis compañeros me miran como si les debiera algo. Así que me sonrojo e intento farfullar cualquier cosa para salir del paso pero, a juzgar por ese ceño tan marcado y autoritario que se gasta, me parece que no cuela.

O sea, si te paras a pensarlo, es un poco raro que los profesores den por sentado que estás obligado a prestar atención en clase. No les basta con que te sientes en silencio y te tragues la lección. Se creen con el derecho a controlar tu mente.

No quiero pensar en la guerra de 1812. No quiero saber qué leches les importaba tanto a unos marineros del carajo.

Lo que quiero es estar aquí sentado pensando en Blue. Me parece que me estoy obsesionando un poquitín con él. Por un lado, siempre tiene muchísimo cuidado de no revelar detalles acerca de sí mismo… pero de repente da un giro radical y me suelta un montón de información personal, la clase de material que podría emplear para averiguar su identidad si quisiera. Y quiero hacerlo. Pero, por otro lado, no quiero. Es confuso lo mires como lo mires. Él es confuso.

—Simon —Abby me propina unos golpecitos frenéticos por detrás—. Necesito un boli.

Le tiendo uno y ella me da las gracias por lo bajo. Miro a un lado y a otro y advierto que todo el mundo se ha puesto a escribir. La señorita Dillinger ha anotado una página web en la pizarra. No sé para qué puñetas sirve, pero ya lo averiguaré cuando le eche un vistazo. Copio la dirección en el margen de mis apuntes y luego la rodeo con un globo en zigzag como si fuera la onomatopeya de un cómic: ¡Zas!

Eso de que los padres de Blue sean religiosos me tiene un tanto preocupado. Me siento como un puñetero imbécil, en serio, porque soy la persona más blasfema del mundo. En plan, ni siquiera sé cómo usar el nombre de Dios si no es en vano. Pero puede que él no haga una montaña de eso. Me refiero a Blue, no al Señor. O sea, Blue no ha cortado la comunicación, así que no creo que se haya escandalizado demasiado.

La señorita Dillinger nos concede un descanso, pero no esa clase de descanso que te deja libertad para ir adonde quieras, así que me quedo sentado mirando al infinito. Abby se acerca, se arrodilla y apoya la barbilla en mi pupitre.

—Eh. ¿Se puede saber por dónde andas hoy?

—¿A qué te refieres?

—Estás a miles de kilómetros de aquí.

Por el rabillo del ojo veo a Martin, que salta una silla para acercarse a nosotros. Nunca falla. Lo juro por Dios.

—¿Qué pasa, chicos?

—Ja, ja —ríe Abby—. Qué camiseta tan graciosa.

Martin lleva una camiseta que dice: «Háblame en pringado».

—¿Vas a ir al ensayo de hoy?

—Ah, ¿ahora es optativo? —le pregunto. Acto seguido, adopto un gesto que le he copiado a Leah. Consiste en mirar de reojo a la vez que entornas los párpados. Es más sutil que poner los ojos en blanco. Mucho más efectivo.

Martin se limita a mirarme.

—Sí, iremos —responde Abby al cabo de un momento.

—Ya. Spier —me suelta Martin de sopetón—, quería hablar contigo. —Se ha ruborizado y le han salido ronchas rojas por la zona del cuello—. He estado pensando que me gustaría presentarte a mi hermano. Me parece que tenéis mucho en común.

Me pongo como un tomate y noto un escozor en los ojos que me resulta familiar. Me está amenazando otra vez.

—Qué monos —interviene Abby. Pasa la vista de Martin a mí.

—Sí, es adorable —digo. Miro a Martin con desprecio, pero él desvía la vista rápidamente con aire de sentirse desgraciado. ¿De qué va? Que se sienta desgraciado. Será capullo.

—Ya, bueno —Martin arrastra los pies sin moverse del sitio y sin dejar de mirar al infinito por encima de mi hombro—. Voy a…

Voy a hablar de tu orientación sexual ahora mismo como si fuera de mi incumbencia, Simon. Se lo voy a contar a todo el maldito instituto, aquí y ahora, porque soy un gilipollas y me he empeñado en arruinarte la vida.

—Eh, espera —me apresuro a decir—. Ya sé que no viene a cuento, pero se me acaba de ocurrir. ¿Os apetece ir a la Casa de los Gofres mañana, después de clase? Os podría ayudar a repasar el papel.

Me odio a mí mismo. Me odio.

—O sea, si no podéis…

—Ay, Dios. ¿En serio, Simon? Sería genial. Mañana después de clase, ¿vale? Le pediré el coche a mi madre. —Abby sonríe y me pellizca la mejilla.

—Sí, gracias, Simon —acepta Martin con voz queda—. Sería estupendo.

—Perfecto —digo.

Ya es oficial. Estoy cediendo al chantaje de Martin Addison. Ni siquiera sé cómo me siento. Asqueado de mí mismo. Aliviado.

—Eres alucinante, Simon, de verdad —me suelta Abby.

No lo soy. Para nada.

Es viernes por la noche y voy por el segundo plato de croquetas de patata, y Martin está friendo a preguntas a Abby. Creo que es su manera de ligar.

—¿Te gustan los gofres?

—Me gustan los gofres —replica ella—. Por eso los he pedido.

—Ah —responde él, y acompaña la interjección con varios asentimientos tan frenéticos como innecesarios. Es poco más que un teleñeco.

Están sentados codo con codo y yo ocupo el asiento de enfrente. Hemos conseguido un reservado al fondo, cerca del baño, donde nadie te molesta. El local no está muy concurrido para ser un viernes por la noche. Hay una pareja de mediana edad de expresión amargada en el reservado de detrás, dos chavales de aspecto hípster en la barra y un par de chicas comiendo tostadas que lucen el uniforme de un colegio privado.

—Eres de Washington D.C., ¿verdad?

—Sí.

—Qué guay. ¿De qué parte?

—De Takoma Park —responde Abby—. ¿Conoces Washington D.C.?

—Bueno, la verdad es que no. Mi hermano estudia segundo en la Universidad de Georgetown —comenta Martin.

Martin y su puñetero hermano.

—¿Te pasa algo, Simon? —pregunta Abby—. ¡Bebe agua!

No puedo parar de toser. Y ahora Martin me ofrece su vaso de agua. Lo empuja en mi dirección. Ya le vale. Como si él se mostrara siempre tan tranquilo y seguro de sí mismo.

Se vuelve a mirar a Abby.

—¿Y vives con tu madre?

Ella asiente.

—¿Y dónde está tu padre?

—Sigue en Washington.

—Oh. Lo siento.

—No lo sientas —responde Abby con una breve carcajada—. Si mi padre viviera en Atlanta, yo no estaría aquí con vosotros ahora mismo.

—¿Tan estricto es? —pregunta Martin.

—Ya lo creo —asiente ella. Me mira de reojo—. ¿Qué os parece si empezamos? ¿Segundo acto?

Martin se despereza y bosteza con una incómoda maniobra vertical, y observo su intento de colocar el brazo junto al de Abby en la mesa. Ella aparta el brazo al instante y se rasca el hombro.

O sea, es un espectáculo horrible. Horrible y fascinante a la par.

Repasamos la escena. Hablando de desastres. Mi personaje no dice nada, así que no debería juzgar. Y sé que se esfuerzan. Pero tenemos que parar cada dos por tres y esto empieza a ser absurdo.

—Se lo llevó —dice Abby, que ha tapado el guión con una mano.

Asiento.

—Se lo llevó un…

Ella cierra los ojos.

—Un… ¿coche de caballos?

—Muy bien. —Abre los ojos y mueve los labios en silencio. *Coche de caballos. Coche de caballos. Coche de caballos.*

Martin mira al infinito a la vez que se frota el nudillo contra la mejilla. Tiene unos nudillos exageradamente prominentes. Todo en él es prominente: ojos enormes, nariz alargada, labios llenos. Mirarlo resulta agotador.

—Martin.

—Perdón. ¿Me toca?

—Truhán acaba de decir que se lo llevaron en un coche de caballos.

—¿En un coche de caballos? ¿Qué coche? ¿Adónde?

Casi. Nunca es perfecto. Siempre se queda en el casi. Empezamos la escena desde el principio. Y yo pienso: noche del viernes. En teoría, podría estar emborrachándome por ahí. O en un concierto.

Podría estar en un concierto con Blue.

En cambio, estoy aquí, repasando cómo se llevan a Oliver en un coche de caballos. Una y otra y otra vez.

—Nunca me lo voy a aprender —se lamenta Abby.

—¿No teníamos tiempo hasta las vacaciones de Navidad? —pregunta Martin.

—Sí, bueno. Taylor ya se lo ha aprendido.

Abby y Martin tienen los papeles más largos de la obra, pero Taylor es la protagonista. O sea, la obra es *Oliver*. Y Taylor hace de Oliver.

—Pero Taylor tiene memoria fotográfica —apunta Martin—. O eso dicen.

Abby sonríe una pizca.

—Y un metabolismo muy rápido —añado yo.

—Y un bronceado natural —prosigue Martin—. Nunca toma el sol. Su tono tostado es de nacimiento.

—Ya, Taylor y su bronceado —dice Abby—. Qué envidia me da.

Martin y yo nos partimos de risa, porque en cuestión de melanina, Abby lleva las de ganar.

—¿Quedaría mal que pidiera otro gofre? —pregunta Martin.

—Quedaría mal que no lo hicieras —le digo.

No lo entiendo, la verdad. Juraría que me empieza a caer bien.

14

De: hourtohour.notetonote@gmail.com
Para: bluegreen181@gmail.com
Enviado el: 6 de diciembre a las 18:19
Asunto: Salir del Armario

¿Se lo has dicho, se lo has dicho, se lo has dicho?
Jacques

De: bluegreen181@gmail.com
Para: hourtohour.notetonote@gmail.com
Enviado el: 6 de diciembre a las 22:21
Asunto: Re: Salir del Armario

Vale, no exactamente.

Llegué al hotel y mi padre lo tenía todo preparado para Januká: la menorá, los regalos envueltos y alineados en la mesilla, un plato de latkes y dos vasos de leche con cacao (mi padre siempre toma leche con cacao cuando come algo frito). A lo que íbamos, se había esforzado mucho, así que todo iba bien. Yo tenía las tripas revueltas porque me había propuesto decírselo. Pero no quería soltárselo de buenas a primeras, así que decidí esperar a que hubiéramos terminado de abrir los regalos.

Verás, seguro que conoces historias de padres que, cuando sus hijos salen del armario, les confiesan que ya se lo imaginaban, ¿no? Bueno, pues mi padre no será de esos. Ahora tengo la certeza de que no sospecha que soy gay, porque no te vas a creer el libro que me regaló. *Historia de mi vida,* de Giacomo Casanova (o, como tú dirías, del «puñetero» Giacomo Casanova).

Echando la vista atrás, comprendo que seguramente desperdicié una ocasión perfecta de insinuarle algo. Tal vez debería haberle pedido que lo cambiara por un libro de Oscar Wilde. No sé, Jacques. Supongo que me pilló por sorpresa. Pero ahora pienso que fue para bien, porque tengo la sensación de que mi madre se habría sentido herida si se lo hubiera revelado a mi padre en primer lugar. Todo es muy delicado cuando tus padres están divorciados. Resulta agotador.

En cualquier caso, he cambiado de planes. Se lo voy a decir primero a mi madre. Mañana no, porque es domingo y no me apetece soltárselo después de misa.

¿Por qué será que no me cuesta nada hablar de estos temas contigo?

Blue

De: hourtohour.notetonote@gmail.com
Para: bluegreen181@gmail.com
Enviado el: 7 de diciembre a las 16:46
Asunto: Re: Salir del Armario

Blue,

No me puedo creer que tu padre te regalara un libro del puñetero Casanova. Y tú que pensabas que tus padres no podían estar más en Babia, ¿eh? No me extraña que no le dijeras nada después de eso. Lo lamento, Blue. Sé que en parte te hacía ilusión hacerlo. O quizá solamente te provocaba náusea, en cuyo caso siento que hayas sufrido náusea por nada. No puedo ni hacerme una idea de la diplomacia que requiere salir del armario cuando tus padres están divorciados. Yo tenía pensado sentarlos a los dos en el sofá en algún momento y matar dos pájaros de un tiro. Pero tú no lo puedes hacer, ¿verdad? No sabes cuánto lo siento. Ojalá no tuvieras que cargar con ese marrón adicional.

En cuanto a por qué te resulta más fácil hablar conmigo de estos temas... ¿no será porque soy muy mono y escribo bien? ¿De verdad piensas que escribo bien? Porque el señor Wise dice que no acabo de fragmentar bien las frases.

Jacques

De: bluegreen181@gmail.com
Para: hourtohour.notetonote@gmail.com
enviado el: 9 de diciembre a las 16:52
Asunto: Re: Salir del Armario

Jacques,

Para que lo sepas, si me cuesta poco hablar contigo no es porque seas mono. De hecho, por lógica, debería suceder todo lo contrario. En la vida real, me cierro como una ostra en presencia de chicos monos. Me quedo paralizado. No puedo evitarlo. Pero sé que, en realidad, me lo preguntabas porque querías volver a oír que eres mono, así que te lo diré. Eres muy mono, Jacques. Y supongo que no acabas de fragmentar bien las frases, pero como que me encanta.

En fin, no estoy seguro de que me hayas revelado adrede el nombre de tu profe de lengua y literatura. Me estás proporcionando muchas pistas, Jacques. A veces me pregunto si más de las que pretendes, tal vez.

Sea como sea, gracias por escucharme. Gracias por todo. Ha sido un fin de semana muy raro, casi surreal, pero hablar contigo lo ha mejorado infinitamente.

Blue

De: hourtohour.notetonote@gmail.com
Para: bluegreen181@gmail.com
Enviado el: 10 de diciembre a las 19:11
Asunto: Re: Salir del Armario

Blue,

Agh… sí. Se me ha escapado el nombre del señor Wise. Supongo que mi descuido te permite acotar bastante las posibilidades, si decides hacerlo, y eso me produce una sensación rara. Lamento ser un idiota de marca mayor.

Y bien, ¿quiénes son esos chicos monos que te ponen tan nervioso? No me creo que sean tan monos. Espero que no te encanten SUS dificultades para fragmentar las frases.

Mantenme informado acerca de cualquier conversación que mantengas con tu madre a partir de ahora, ¿vale?

Jacques

15

Supongo que se ha convertido en una costumbre. Leer Dickens en la Casa de los Gofres. Abby no ha traído el coche este viernes, así que se viene a mi casa después de clase y deja sus cosas para pasar la noche. Sé que para Abby es un asco vivir tan lejos, pero a mí me encanta que se quede a dormir.

Como era de esperar, llegamos antes que Martin. Hoy el local está más concurrido. Encontramos mesa, pero está ubicada cerca de la puerta, así que tengo la sensación de que somos el centro de todas las miradas. Abby se sienta enfrente de mí y de inmediato se pone a construir una casita muy mona con los envases de mermelada y los sobres de azúcar.

Martin entra como una tromba y, en menos de un minuto, cambia el pedido dos veces, eructa y se las arregla para derribar la casita de Abby con un dedazo entusiasta.

—Ahg. Perdona. Perdona —dice.

Abby me dispara una sonrisa rápida.

—Y me he dejado el guión en casa. Mierda.

Hoy está que se sale.

—Puedes mirarlo conmigo —se ofrece Abby, a la vez que se arrima a él. La cara de Martin es un poema. Por poco se me escapa la risa.

Vamos directamente al segundo acto, y el repaso no resulta tan desastroso como la semana anterior. Como mínimo, no me veo forzado a apuntarles todas y cada una de las frases. Mi mente empieza a divagar.

Estoy pensando en Blue —siempre en Blue— porque, en serio, mi mente siempre divaga en la misma dirección. He recibido otro email suyo esta mañana. Últimamente le escribo casi a diario, y es de locos lo mucho que pienso en él. Ayer estuve a punto de cagarla en el laboratorio de química porque me puse a redactar mentalmente un email y olvidé que estaba vertiendo ácido nítrico.

Es raro, porque antes consideraba los emails de Blue un extra, algo que existía al margen de mi vida real. Pero ahora tengo la sensación de que esa es mi vida real. El resto del día me siento como caminando en sueños.

—Ay, dios mío, Marty. No —dice Abby—. O sea, no.

Porque, de golpe y porrazo, Martin se ha arrodillado en el reservado, ha echado la cabeza hacia atrás y canta agarrándose el pecho. Acaba de lanzarse a interpretar el fantástico número del segundo acto. En plan Fagin total, con esa voz grave, temblorosa y vagamente británica que adopta. Y se ha metido en el papel completamente.

La gente nos contempla con la boca abierta. Y yo me he quedado mudo de la impresión. Abby y yo nos limitamos a mirarnos en el maldito silencio más incómodo que se ha producido jamás.

Canta la canción de principio a fin. Supongo que la ha ensayado. Y luego —no bromeo— vuelve a sentarse como si nada y se echa sirope en el gofre.

—Ni siquiera sé que decirte —le suelta Abby. Y suspira. Luego le abraza.

Os doy mi palabra, parece un dichoso dibujo animado. Casi veo cómo el corazón le asoma por los ojos. Me mira y su bocaza en forma de plátano sonríe de oreja a oreja. Le devuelvo la sonrisa. No puedo evitarlo.

Puede que sea un chantajista. Y también es posible que nos estemos haciendo amigos. A saber si algo así es legal siquiera.

O puede que yo solo esté emocionado. No sé como explicarlo. Todo es divertido. Martin es divertido. La imagen de Martin cantando en la Casa de los Gofres es absoluta e incomprensiblemente tronchante.

Dos horas después, nos despedimos de él en el aparcamiento, y Abby se acomoda en el asiento del copiloto. El cielo está oscuro y despejado, y tiritamos durante un minuto mientras esperamos a que la calefacción caldee el coche. Arranco y luego tomamos la calle Roswell.

—¿Qué es? —pregunta Abby.

—Rilo Kiley.

—No lo conozco —bosteza.

Estamos oyendo la lista de canciones que Leah me regaló para mi cumpleaños, que incluye tres temas de Rilo Kiley, de sus dos primeros álbumes. Leah está enamorada de Jenny Lewis. Es imposible no enamorarse de Jenny Lewis. Yo soy veinte años más joven que ella y gay hasta la médula. Pero sí. Me lo montaría con ella.

—Vaya con Martin —comenta Abby a la vez que sacude la cabeza.

—Qué tarado.

—Un tarado bastante mono —dice.

Giro a la izquierda para tomar la ronda de Shady Creek. El interior del coche ya se ha caldeado, las calles están prácticamente desiertas y todo emana seguridad y comodidad.

—Muy mono, ya lo creo que sí —decide—, aunque, por desgracia, no es mi tipo.

—Tampoco el mío —apostillo, y Abby se ríe. Se me encoge el corazón.

Debería decírselo, lo sé.

Blue se lo va a revelar a su madre esta noche; al menos ese es el plan. Cenarán juntos en casa y Blue intentará que tome alguna copa de vino. Y luego cogerá aire y se lo soltará sin más. Estoy nervioso por él. Quizás un poco celoso también.

Y saber que va a salir del armario me produce una extraña sensación de pérdida. Me gustaba ser el único que lo sabía. Eso creo.

—Abby. ¿Te puedo decir una cosa?

—Claro, ¿qué pasa?

La música se desvanece a lo lejos. Estamos parados en un semáforo y yo espero para girar a la izquierda. Solo alcanzo a oír el frenético repiqueteo del intermitente.

Creo que mi corazón late a ese mismo ritmo.

—No se lo puedes decir a nadie —le pido—. Nadie más lo sabe.

No responde, pero noto cómo inclina el cuerpo hacia mí. Tiene las rodillas dobladas contra el pecho. Espera.

No tenía pensado hacerlo esta noche.

—Pues verás. La cuestión es que soy gay.

Es la primera vez que pronuncio esas palabras en voz alta. Aguardo sin despegar las manos del volante, esperando sentir algo fuera de lo común. El semáforo cambia a verde.

—Ah —responde Abby. Y se hace un silencio denso, cargado.

Doblo a la izquierda.

—Simon, aparca.

A la derecha, un poco más adelante, hay una panadería, y yo me interno en la zona para los coches. Aparco.

—Te tiemblan las manos —observa Abby con voz queda. Me toma el brazo, me levanta la manga e introduce una mano entre las mías. Se sienta con las piernas cruzadas y se gira completamente hasta colocarse de cara a mí. Apenas la miro.

—¿Es la primera vez que se lo dices a alguien? —pregunta al cabo de un momento.

Asiento.

—Hala —la oigo tomar aire—. Simon, es todo un honor.

Me recuesto en el asiento, suspiro y tuerzo el cuerpo hacia ella. Noto el tirón del cinturón. Retiro la mano de entre las suyas para desabrocharlo. Luego se la devuelvo y ella entrelaza los dedos con los míos.

—¿Te sorprende? —le pregunto.

—No.

Ahora me mira directamente. A la luz de las farolas, los ojos de Abby son únicamente pupilas rodeadas de un fino cerco marrón.

—¿Lo sabías?

—No, para nada.

—Pero no te sorprende.

—¿Quieres que me sorprenda? —Parece nerviosa.

—No sé —reconozco.

Me presiona la mano.

Me pregunto cómo le estará yendo a Blue. Si estará sintiendo el mismo aleteo en el estomago que yo siento ahora mismo. En realidad, es probable que esté experimentando algo más que un aleteo. Seguro que le ha embargado tal náusea que se le atragantan las palabras.

Mi Blue.

Qué raro. Me parece que lo he hecho por él.

—¿Qué tienes pensado? —pregunta Abby—. ¿Se lo vas a decir a todo el mundo?

Aguardo un instante antes de responder.

—No sé —respondo. La verdad es que no lo he meditado a fondo—. O sea, sí, en algún momento.

—Vale, muy bien, te quiero —me suelta.

Me pellizca la mejilla. Y nos vamos a casa.

De: bluegreen181@gmail.com
Para: hourtohour.notetonote@gmail.com
Enviado el: 13 de diciembre a las 12:09
Asunto: Re: dicho y hecho

Jacques, lo he hecho. Se lo he dicho. No me lo puedo creer. Todavía estoy hecho un manojo de nervios y como perplejo. No creo que pueda dormir esta noche.

Me parece que se lo ha tomado bien. No ha sacado a Jesús a colación ni una sola vez. Ha estado la mar de tranquila. A veces se me olvida lo racional y analítica que llega a ser mi madre (lógico, es epidemióloga). Parecía preocupada, sobre todo por hacerme entender la importancia de Practicar Sexo Seguro Todas y Cada Una de las Veces, Incluido el Oral. No, no me estoy quedando contigo. No creo que me haya creído cuando le he dicho que no soy sexualmente activo. Es halagador, supongo.

Total, que quiero darte las gracias. Nunca te lo había dicho, Jacques, pero deberías saber que te debo a ti el haber sido capaz de hacerlo. No sabía si alguna vez llegaría a reunir el valor. Todo esto me parece increíble. Tengo la sensación de que los muros están cayendo, y no sé por qué ni lo que va a pasar ahora. Solo sé que tú eres el motivo. Así que gracias.
Blue

De: hourtohour.notetonote@gmail.com
Para: bluegreen181@gmail.com
Enviado el: 14 de diciembre a las 11:54
Asunto: Re: dicho y hecho

Blue,

Cállate. Jo, qué orgulloso estoy de ti. Te abrazaría ahora mismo si pudiera.

Buf, así que entre la señora «Todas y Cada Una de las Veces, Incluido el Oral» y el señor «Aprende del Puñetero Casanova», tus padres se implican a tope en tu vida sexual. Los padres deberían parar de una vez de ponernos en evidencia. Te diré, sin embargo, que es mejor que no lo hagas con nadie a menos que sea alguien híper mega alucinante. Alguien tan genial que a los niños de su barrio ni siquiera se les ocurra hacer pis en su porche. Alguien que tenga dificultades para fragmentar las frases y que vaya por ahí dejando pistas de su identidad sin percatarse. Sí.

Verás, he seguido tu ejemplo, Blue. Ayer por la noche protagonicé mi propia revelación. No ante mis padres. Pero se lo dije a una de mis mejores amigas, aunque no tenía pensado hacerlo, y fue incómodo, raro y como agradable, en serio. Ahora me siento un tanto aliviado y un poco avergonzado, porque tengo la sensación de que le he dado a todo el asunto más importancia de la que tenía. Pese a todo, es raro. Una parte de mí siente que acaba de cruzar una especie de frontera y, ahora que estoy al otro lado, empiezo a comprender que no hay vuelta atrás. Es una sensación positiva, o emocionante cuando menos. Eso creo. Pero no estoy seguro. ¿Me explico?

Ahora bien, respecto a todo eso de los muros que caen… No creo que yo tenga tanto mérito. Tú eres el héroe esta noche, Blue. Eres tú quien ha derribado su propio muro. Puede que el mío también.

Jacques

De: bluegreen181@gmail.com
Para: hourtohour.notetonote@gmail.com
Enviado el: 14 de diciembre a las 12:12
Asunto: Re: dicho y hecho

Jacques,

No sé ni qué decir. Yo también estoy muy orgulloso de ti. Estamos viviendo algo trascendente, ¿no? Supongo que esto que nos ha pasado es una de esas cosas que se recuerdan toda la vida.

Entiendo perfectamente a qué te refieres con eso de cruzar la frontera. Los procesos como este se mueven en un solo sentido. Una vez que has salido del armario, ya no puedes volver a entrar. Resulta casi aterrador, ¿verdad? Soy consciente de que tenemos suerte de estar saliendo del armario ahora y no hace veinte años, pero no deja de ser un paso a ciegas. Y ha sido más fácil de lo que yo me esperaba, pero mucho más difícil al mismo tiempo.

No te preocupes, Jacques. La mera idea de hacerlo con alguien incluye a una persona que se esconda de sus novias de segundo en los lavabos el día de San Valentín, que coma montañas de galletas Oreo, que escuche una música maravillosa aunque un tanto deprimente y que nunca lleve camisetas de grupos.

Supongo que mi hombre ideal posee unas características muy, muy específicas.

(No bromeo.)

Blue

17

Tengo que conocerlo.

No creo que pueda seguir mucho más tiempo en este plan. Me da igual estropearlo todo. Así de cerca estoy de enrollarme con la pantalla de mi portátil.

Blue Blue Blue Blue Blue Blue Blue.

En serio, estoy a punto de estallar.

En clase, voy de acá para allá con un inmenso nudo en el estómago y es absurdo porque nada de esto es real. Porque en realidad solo son palabras en una pantalla. Ni siquiera conozco su puñetero nombre.

Creo que estoy un poco enamorado de él.

Durante el ensayo, no pierdo de vista a Cal Price, con la esperanza de que meta la pata y me proporcione alguna pista. Algo. Lo que sea. Saca un libro y mis ojos se desplazan al nombre del autor que aparece en la portada. Porque puede que el libro sea del puñetero Casanova y solo conozco a una persona que tenga un libro de ese tío.

No. Se trata de *Farenheit 451.* Seguramente para un trabajo de literatura.

O sea, ¿qué aspecto tiene una persona cuando los muros que la rodean están empezando a caer?

De verdad, hoy todo el mundo tiene problemas de concentración, porque están obsesionados con el chaval de cuarto que ha entrado en el laboratorio y ha metido su porquería en un vaso de precipitación. Yo qué sé. Por lo que parece, lo ha publicado en Tumblr. Pero supongo que la señorita Albright está harta de la historia, porque nos ha dejado salir temprano.

Lo que significa que aún hay luz cuando aparco en el camino de entrada de mi casa. *Bieber* casi estalla de alegría cuando me ve. Por lo que parece, soy el primero en llegar. Me gustaría saber dónde está Nora. El mero hecho de que haya salido es rarísimo, para ser sincero.

Qué inquieto estoy. Ni siquiera me apetece merendar. Ni Oreos. No puedo estar sentado. Le envío un mensaje a Nick para saber en qué anda, aunque sé que está jugando con la videoconsola en el sótano porque es lo que hace todas las tardes hasta que empieza la temporada de fútbol. Dice que Leah va de camino. Así que le ato la correa a *Bieber* y cierro la puerta al salir.

Leah está aparcando en la entrada cuando llego. Baja la ventanilla y llama a *Bieber*, que, como era de esperar, se zafa de mí para saltar contra su coche.

—Hola, precioso —le dice.

Él apoya las patas en la ventanilla y la saluda en plan educado, con un solo lametón.

—¿Ya ha terminado el ensayo? —me pregunta ella mientras recorremos el sendero camino del sótano de Nick.

—Sí —giro la manija y abro la puerta—. *Bieber*. No. Ven aquí.

Como si fuera la primera ardilla que ve en su vida. Ay, Señor.

—Jo. ¿Y qué? ¿Con qué frecuencia ensayas ahora? ¿Dos horas al día, tres días a la semana?

—Cuatro a la semana —la corrijo—. Cada día menos el viernes. Y este sábado tenemos ensayo durante todo el día.

—Hala —dice.

Nick apaga el televisor cuando entramos.

—¿*Assasin's Creek*? —pregunta Leah, al tiempo que señala la pantalla con la barbilla.

—Sí —responde Nick.

—Alucinante —comenta ella. Y yo hago un gesto como de indiferencia. Los videojuegos me importan un carajo.

Me tiendo en la alfombra al lado de *Bieber*, que tiene un aspecto ridículo tumbado de espaldas con las encías al descubierto. Nick y Leah acaban hablando de *Doctor Who*, y ella se instala en la butaca multimedia al tiempo que se estira los deshilachados bajos de los vaqueros. Tiene las mejillas pecosas tirando a ruborizadas mientras defiende no sé qué argumento, cada vez más animada. Ambos están totalmente absortos en los aspectos filosóficos del viaje en el tiempo. Así que dejo que mis ojos se cierren. Y pienso en Blue.

Vale. Estoy colado. Pero no es lo mismo que colarse por un músico cualquiera o por un actor o por el puñetero Harry Potter. Esto es de verdad. Tiene que serlo. Me está consumiendo.

O sea, estoy aquí tumbado, en la alfombra del sótano de Nick, escenario de tantas transformaciones de Power Rangers, de incontables enfrentamientos con espadas láser y zumos de fruta derramados… y lo único que deseo en el mundo es recibir el próximo email de Blue. Y Nick y Leah siguen hablando de la maldita cápsula TT. No tienen ni idea. Ni siquiera saben que soy gay.

Y no sé cómo hacerlo. Desde que se lo confesé a Abby, el viernes pasado, vengo pensando que me resultará fácil decírselo a Leah y a Nick. Más fácil que antes, en cualquier caso, ahora que mis labios se han acostumbrado a pronunciar las palabras.

No lo es. Me parece imposible. Porque si bien tengo la sensación de conocer a Abby de toda la vida, solo hace cuatro meses que somos amigos, en realidad. Y aún no ha tenido tiempo de formarse una opinión sobre mí, supongo. Pero conozco a Leah desde sexto y a Nick desde los cuatro años. Cómo decirles que soy gay. Es demasiado gordo. Casi inenarrable. No sé cómo soltarles algo así y seguir sintiéndome el mismo Simon. Porque si Leah y Nick no me reconocen después de eso, dejaré de reconocerme a mí mismo.

Mi teléfono vibra. Mensaje de texto de Capullo Integral: *eh, otro casa gofre pronto?*

Hago caso omiso.

Me revienta sentirme tan lejos de Nick y de Leah. Esto no es lo mismo que guardar en secreto quién te gusta, porque nunca hablamos de quién nos gusta de todas formas, y nos va bien así. Ni siquiera mencionamos que Leah está colada por Nick. Yo lo noto y estoy seguro de que Nick lo nota también, pero tenemos el acuerdo tácito de no referirnos a ello.

No sé por qué el rollo este de ser gay me parece distinto. No sé por qué me siento como si llevara una vida secreta, solo porque se lo estoy ocultando.

Mi teléfono vuelve a vibrar. Mi padre me está llamando. Lo que significa, seguramente, que la cena está en la mesa.

Es horrible que me sienta tan aliviado.

Se lo contaré a Nick y a Leah, de verdad. Algún día.

El primer sábado de las vacaciones de Navidad, lo paso en el instituto. Todo el mundo va en pijama. Sentados en corro en el suelo del escenario, mis compañeros comen donuts y beben café en vasos desechables. Solo Abby y yo nos hemos quedado aparte, sentados en el borde. Mis pies cuelgan sobre el foso de la orquesta, sus piernas se apoyan en mi regazo.

Noto mis dedos pegajosos a causa del azúcar glas. Tengo la sensación de estar tan lejos... Miro los ladrillos. Al fondo del auditorio hay algunos más oscuros, casi marrones, que dibujan una doble espiral. El diseño tiene un aire casual. Y curiosamente deliberado al mismo tiempo.

Las espirales dobles son interesantes. Ácido desoxirribonucleico. Pensaré en eso.

Hacer esfuerzos por no pensar en algo se parece a jugar al dichoso Dale al Topo. Cada vez que machacas un pensamiento, otro se abre paso hasta la superficie.

Supongo que hay dos topos. Uno es el hecho de que esta semana he pasado tres tardes en compañía de Nick y Leah después del ensayo, y eso significa tres oportunidades de confesarles lo mío y tres veces que me he rajado. El segundo topo es Blue, con su redacción perfecta, que no tiene ni puñetera idea de la cantidad de veces que corrijo cada email que le envío y que es sumamente precavido pero sorprendentemente coqueto a veces. Que piensa en el sexo, y piensa en hacerlo conmigo.

Pero, ya sabéis: espirales dobles. Retorcidas y complicadas espirales dobles.

Martin cruza las puertas del fondo del auditorio. Lleva una camisa de dormir larga y anticuada. Y rulos.

—Oh. Hala. Mira... vale.

Abby asiente y sonríe a Martin, que hace una pirueta y al instante se enreda con la camisa. Pero se agarra al reposabrazos de una silla y esboza una sonrisa triunfal. Así es Martin. Para él, todo forma parte del espectáculo.

La señorita Albright se une al corro del escenario y pasa lista. Abby y yo nos acercamos al grupo. Me siento junto a Martin y le dedico una sonrisa. Él me propina un toque en el brazo pero mantiene la vista fija al frente como un papá en la escuela de béisbol. Como un papá vestido igual que mi abuela.

—Bueno, este es el plan, banda del pijama —anuncia la señorita Albright—. Esta semana vamos a intentar dejar listos los números musicales. Primero los números principales, todos juntos, y luego nos dividiremos en grupos más pequeños. Descansamos para comer una pizza a mediodía y después lo repasamos todo de arriba abajo.

Por encima de su hombro, veo a Cal sentado en una tarima, escribiendo algo en el margen del guión.

—¿Alguna pregunta? —dice la profesora.

—Los que ya nos sabemos el papel, ¿tenemos que llevar el guión igualmente para tomar notas? —pregunta Taylor. Para que todo el mundo sepa que ya se lo ha aprendido.

—Por la mañana, sí. Por la tarde, no. Nos ocuparemos de las notas cuando hayamos terminado. Me gustaría ensayar los dos actos seguidos, de un tirón. Nos armaremos un lío, ya lo sé, pero no pasa nada —bosteza—. Muy bien. Hagamos un descanso de cinco minutos y luego iremos directamente a «Glorioso es comer».

Me levanto y, sin pensármelo dos veces, me acerco a Cal y me siento a su lado en el estrado. Le propino un toque en la rodilla.

—Bonitos lunares —le digo.

Sonríe.

—Bonitos labradores.

O sea, es tan mono que no se lo tendré en cuenta, pero salta a la vista que los perritos de mis pantalones son golden retrievers.

Miro su guión a hurtadillas.

—¿Qué dibujas?

—Ah, ¿esto? No sé —responde. Se aparta las greñas y se ruboriza. Por Dios, es adorable.

—No sabía que dibujaras.

—Un poco.

Se encoge de hombros e inclina el encuadernador hacia mí.

Su estilo se basa en ángulos abruptos y líneas duras. No está mal. Los dibujos de Leah son mejores. Pero da bastante igual, porque lo importante es que está dibujando un superhéroe.

O sea, un superhéroe.

Mi corazón prácticamente deja de latir. A Blue le encantan los superhéroes.

Blue.

Me acerco un centímetro y ahora nuestras piernas se rozan apenas.

No estoy seguro de que se haya dado cuenta.

No sé por qué hoy le estoy echando tanto valor.

Estoy convencido, en un 99,9 por ciento, de que Cal es Blue. Pero sigue existiendo una mínima posibilidad de que no lo sea. Por alguna razón, no me atrevo a preguntárselo.

Así que, en lugar de eso, le suelto:

—¿Qué tal está el café?

—Muy bueno, Simon. Muy bueno.

Alzo la vista y advierto que Abby me observa con sumo interés. La fulmino con la mirada y ella desvía la vista, pero la veo esbozar una sonrisilla elocuente que me saca de quicio.

La señorita Albright nos envía a unos cuantos al aula de música y pone a Cal a cargo del grupo. Bien mirado, es la situación ideal.

Para llegar allí tenemos que recorrer el pasillo en el que están las aulas de mates y ciencias y luego bajar la escalera trasera. Como hoy es sábado todo está oscuro y tenebroso, y es alucinante. No hay ni un alma en el instituto. El aula de música ocupa una estancia al final de la planta inferior. Antes yo cantaba en el coro, de modo que he pasado bastante tiempo allí. No ha cambiado. Tengo la sensación de que no debe de haber cambiado nada en algo así como veinte años.

Hay tres filas de sillas y una especie de tarimas empotradas a lo largo de las paredes que forman un hexágono salvo por un lado. En el centro del aula se yergue un piano vertical. Un cartel plastificado pegado en el frontal nos recuerda que nos sentemos erguidos. Cal ocupa la banqueta con incomodidad y estira un brazo que acaba detrás de su cabeza.

—Bueno. Esto, podríamos empezar por «Considéralo» o «Elige un bolsillo o dos» —dice al tiempo que frota la pata de la banqueta con el pie. Parece un tanto despistado… Martin intenta enrollar uno de sus rulos a la coleta de Abby y ella le clava una baqueta en la barriga. Un par de alumnos han echado mano de las guitarras y se ponen a tocar canciones pop.

Nadie escucha a Cal excepto yo. Bueno, y Taylor.

—¿Quieres que retiremos los atriles? —le pregunto.

—Ah, sí. Sería genial —dice—. Gracias a todos.

En uno de los atriles hay una hoja de papel que me llama la atención: naranja fosforito, con la palabra REPERTORIO escrita con rotulador permanente. Debajo han añadido una lista de canciones: temas clásicos y alucinantes como «Somebody to love» y «Billie Jean».

—¿Qué es eso? —pregunta Taylor. Me encojo de hombros y le tiendo la hoja.

—No creo que eso deba estar aquí —dice, y la tira. Pues claro que no lo cree. Taylor es enemiga de cualquier cosa que sea alucinante.

Cal ha traído consigo el portátil de la señorita Albright, en el que están grabados los acompañamientos al piano de las canciones. Todos aceptan repasar el repertorio una vez, y el resultado no es del todo desastroso. Por más que deteste admitirlo, Taylor debe de tener la mejor voz de todo el instituto sin contar a Nick, y Abby baila tan bien que toda la obra se sostiene gracias a ella. Y Martin vuelve todo lo que toca en algo raro, absurdo y divertido. Sobre todo cuando lleva encima un camisón.

Tenemos casi una hora de margen antes de tener que regresar al auditorio para reunirnos con los demás y supongo que, en teoría, deberíamos ensayarlo todo otra vez, pero, venga ya. Es sábado, estamos en una escuela desierta y oscura, y somos un puñado de actores aficionados que van en pijama y se han atiborrado a donuts.

Acabamos cantando temas de Disney en el hueco de las escaleras. Abby, curiosamente, se sabe de memoria las canciones de *Pocahontas*, de la primera a la última, y todo el mundo conoce las letras de *El Rey León*, *Aladín* y *La bella y la bestia*. Taylor saca las segundas voces y supongo que los temas de Oliver nos han servido de calentamiento, porque suena de maravilla. Y la acústica del hueco de las escaleras es fenomenal.

Y luego regresamos al piso superior. Mila Odom y Eve Miller sacan un montón de sillas de oficina del aula de informática. Qué suerte tenemos de que Creekwood tenga unos pasillos tan largos y rectos.

¿En qué consiste la felicidad absoluta? En agarrarse con ambas manos al asiento de una silla de oficina mientras Cal Price te empuja por el pasillo a toda pastilla. Nos precipitamos hacia dos chicas de cuarto que participan en la obra. Cal es más bien lentorro, así que nos esquivan con facilidad, pero me trae sin cuidado. Sus manos me aferran los hombros, nos reímos a carcajadas y la hilera de taquillas es un borrón azul pasta de dientes. Bajo las piernas al suelo y nos detenemos. Supongo que ahora toca levantarse. Alzo la mano para chocar los cinco con Cal, pero en lugar de eso entrelaza los dedos con los míos durante un breve segundo. Luego baja la vista y sonríe, y las greñas le ocultan los ojos. Desenredamos las manos y el corazón me late a mil. Me obligo a apartar la vista.

Entonces Taylor, precisamente ella, se encarama a una silla. Su melena rubia vuela al viento cuando Abby la empuja y juntas se declaran campeonas indiscutibles. Abby y sus musculosas piernas, supongo. No tenía ni idea de que fuera tan rápida, maldita sea.

Abby se desploma encima de mí, riendo y resollando, y nos sentamos en el suelo, contra las taquillas. Apoya la cabeza en mi hombro. Yo le rodeo la espalda con el brazo. Leah es bastante especial para eso del contacto personal y Nick y yo tenemos el acuerdo tácito de no tocarnos. Pero Abby es muy mimosa y yo también, bastante, así que todo va bien. Además, nos sentimos sumamente cómodos y relajados desde aquella noche en el auto a la salida de la Casa de los Gofres. Estoy tan a gusto sentado junto a Abby y aspirando su mágico aroma a tostadas mientras observamos cómo los de tercero hacen carreras de sillas por turnos.

Abby y yo mantenemos esa misma postura durante tanto rato que empiezo a notar un cosquilleo en el brazo. Pero solo cuando por fin nos incorporamos para volver al auditorio me percato de que dos personas nos han estado observando.

La primera es Cal.

La segunda es Martin, y está superenfadado.

—Spier. Tenemos que hablar.

Martin me arrastra al hueco de unas escaleras.

—Hum, ¿ahora? La señorita Albright ha dicho que…

—Ya, la señorita Albright puede esperar un puto momento.

—Vale. ¿Qué pasa?

Me recuesto contra la barandilla y alzo la vista para mirarlo. El hueco de las escaleras está en penumbra pero mis ojos ya se han acostumbrado a la oscuridad, y alcanzo a ver la tensión que crispa la mandíbula de Martin. Aguarda hasta que los demás se han alejado lo suficiente como para no oír lo que tiene que decirme.

—Supongo que todo esto te parece muy divertido —me suelta entre dientes.

—¿Qué?

No se explica.

—No tengo ni puñetera idea de qué intentas decirme —le confieso por fin.

—Ya, claro que no —Martin se cruza de brazos agarrándose los codos. Sencillamente, emana rabia hacia mí.

—Marty, en serio. No sé por qué estás tan enfadado. Si me quieres contar de qué va esto, adelante. Si no, no sé qué quieres que te diga.

Suspira con cansancio y se apoya en la barandilla.

—Sé que intentas humillarme. Y créeme, lo he pillado. Entiendo que no estabas conforme al cien por cien con nuestro acuerdo…

—¿Nuestro acuerdo? ¿Te refieres al chantaje? Pues sí, no estoy conforme al cien por cien con que me chantajeen, si te refieres a eso.

—¿Consideras esto un puto chantaje?

—¿Y cómo carajo quieres que lo llame? —le espeto. Pero es raro; en realidad no estoy enfadado con él. Un tanto perplejo ahora mismo, pero no enfadado.

—Mira. Ya está. De lo de Abby, nada de nada. Así que olvídate de todo, maldita sea.

Se hace un silencio.

—¿Has tenido algún problema con Abby?

—Sí, he tenido un problema con Abby, joder. Me ha rechazado.

—¿Qué? ¿Cuándo?

Martin se yergue de sopetón. Tiene el rostro congestionado.

—Unos cinco minutos antes de que se tirara encima de ti —dice.

—¿Qué? Oye, no es lo que…

—¿Sabes qué? A tomar por culo, Simon. En realidad, ¿sabes lo que puedes hacer? Dile a la señorita Albright que ya nos veremos en enero.

—¿Te marchas? —pregunto.

No sé qué demonios está pasando, de verdad. Me hace la peineta y se aleja. Ni siquiera se vuelve a mirarme.

—Martin, ¿estás…?

—Felices Navidades de mierda, Simon —me suelta—. Espero que estés contento.

18

De: bluegreen181@gmail.com
Para: hourtohour.notetonote@gmail.com
Enviado el: 20 de diciembre a las 13:45
Asunto: Oh, baby

Jacques,

No te lo vas a creer.

Ayer llegué a casa del instituto y mis padres me estaban esperando. Los dos. Sé que no parece nada del otro mundo, pero debes saber que mi madre casi nunca sale del trabajo antes de su hora y que mi padre nunca jamás ha venido a mi casa sin avisar de antemano. Y estuvo aquí hace dos semanas. Me esperaban sentados en el sofá del salón y se estaban riendo, pero enmudecieron de golpe cuando me vieron entrar.

Estaba tan nervioso, Jacques. Habría jurado que mi madre le había dicho a mi padre que soy gay y eso sería… no sé. Da igual, pasamos media hora, que se me hizo eterna, charlando de cosas intrascendentes, hasta que mi madre por fin se levantó y dijo que nos iba a dejar a mi padre y a mí solos durante unos minutos. Y se encerró en su dormitorio. Todo era rarísimo.

Total, que mi padre parecía agobiado y yo estaba histérico. Estuvimos charlando y ya no me acuerdo de lo que me dijo, pero comprendí que mi madre no le había contado nada. Y de repente quise que lo supiera. Y tenía que ser en ese mismo instante. Así pues, seguí escuchándolo y buscando la ocasión de soltárselo, pero él no paraba de hablar y todo era raro, intrascendente y aburrido.

Entonces, de sopetón, casi sin venir a cuento, me dice que mi madrastra está embarazada. Dará a luz en junio.

No me lo esperaba, para nada. He sido hijo único toda la vida.

Ya ves. Si alguien es capaz de encontrarle el lado gracioso a esta historia, eres tú. Hazlo, por favor. O distráeme. Eso también se te da bien.

Te quiere,
Blue

De: hourtohour.notetonote@gmail.com
Para: bluegreen181@gmail.com
Enviado el: 20 de diciembre a las 18:16
Asunto: Re: Oh, baby

Blue,

Jo, estoy… jo. ¿Felicidades? No sé. No estoy muy seguro de cómo te sientes al respecto, pero me parece que la perspectiva no te emociona. Supongo que a mí me pasaría lo mismo. Sobre todo si estuviera acostumbrado a ser hijo único. Por no mencionar el detalle implícito de tu padre manteniendo relaciones, que siempre es espantoso (¿y te compró a TI un libro sobre el puñetero Casanova?). Puaj.

También lamento que estuvieras listo para volver a salir del armario y no tuvieras ocasión de hacerlo. Es una guarrada.

Intento buscarle el lado gracioso. ¿Caca? Decir «caca» es gracioso, ¿no? Supongo que acabaréis inundados en ella. Ahora mismo me parece gracioso, no sé por qué. ¡¡¡¡CACA!!!! Bueno, conste que lo he intentado.

Es rarísimo el modo en que tus padres te lo dijeron, como si estuvieran los dos en el ajo. Supongo que tu padre quiso avisar a tu madre primero. Y luego se puso nervioso. Igual que si hubiera tenido que informar a sus padres de que había dejado preñada a una chica cuando tenía nuestra edad. Que sin duda es el equivalente a salir del armario en el caso de los heteros.

Por cierto, ¿no crees que todo el mundo tendría que salir del armario? ¿Por qué la heterosexualidad se considera la norma? Todos deberíamos vernos obligados a declararnos una cosa u otra, a experimentar ese incomodísimo momento, tanto si eres hetero como gay, bi o lo que sea. Es mi opinión.

En fin, no sé si te he ayudado. Supongo que no estoy en plena forma (yo también he tenido un día raro). Pero que sepas que lamento profundamente este marrón. Y que pienso en ti.

Te quiere,
Jacques

De: bluegreen181@gmail.com
Para: hourtohour.notetonote@gmail.com
Enviado el: 21 de diciembre a las 09:37
Asunto: CACA

Jacques,
En primer lugar, tu email me ha ayudado muchísimo. No sé… Eso de la caca y de Casanova y la frase «dejar

preñada a una chica» en relación a mi padre. Es todo tan kafkiano… Empiezo a verle el lado gracioso. Supongo que tener un feto por hermano no es algo malo de por sí. Siento curiosidad por saber si será chico o chica. En cualquier caso, me encuentro mucho mejor ahora que he dormido un poco. Y el mero hecho de hablarlo contigo me tranquiliza.

Lamento que tú también hayas tenido un día raro. ¿Quieres hablar de ello?

Estoy de acuerdo, es muy molesto que la heterosexualidad (y la piel blanca, ya puestos) sea la norma, y que las únicas personas obligadas a plantearse su identidad sean aquellas que no encajan en ese molde. Habría que obligar a los heteros a salir del armario, y cuanto más incómodo fuera, mejor. El agobio debería ser obligatorio. Supongo que podemos considerar esta propuesta nuestra versión de la «conjura homosexual».

Te quiere,

Blue

PD: Por cierto, adivina qué estoy comiendo ahora mismo.

De: hourtohour.notetonote@gmail.com
Para: bluegreen181@gmail.com
Enviado el: 21 de diciembre a las 10:11
Asunto: Re: CACA

Blue,

Espero por tu bien que el Pequeño Feto sea un chico, porque las hermanas son hiperproblemáticas. Me alegro de que te sientas un poco mejor. No sé qué he hecho exactamente, pero estoy contento de haberte ayudado.

Eh, no te preocupes por mi día raro. Un amigo se ha enfadado conmigo. Es largo de explicar, pero se trata de un estúpido malentendido. Da igual.

¿La conjura homosexual? No sé, yo la llamaría más bien «la conjura Homo Sapiens». Esa es la idea, ¿no?

Te quiere,

Jacques

PD: Has despertado mi curiosidad. ¿Un plátano? ¿Un perrito caliente? ¿Un pepino? ☺

De: bluegreen181@gmail.com
Para: hourtohour.notetonote@gmail.com
Enviado el: 21 de diciembre a las 10:24
Asunto: La conjura Homo Sapiens

Jacques,

Me encanta.

Te quiere,

Blue

P.D.: Qué malpensado eres, Jacques.

P.P.D.: Más bien una barra de pan gigante.

P.P.P.D.: No, en serio. Galletas Oreo. En tu honor.

De: hourtohour.notetonote@gmail.com
Para: bluegreen181@gmail.com
Enviado el: 21 de diciembre a las 10:30
Asunto: Re: La conjura Homo Sapiens

Blue,

Me hace muy feliz que estés comiendo Oreos para desayunar. Y me encanta tu barra de pan gigante.

Mira, te voy a decir la verdad. Llevo un rato escribiendo esto y borrándolo y buscando la mejor manera de expresarlo. Da igual. Te lo voy a soltar sin más. Me gustaría saber quién eres.

Deberíamos conocernos en persona.

Te quiere,

Jacques

19

Hoy es Nochebuena y noto algo distinto.

No malo. Solo distinto. No sé cómo explicarlo. Hemos puesto en práctica todas las tradiciones Spier. Mi madre ha preparado cagarrutas de reno, también conocidas como trufas de Oreo. El árbol está decorado e iluminado. Hemos cantado el tema de las ardillas.

Ahora es mediodía, todos vamos aún en pijama y estamos sentados en el salón, cada cual con su portátil. Resulta un tanto penoso que tengamos cinco portátiles, ya lo sé; es lo normal en un barrio como Shady Creek, pero de todos modos. Estamos jugando a la búsqueda del tesoro en Facebook.

—Venga, papá —lo anima Alice.

—Vale —asiente mi padre—. Alguien de viaje a un país tropical.

—Lo tengo —anuncia mi madre, y gira el portátil para enseñarnos unas fotos—. Me toca. Vale. Una ruptura.

Guardamos silencio durante varios minutos mientras revisamos nuestras bandejas. Por fin, Nora encuentra una.

—Amber Wasserman —lee—. *Pensaba k t conocía. Parece ser k me equivocaba. Algún día t darás cuenta de lo k tiraste a la basura.*

—Yo lo llamaría una ruptura implícita —observo.

—Pero vale.

—Pero podrías interpretarla literalmente —arguyo—. ¿Y si le está echando en cara el haber tirado su teléfono a la basura?

—Típica lógica de Simon —zanja Alice—, y no la compro. Venga, pequeñaja. Te toca.

Fue mi padre el que inventó el concepto «la lógica de Simon» y no me puedo librar de él. Significa pensamiento mágico sustentado en unas cuantas pruebas endebles.

—Vale —dice Nora—. Lo contrario. Una pareja empalagosa.

Una elección interesante, procediendo de Nora, que prácticamente nunca habla de nada relacionado con citas.

—Vale, tengo una —anuncio—. Carys Seward. *Sumamente agradecida de que Jaxon Wildstein forme parte de mi vida. La noche de ayer fue increíble. Te quiero muchísimo.* Guiño.

—Qué horror —se estremece Nora.

—¿Esa es tu Carys, canijo?

—Yo no tengo ninguna Carys —replico. Pero sé a quién se refiere Alice. Salí con Carys durante casi cuatro meses la primavera pasada. Aunque ninguna de nuestras noches fue tan increíble como esa.

Sin embargo, es de locos, porque por primera vez en mi vida puedo entenderlo. Es un mensaje cutre, horrible, y ese guiño espeluznante lo aproxima a la categoría de lo que yo llamo «información excesiva». Pero sí, puede que esté perdiendo el norte, pero solo puedo pensar en que, últimamente, Blue termina todos sus mensajes con la expresión «te quiero».

Nos veo a los dos disfrutando juntos de noches increíbles algún día, supongo. Y seguramente tendré ganas de proclamarlo a los cuatro vientos.

Refresco el navegador.

—Me toca. Vale. Algo judío —propongo— que hable de la Navidad.

Mi compañero de emails judío episcopal. Me pregunto qué estará haciendo ahora mismo.

—¿Por qué Nick nunca publica nada? —pregunta Nora.

Porque considera Facebook el mínimo común denominador del discurso social. Aunque le gusta referirse a las redes sociales como un vehículo para construir y poner en juego la identidad. A saber qué diablos significa eso.

—Tengo uno. Jana Goldstein. *La cartelera de cine en una mano; menús a domicilio en la otra. Es cuanto necesito para el día de mañana. ¡Feliz Navidad a todos los judíos!*

—¿Quién es Jana Goldstein? —pregunta mi madre.

—Una chica de Wesleyan —responde Alice—. Vale. Algo relacionado con abogados —está distraída y me percato de que su móvil ha empezado a vibrar—. Perdón. Vuelvo enseguida.

—¿Abogados? ¿Pero qué leches, Alice? —exclama Nora—. Eso es favorecer descaradamente a papá.

—Ya lo sé. Me da pena —grita Alice por encima del hombro antes de dirigirse a las escaleras—. Eh —dice cuando coge la llamada. Instantes después, la oigo cerrar la puerta de su habitación.

—¡Tengo uno! —sonríe mi padre. Este juego se le da fatal, porque tiene unos doce amigos en total—. Bob Lepinski. *Feliz Navidad a usted y a los suyos, de Lepinski y Willis, S.L.*

—Muy buena, papá —aplaude Nora. Me mira—. ¿Con quién está hablando?

—No tengo ni idea —respondo.

Alice se pasa dos horas al teléfono. Una situación sin prece-
dentes.

La búsqueda del tesoro decae. Nora se acurruca en el
sofá con su portátil y mis padres desaparecen en su habitación. Y no quiero ni pensar en lo que estarán haciendo allí
dentro. No después de la ocurrencia del padre y la madrastra de Blue. *Bieber* gime en el recibidor.

Mi teléfono vibra con un mensaje de Leah: *Estamos en la
puerta de tu casa.* Leah es muy especial para eso de llamar al
timbre. Me parece que le da apuro charlar con los padres.

Me encamino a la puerta para dejarla entrar y encuentro
a *Bieber* plantado a dos patas contra la hoja. Prácticamente
intenta enrollarse con ella a través del cristal.

—Abajo —le ordeno—. Venga, *Bieb*.

Lo agarro por el collar y abro la puerta. En el exterior
hace frío pero brilla el sol, y Leah lleva un gorro negro de
lana con orejitas de gato. Nick está a su lado con aspecto
de sentirse incómodo.

—Hola —los saludo. Empujo al perro a un lado para que
puedan pasar.

—En realidad estábamos pensando en ir a dar un paseo
—dice Leah.

La miro. He notado algo raro en su tono de voz.

—Vale —asiento—. Esperad a que me vista.

Todavía llevo puestos los pantalones del pijama de los
golden retrievers.

Cinco minutos después llevo encima unos vaqueros y
una sudadera. Le ato la correa a *Bieber* y me reúno con ellos.
Espero.

—¿Y qué? ¿Vamos a dar un paseo o no? —pregunto por
fin.

Se miran.

—Sí —dice Nick.

Lo miro enarcando las cejas, esperando a que diga algo más, pero desvía la vista.

—¿Qué tal va todo, Simon? —me pregunta Leah con ese tono raro y afable.

Me detengo en seco. Apenas hemos llegado a la calle.

—¿Qué pasa aquí?

—Nada —Leah juguetea con los pompones que le cuelgan de los cordones del gorro. Nick mira la calle con atención—. Pensábamos que a lo mejor te apetecía charlar.

—¿Acerca de qué? —pregunto. *Bieber* se acerca a Leah y, sentándose sobre los cuartos traseros, la mira con ojos suplicantes.

—¿Por qué me miras así, cariño? —le dice ella, y le frota las orejas—. No llevo golosinas.

—¿De qué queréis hablar? —insisto. No estamos andando. Nos hemos quedado plantados en la acera, y yo traslado el peso de una pierna a otra, incómodo.

Leah y Nick intercambian otra mirada, y entonces se me enciende una bombilla.

—Ay, Dios. Os habéis enrollado.

—¿Qué? —exclama Leah, que se ha puesto roja como un tomate—. ¡No!

Paso la vista de Leah a Nick y luego otra vez a Leah.

—No os habéis…

—Simon. No. Vale ya.

Ahora Leah no mira a Nick. De hecho, se ha doblado sobre sí misma y ha enterrado la cara en el hocico de *Bieber*.

—Vale, ¿entonces de qué va todo esto? —pregunto—. ¿Qué pasa?

—Pues… —dice Nick.

Leah se levanta.

—Vale, bueno. Me voy. Feliz Navidad, chicos. Feliz Janucá. Lo que sea.

Se despide de mí con un mínimo movimiento de la barbilla. Luego se inclina otra vez y deja que mi perro le plante un beso en la boca. Y se larga.

Nick y yo nos quedamos donde estamos, en silencio. Él se roza el pulgar con la yema de cada dedo.

—Janucá ya ha pasado —me suelta por fin.

—¿Qué sucede aquí, Nick?

—Mira… No te preocupes —suspira, y mira la figura de Leah, que se aleja calle arriba—. Ha aparcado delante de mi casa. Voy a esperar un momento para que no parezca que la sigo.

—¿Por qué no entras? —lo invito—. A mis padres no les importará. Alice está en casa.

—¿Sí? —dice, y echa un vistazo a la puerta—. No sé. Iba a…

Se vuelve hacia mí y me mira de forma extraña. Conozco a Nick desde que teníamos cuatro años y nunca antes había visto esa expresión en su rostro.

—Oye —me apoya la mano en el brazo. Me muestro sorprendido. No puedo evitarlo. Nick nunca me toca—. Que pases una feliz Navidad, Simon. De verdad.

Retira la mano, me saluda y echa a andar calle arriba detrás de Leah.

La tradición familiar de los Spier dicta que la cena de Nochebuena consista en tostadas francesas, preparadas según la técnica de mi abuela: gruesas rebanadas de pan de brioche del día anterior como mínimo, para que absorba mejor el huevo, frito en montones de mantequilla en una sartén tapada a medias. Cuando ella las prepara, mueve las tapas constantemente, le da la vuelta al pan y hace muchos aspavientos (es una abuela muy motivada). A mi padre nunca le quedan tan crujientes, pero igualmente están riquísimas.

Cenamos en la mesa del comedor, con la vajilla del ajuar de mis padres, y mi madre coloca en el centro un nacimiento que gira como un ventilador cuando le enciendes las velas. Es hipnótico a más no poder. Alice baja las luces y mi madre pone servilletas de tela, y es el colmo de la elegancia.

Pese a todo, noto algo raro. No tengo la sensación de que sea Nochebuena. La chispa navideña brilla por su ausencia, y no tengo ni idea de por qué.

Me he sentido así a lo largo de toda la semana. No lo entiendo. No sé por qué este año todo me parece tan distinto. Tal vez se deba a que Alice no vive en casa. O quizás a que me paso cada minuto del día añorando a un chico que no quiere conocerme en persona. O que no «está preparado» para conocerme en persona. Pero también es un chico que se despide de mí con la expresión «te quiero». No sé. No sé.

Ahora mismo, únicamente deseo tener la sensación de que estamos en Navidad. Quiero sentirme como me sentía antes.

Después de cenar, mis padres ponen el DVD de *Love actually* y se acomodan en el sofá dos plazas con *Bieber* encajado entre los dos. Alice se marcha otra vez a hablar por teléfono. Nora y yo nos sentamos un rato en el modular, cada uno en una punta, y yo me dedico a mirar las luces del árbol. Si entorno los ojos todo parece brillante y borroso, y casi consigo experimentar las antiguas sensaciones. Pero es inútil. Así que me encierro en mi habitación, me tiro en la cama y escucho canciones al azar.

Tres temas más tarde, alguien llama a mi puerta.

—¿Simon?

Es Nora.

—¿Qué?

Uf.

—Voy a entrar.

Me incorporo a medias contra las almohadas y la fulmino con la mirada. Pero ella entra de todos modos y retira mi mochila de la silla del escritorio. Y entonces se sienta con las piernas dobladas, los brazos alrededor de las rodillas.

—Eh —dice.

—¿Qué quieres? —le pregunto.

Me mira a través de las gafas; ya se ha quitado las lentillas. Se ha recogido el pelo con una pinza, se ha puesto una camisa de Wesleyan y me sorprende lo mucho que se parece a Alice. Cada vez más.

—Tengo que enseñarte una cosa —dice. Gira la silla hacia el escritorio y se dispone a abrir mi portátil.

—¿Te estás quedando conmigo? —salto. En serio. No pensará que tiene permiso para mirar mi portátil.

—Bueno. Da igual. Hazlo tú.

Lo desenchufa y hace rodar la silla hacia mi cama a la vez que me lo tiende.

—¿Y qué quieres que busque?

Ella aprieta los labios y vuelve a mirarme.

—Carga el Tumblr.

—Quieres decir… ¿Secretos de Creek?

Asiente.

—Se está cargando —digo—. Vale. Ya lo tengo. ¿Qué pasa?

—¿Me puedo sentar contigo?

Alzo la vista para mirarla.

—¿En la cama?

—Sí.

—Pues… vale.

Se acomoda a mi lado y mira la pantalla.

—Baja.

Empiezo a bajar. Y me detengo en una entrada.

Nora se vuelve hacia mí.

Ay, la hostia.

—¿Estás bien? —me pregunta con suavidad—. Lo siento, Si. Pensaba que querrías saberlo. Supongo que no la has escrito tú.

Sacudo la cabeza, despacio.

—No, no he sido yo —le confirmo.

24 de diciembre, 10:15 AM
INVITACIÓN ABIERTA DE SIMON SPIER A TODOS LOS TÍOS DE POR AHÍ
Queridos tíos de Creekwood,
Por la presente, declaro que soy rematadamente gay y estoy abierto a proposiciones. Todo aquel que esté interesado puede contactar conmigo directamente para decidir cuándo y cómo quedamos para practicar sexo anal por detrás. O aBLUciones de pito a lengüetazos. Abstenerse calientapollas. Abstenerse las damas. Eso es todo.

—Ya lo he denunciado —me informa Nora—. La retirarán.

—Pero la gente ya la habrá visto.

—No lo sé —guarda silencio un instante—. ¿Quién subiría algo así?

—Alguien que ignora que «sexo anal por detrás» es redundante.

—Qué mala leche —se lamenta.

O sea, ya sé quién lo ha subido. Y supongo que debería dar gracias de que no haya publicado una de sus dichosas capturas de pantalla. Pero lo juro por Dios: esa puta referencia sesgada a Blue con lo de «aBLUciones» lo convierte en el cerdo más cabrón que ha pisado nunca la faz de la Tierra.

Dios mío, ¿y si Blue la lee?

Cierro el portátil con rabia y lo dejo en la silla. Luego me vuelvo a recostar contra las almohadas y Nora se desplaza hacia el cabezal. Los minutos pasan.

—O sea, es verdad —digo por fin. No la miro. Ambos mantenemos la vista clavada en el techo—. Soy gay.

—Lo suponía —replica.

Ahora me vuelvo a mirarla.

—¿De verdad?

—Por tu reacción. No sé —parpadea—. ¿Y qué vas a hacer?

—Esperar a que lo retiren. ¿Qué puedo hacer?

—¿Pero lo vas a decir?

—Me parece que Nick y Leah ya lo han leído —respondo, despacio.

Nora se encoge de hombros.

—Podrías negarlo.

—Vale, no lo voy a negar. No me avergüenzo.

—Bueno, bien, no lo sabía. Como no habías dicho nada...

Ay, por Dios. ¿Va en serio?

Me siento.

—Mira, tú no tienes ni puta idea de cómo va esto.

—¡Perdona! Por Dios, Simon. Solo intento... —me mira—. O sea, pues claro que no hay nada de lo que avergonzarse. Ya lo sabes, ¿no? Y estoy segura de que casi todo el mundo se lo tomará bien.

—No sé lo que pensará la gente.

Se hace un silencio.

—¿Se lo vas a decir a papá y a mamá? ¿Y a Alice?

—No lo sé —suspiro—. No lo sé.

—Tu móvil no para de vibrar —dice Nora. Me lo tiende.

Tengo cinco mensajes de Abby.

Simon, ¿estás bien?

Llámame cuando puedas, ¿vale?

Vale. No sé cómo decirte esto, pero deberías echarle un vistazo a tumblr. Te quiero.

Por favor, no vayas a pensar y he tenido algo q ver en eso. Yo jamás se lo contaría a nadie. Te quiero, ¿vale?

¿Me llamas?

Y llega el día de Navidad. Antes siempre me levantaba a las cuatro de la madrugada, frenético de pura codicia. Daba igual lo meticuloso que hubiera sido a la hora de reunir pistas; y no os confundáis, me aplicaba a fondo. Pero Santa era un ninja. Siempre se las arreglaba para sorprenderme.

En fin, parece ser que esta Navidad me he llevado la sorpresa del siglo. Mis putos mejores deseos para ti también, Martin.

A las siete y media, acudo a la planta baja y todo en mi interior se anuda y se retuerce. Las luces siguen apagadas, pero el sol de la mañana brilla a través de las ventanas del salón y el árbol está encendido. Cinco calcetines llenos a rebosar descansan sobre los almohadones del sofá; pesan demasiado para la repisa de la chimenea. Solo *Bieber* está despierto. Lo saco a hacer un pis rápido y le doy el desayuno. Luego nos tumbamos juntos en el sofá, a esperar.

Sé que Blue está en misa ahora mismo con su madre, su tío y sus primos, y que también fueron ayer por la noche. Pasará más tiempo en la iglesia a lo largo de estos dos días que yo en toda mi vida.

Qué gracia. Nunca pensé que haría una montaña de esto. Pero, la verdad, preferiría estar en misa ahora mismo que aquí, haciendo lo que estoy a punto de hacer.

A las nueve, todos se han levantado, el café está preparado y estamos desayunando galletas caseras. Alice y Nora leen mensajes en sus móviles. Yo me sirvo una taza de café y añado un mogollón de azúcar. Mi madre me observa mientras remuevo.

—No sabía que bebieras café.

Vale, ya estamos. Lo hace cada puñetera vez. Los dos. Me encierran en un casillero y, cada vez que intento asomar la nariz, lo cierran de un portazo. Me siento como si no se me permitiera cambiar lo más mínimo.

—Bueno, pues sí.

—Vale —dice, y levanta las manos con un ademán que implica: «para el carro, chaval»—. Me parece bien, Si. Es que me ha pillado por sorpresa. Solo intento ponerme al día de tus cosas.

Si enterarse de que bebo café le parece una gran novedad, esta mañana va a ser divertida.

Nos acercamos al montón de regalos. Blue me ha contado que, en su familia, los regalos se abren de uno en uno, y los primos y todo el mundo se sientan a mirar cómo los desenvuelven los demás. Después de unas cuantas rondas, descansan un rato para comer o lo que sea. Qué civilizado. Tardan toda la tarde en despejar el árbol de Navidad.

No se puede decir lo mismo de los Spier. Acuclillada, Alice se abre paso por debajo del árbol y empieza a pasarnos bolsas y cajas. Todo el mundo habla al mismo tiempo.

—¿Una funda para Kindle? Pero si no tengo...

—Abre el otro, cariño.

—¡Eh, café Aurora!

—No, va al revés, pequeñaja. Todo el mundo los lleva en Wesleyan.

Al cabo de veinte minutos, es como si hubiera papeles y lazos de regalo por todo el salón. Yo estoy en el suelo, recostado contra el asiento del sofá, ocupado con los cables de mis auriculares nuevos. *Bieber* sujeta un lazo con las patas para mordisquearlo y romperlo, y todo el mundo está más o menos tumbado sobre muebles diversos.

Es mi momento.

Aunque, si de verdad este momento me perteneciera, no llegaría. O sea, no ahora. Aún no.

—Eh, quería contaros una cosa.

Intento hablar en tono desenfadado, pero tengo la voz ronca. Nora me mira y esboza una sonrisa mínima, rápida, y yo noto una especie de retortijón en el estómago.

—¿Qué pasa? —pregunta mi madre al tiempo que se incorpora.

No sé cómo lo hacen los demás. Cómo lo hizo Blue. Dos palabras. Dos puñeteras palabras y ya nunca volveré a ser el mismo Simon. Me llevo la mano a la boca y miro directamente al frente.

¿Cómo se me ocurrió pensar que esto iba a ser fácil?

—Ya sé lo que vas a decir —suelta mi padre—. A ver si lo adivino. Eres gay. Has dejado preñada a una chica. Estás embarazado.

—Papá, vale ya —lo corta Alice.

Cierro los ojos.

—Estoy embarazado —digo.

—Ya me parecía, hijo —continúa mi padre—. Estás resplandeciente.

Lo miro a los ojos.

—Aunque, a decir verdad, soy gay.

Dos palabras.

Por un momento, todos guardan silencio.

Y entonces mi madre dice:

—Cielo. Eso es... Dios, es... gracias por decírnoslo.

Y Alice:

—Hala, canijo. Bien por ti.

Y mi padre:

—Gay, ¿eh?

Y mi madre:

—Bueno, pues háblame de ello.

Es una de sus frases favoritas de psicóloga. La miro y me encojo de hombros.

—Estamos muy orgullosos de ti —añade.

Entonces mi padre sonríe y me suelta:

—Bueno, ¿y cuál de ellas tiene la culpa?

—¿La culpa de qué?

—De que ya no te gusten las mujeres. ¿Fue la de las cejas, la del maquillaje o la de los dientes de conejo?

—Papá, eso es tan ofensivo.

—¿Por qué? Solo intento quitarle hierro al asunto. Simon sabe que lo queremos.

—Esos comentarios tan sexistas no le quitan hierro a nada.

O sea, supongo que ha sido tal como me esperaba. Mi madre preguntándome por mis sentimientos. Mi padre haciendo chistes. Alice apelando a la corrección política y Nora encerrada en su mutismo. Es posible que la previsibilidad tenga un punto tranquilizador y mi familia es predecible a más no poder.

Ahora mismo, sin embargo, estoy tan cansado y me siento tan desgraciado. Pensaba que me quitaría un peso de encima. Pero esto ha sido muy parecido a todo lo demás que he vivido a lo largo de esta semana. Raro, borroso y surreal.

—Menudo notición, canijo —dice Alice, que me ha seguido a mi habitación. Cierra la puerta al entrar y se sienta a los pies de mi cama con las piernas cruzadas.

—Buf —resoplo, y me desplomo boca abajo sobre las almohadas.

—Eh —inclina el cuerpo de lado hasta colocarse a mi nivel.

—Todo va bien. No hay razón para deprimirse.

Yo la escucho como quien oye llover.

—No me voy a marchar, canijo. No quiero que te regodees en tu desgracia. Estás a punto de poner esa lista de canciones. ¿Qué título le has puesto?

—La Gran Depresión —musito. Está compuesta de Elliott Smith, Nick Drake, los Smiths y cosas por el estilo. Ya la tengo cargada.

—Ya —dice—. La Gran Depresión. Menuda fiesta. Ni hablar.

—¿Qué haces aquí?

—Estoy aquí porque soy tu hermana mayor y me necesitas.

—Necesito que me dejen en paz.

—Ni de coña. ¡Habla conmigo, canijo! —insiste. Se desliza a mi lado, entre mi cuerpo y la pared—. Qué emocionante. Podemos hablar de chicos.

—Vale —accedo. Me despego de la cama y me siento como puedo—. Pues háblame de tu novio.

—Toma ya —exclama—. ¿Por qué dices eso?

La miro.

—Las llamadas. Eso de desaparecer en tu cuarto durante horas. Venga ya.

—Pensaba que íbamos a hablar de tu vida amorosa.

Se sonroja.

—O sea que a mí me toca montar un numerito, salir del armario y aguantar que todo el mundo comente el asunto delante de mí fingiendo que no pasa nada. El dichoso día de Navidad —protesto—. ¿Y tú ni siquiera me vas a contar que tienes novio?

Guarda silencio un momento y me percato de que la he pillado. Suspira.

—¿Cómo sabes que no tengo una novia?

—¿Es una novia?

—No —reconoce por fin, y se recuesta contra la pared—. Un novio.

—¿Cómo se llama?

—Theo.

—¿Está en Facebook?

—Sí.

Cargo la aplicación en mi teléfono y procedo a revisar su lista de amigos.

—Ay, Dios. Para —me dice—. Simon, en serio. Para.

—¿Por qué? —pregunto.

—Porque precisamente por esto no quería deciros nada. Sabía que lo haríais.

—¿Hacer qué?

—Freírme a preguntas. Espiarlo en Internet. Criticarlo porque no le gusta el pastel o es muy peludo o algo así.

—¿Es muy peludo?

—Simon.

—Perdona —me disculpo, y dejo el móvil en la mesilla de noche. Lo entiendo. En realidad, nadie lo entiende mejor que yo.

Otro silencio.

—Se lo voy a decir —decide por fin.

—Haz lo que quieras.

—No, tienes razón. Quiero ser… no sé —vuelve a suspirar—. Quiero decir, si tú has tenido las narices de decirles que eres gay, yo…

—Tú deberías tener las narices de salir del armario en cuanto que hetero.

Sonríe de oreja a oreja.

—Algo así. Eres muy gracioso, canijo.

—Lo intento.

20

De: hourtohour.notetonote@gmail.com
Para: bluegreen181@gmail.com
Enviado el: 25 de diciembre a las 17:12
Asunto: Noche de pesadilla

Blue,

Acabo de vivir, sin lugar a dudas, la Navidad más increíblemente rara y horrible de toda mi vida, y no te puedo contar casi nada, lo que me da cien patadas. Y bueno, sí. En resumidas cuentas, debido a una serie de misteriosas circunstancias, le he contado lo mío a mi familia y estoy a punto de salir del armario ante todo el dichoso universo. Y supongo que no te puedo decir nada más.

Así pues, te toca a ti distraerme, ¿vale? Cuéntame las novedades del Pequeño Feto o las horribles sexcapadas de tus padres, o dime lo mono que soy. Y dime que has comido demasiado pavo y ahora sientes náusea. ¿Sabías que no conozco a nadie, aparte de ti, que use esta palabra en singular? Estuve investigando en Google y es correcto. Por supuesto.

En fin, sé que mañana te marchas a Savannah pero ruego a Dios para que tu padre tenga Internet, porque no creo que mi corazón esté en condiciones de esperar un email tuyo una semana entera. Deberías darme tu número para que te pueda enviar un mensaje. Te prometo no saltarme a la torera las normas gramaticales.

Bueno, feliz Navidad, Blue. Lo digo en serio. Y espero que te dejen en paz esta noche, porque no me extrañaría que estuvieras hasta el gorro de tanta familia. A lo mejor el año que viene podemos escaparnos a pasar la Navidad en algún lugar lejano, donde nuestras familias no puedan encontrarnos.

Te quiere,
Jacques

De: bluegreen181@gmail.com
Para: hourtohour.notetonote@gmail.com
Enviado el: 25 de diciembre a las 08:41
Asunto: Re: Noche de pesadilla

Vaya, Jacques, cuánto lo siento. No puedo imaginar siquiera qué misteriosas circunstancias te empujan a salir del armario ante el universo, pero no parece agradable, y sé que no es lo que querías. Ojalá estuviera en mi mano arreglarlo.

No hay novedades del Pequeño Feto, pero baste decir que he experimentado algo más desagradable que náusea ahora que he tenido el placer de leer la palabra «sexcapadas» en relación a mis padres. Y claro que eres mono. Eres mono hasta la locura. Me temo que paso demasiado tiempo pensando en lo adorables que son tus emails e intentando transformar tus encantos en una imagen mental apropiada para ensueños diurnos y cosas así.

En cuanto al asunto del móvil, uuuuf, no sé. Pero no debes preocuparte por el viaje, de verdad. En Savannah hay Internet por todas partes. Ni siquiera notarás que me he marchado.

Te quiere,
Blue

De: hourtohour.notetonote@gmail.com
Para: bluegreen181@gmail.com
Enviado el: 26 de diciembre a las 13:12
Asunto: Ensueños diurnos… y cosas así

En particular, «cosas así». Explícate, por favor.
Te quiere,
Jacques
P.D.: En serio. ¿COSAS ASÍ?

De: bluegreen181@gmail.com
Para: hourtohour.notetonote@gmail.com
Enviado el: 26 de diciembre a las 22:42
Asunto: Re: Ensueños diurnos… y cosas así

Y… mejor me callo. ☺
Te quiere,
Blue

21

Hoy es el primer sábado después de Navidad y la Casa de los Gofres está abarrotada de ancianos, niños y personas así o asá sentadas al mostrador con periódicos de verdad, impresos, entre las manos. A la gente le encanta desayunar aquí. O sea, supongo que, en teoría, es un local de desayunos. Nuestros padres siguen durmiendo, así que he venido con mis hermanas. Ahora estamos apretujados contra la pared esperando una mesa.

Llevamos aguardando unos veinte minutos y los tres matamos el tiempo mirando el móvil. Pero entonces Alice dice:

—Eh, hola.

Acaba de ver a un chico que ocupa un reservado en la otra punta del local. Él alza la vista, sonríe y la saluda con la mano. El chaval me suena de algo, desgarbado, con el pelo castaño y rizado.

—¿Es…?

—Simon, no. Es Carter Addison. Se graduó un año antes que yo. Es simpatiquísimo. En realidad, canijo, deberías hablar con él porque…

—Ya. Me marcho —la corto. Acabo de comprender de qué conozco a Carter Addison.

—¿Qué? ¿Por qué?

—Porque sí.

Tiendo la mano para que me pase las llaves del coche. Cuando las consigo, me encamino a la puerta.

Sentado al volante del auto con el ipod cargando y la calefacción a toda pastilla, intento escoger entre Tegan and Sara y los Fleet Foxes. En ese momento se abre la portezuela del copiloto y Nora se sienta a mi lado.

—¿Qué te pasa? —me pregunta.

—Nada.

—¿Conoces a ese tío?

—¿Qué tío? —pregunto.

—Ese que está hablando con Alice.

—No.

Nora me mira.

—¿Y por qué te has largado corriendo nada más verlo?

Me reclino contra el reposacabezas y cierro los ojos.

—Conozco a su hermano.

—¿Quién es su hermano?

—¿Te acuerdas de la entrada de «Secretos de Creek»? —le digo.

Nora agranda los ojos.

—La de…

—Sí.

—¿Y por qué carajo escribió eso?

Me encojo de hombros.

—Porque le gusta Abby y es un puto idiota, y cree que a ella le gusto yo. Yo qué sé. Es una historia muy larga.

—Qué cabrón —suelta.

—Sí —respondo, mirándola fijamente. Nora nunca dice tacos.

Me sobresalto al oír unos fuertes golpes en la ventanilla. Cuando me vuelvo a mirar, veo el furioso rostro de Alice pegado al cristal.

—Sal —me ordena—. Conduzco yo.

Me desplazo al asiento trasero. Qué más da.

—¿A qué ha venido eso? —pregunta. Sus ojos me fulminan desde el espejo retrovisor mientras salimos del aparcamiento.

—No quiero hablar de ello.

—Bueno, vale, pues he pasado un mal rato intentando explicarle a Carter por qué mis hermanos han salido disparados del restaurante al verlo —dobla por la calle Roswell—. Su hermano también estaba allí, canijo. Va a tu clase. Marty. Parece simpático.

No digo ni pío.

—Y me apetecía un montón comerme unos gofres —añade enfurruñada.

—Déjalo estar, Alice —dice Nora.

Sus palabras se quedan flotando en el aire. Otra cosa que Nora nunca hace es llevarle la contraria a Alice.

Viajamos en silencio durante el resto del trayecto a casa.

—Simon, la nevera del sótano. Luego, no. Enseguida, no. Ahora —dice mi madre—. O se acabó la fiesta.

—Mamá. Para. Ya voy. —De verdad. No tengo ni puñetera idea de por qué se le ha metido en la cabeza que esto es una fiesta—. ¿Eres consciente de que Nick, Leah y Abby han estado en casa unas tropecientas mil veces?

—Me parece muy bien —replica—, pero esta vez vas a ordenar el sótano, o celebrarás el Año Nuevo en el sofá, sentadito entre tu padre y yo.

—O podríamos ir a casa de Nick —murmuro.

Mi madre está subiendo las escaleras pero se vuelve para mirarme a los ojos.

—No, no iréis. Y hablando de Nick. Tu padre y yo lo hemos hablado y nos gustaría que nos sentásemos los tres juntos a decidir cómo vamos a abordar eso de que pases la noche en su casa. Esta noche no me preocupa, porque las chicas estarán presentes, pero más adelante…

—Ay, por Dios, mamá, para ya. No pienso hablar de eso ahora mismo.

Por Dios. Como si Nick y yo no pudiéramos estar solos en la misma habitación sin convertir la velada en una orgía.

Mis amigos llegan hacia las seis y acabamos apretujados en el destartalado sofá del sótano comiendo pizza y viendo un programa de zapeo. Nuestro sótano es una especie de cápsula del tiempo que incluye una raída alfombra color camello y estantes llenos de Barbies, Power Rangers y Pokémons. También hay un aseo y un cuartito de la colada con una nevera. Uno se siente muy a gusto aquí abajo. Es una zona alucinante.

Leah se sienta en un extremo del sofá. Luego yo y, a continuación, Abby nos sentamos. En la otra punta, Nick rasguea las cuerdas de la vieja guitarra de Nora. *Bieber* gime en lo alto de las escaleras, se oyen pasos en el piso superior y Abby nos está contando una anécdota sobre Taylor. Por lo visto, Taylor ha hecho un comentario desafortunado. Intento reírme cuando toca. Creo que estoy un tanto acelerado. Leah mantiene los ojos pegados al televisor.

Cuando acabamos de cenar, subo las escaleras a toda prisa para abrirle la puerta a *Bieber*, que medio tropieza por los peldaños y aterriza en el sótano como una bala de cañón.

Nick le quita el sonido a la tele y toca una versión acústica y lenta de «Brown eyed girl». Los pasos del piso superior se detienen y oigo a alguien decir:

—Hala. Qué bonito.

Es una amiga de Nora. La voz de Nick cuando canta provoca ese efecto en las de tercero.

Nick está sentado muy, muy cerca de Abby en el sofá, y os aseguro que noto las oleadas de pánico que proyecta Leah. Ella y yo nos hemos desplazado al suelo para frotarle la barriga a *Bieber*. Leah sigue encerrada en su mutismo.

—Mira a este perro —digo—. Qué sinvergüenza. Está ahí en plan: «Metedme mano».

Leah arrastra los dedos por los rizos de la barriga de *Bieber*, sin responder.

—Tiene un morro «botella de Coca-cola» —observo.

Me mira.

—Nunca he oído hablar de algo así.

—¿No? —pregunto. A veces se me olvida qué cosas son reales y cuáles invenciones de la familia Spier.

Y entonces, sin venir a cuento y sin cambiar de tono, comenta:

—Al final han retirado esa entrada.

—Ya lo sé —respondo, y noto un revoloteo en el estómago. Aún no he hablado de la entrada del Tumblr con Nick ni con Leah, aunque sé que la han visto.

—No tenemos que hablar de ello, si no quieres —añade Leah.

—No pasa nada.

Echo un vistazo al sofá. Abby está recostada contra los almohadones, con los ojos cerrados y una sonrisa en el semblante. Tiene la cabeza inclinada hacia Nick.

—¿Sabes quién la escribió? —pregunta Leah.

—Sí.

Me mira, esperando oír más.

—Da igual —digo.

Guardamos silencio un momento. Nick deja de tocar, pero tararea y arranca un ritmo a la caja de la guitarra. Leah se retuerce un mechón durante unos instantes y luego lo deja caer. La melena le llega por debajo del pecho. La miro, pero no a los ojos.

—Ya sé lo que no te atreves a preguntar —le suelto por fin.

Se encoge de hombros, esbozando una sonrisa.

—Soy gay. Esa parte es verdad.

—Vale —dice.

Advierto que Nick ha dejado de tararear.

—Pero no quiero que hagamos una montaña de eso esta noche, ¿vale? No sé. ¿Os apetece helado?

Me incorporo.

—¿Acabas de decirnos que eres gay? —pregunta Nick.

—Sí.

—Vale —dice. Abby le atiza un manotazo—. ¿Qué?

—¿No vas a decir nada más? ¿Solo «vale»?

—Ha dicho que no quería hacer una montaña —alega Nick en su defensa—. ¿Qué quieres que le diga?

—Unas palabras de apoyo. No sé. O sostenle la mano con torpeza como hice yo. Lo que sea.

Nick y yo nos miramos.

—No quiero que me sostengas la mano —le digo sonriendo apenas.

—Vale —asiente—, pero conste que lo haría.

—Uf, eso está mejor —suspira Abby.

Leah no ha dicho nada, pero se vuelve hacia Abby de repente.

—¿Simon ya te lo había dicho?

—Esto… sí —reconoce Abby al tiempo que me lanza una mirada rápida.

—Ah —exclama Leah.

Y se hace un silencio.

—Bueno, voy a buscar el helado —Me escabullo. Me encamino a las escaleras y *Bieber* se enreda con mis piernas. Así de ansioso está por seguirme.

Horas más tarde, cuando el helado se ha terminado, el melocotón* ha caído y los vecinos han agotado sus fuegos artificiales, yo estoy mirando el techo. El techo del sótano está revestido de estuco y, en la oscuridad, la textura crea figuras y rostros tenebrosos. Mis amigos han traído sacos de dormir, pero en lugar de usarlos hemos fabricado un nido de mantas, sábanas y almohadas encima de la alfombra.

Abby duerme a mi lado y oigo roncar a Nick más allá. Leah tiene los ojos cerrados pero diría que está despierta por su manera de respirar. No estaría bien que le propinara un codazo para comprobarlo, supongo. De sopetón, se vuelve de lado, suspira y abre los ojos.

—Eh —susurro a la vez que me vuelvo también.

—Eh.

—¿Estás enfadada?

—¿Por qué? —pregunta.

—Porque se lo dije a Abby antes que a ti.

Se queda callada durante varios segundos y luego dice:

—No tengo derecho a estar enfadada.

—¿De qué hablas?

—Simon, es cosa tuya.

—Pero tienes derecho a sentir lo que sientes —alego. O sea, si de algo me ha servido tener una madre psicóloga…

—Pero yo soy lo que menos importa en este caso.

Se tumba de espaldas, con la cabeza apoyada en el brazo. No sé qué responder. Guardamos silencio.

—No te enfades —le digo por fin.

—¿Pensabas qué tendría una reacción de mierda, o que no me lo tomaría bien?

---

* Las celebraciones de Año Nuevo en Atlanta incluyen el descenso de un enorme melocotón, la fruta emblemática de la ciudad, por una torre iluminada de más de 40 metros. La «caída del melocotón» marca el inicio del nuevo año. *(N. de la T.)*

—Pues claro que no. Por favor, Leah, no. Para nada. Eres la más… O sea, fuiste tú la que me inició en Harry y Draco. Ni siquiera me planteé esa posibilidad.

—Vale, bien. —La otra mano descansa sobre su estómago, por encima de las mantas, y la veo elevarse y descender con cada respiración—. ¿Y a quién más se lo dijiste?

—A mi familia —confieso—. Verás, Nora leyó la entrada de Tumblr, así que no tuve más remedio.

—Ya, pero, o sea, ¿a quién más aparte de Abby?

—A nadie —respondo. Pero entonces cierro los ojos y pienso en Blue.

—¿Y cómo acabó en Tumblr? —insiste.

—Ah, ya —hago una mueca de dolor—. Es una historia muy larga —digo al tiempo que vuelvo a abrir los ojos.

Tuerce la cabeza hacia mí, pero no responde. Noto que me está mirando.

—Me parece que estoy a punto de dormirme —digo.

Pero no es verdad. Y no lo hago. Durante horas y horas.

22

De: bluegreen181@gmail.com
Para: hourtohour.notetonote@gmail.com
Enviado el: 1 de enero a las 13:19
Asunto: que no nos separemos, no

Jacques,

Pobre zombi. Espero que hayas conseguido pegar ojo mientras escribo esto. La buena noticia es que aún nos quedan cuatro días de vacaciones, que deberías dedicar exclusivamente a dormir y a escribirme.

Ayer por la noche te eché de menos. La fiesta no estuvo mal. Nos reunimos en casa de la abuela de mi madrastra, que tiene unos noventa años, así que hacia las nueve ya estábamos otra vez de vuelta delante del televisor. Ah, y el señor Despertar Sexual estaba allí. Su esposa está embarazadísima. Mi madrastra y ella estuvieron comparando ecografías de sus fetos a la hora de la cena. Nuestro Pequeño Feto se parece al típico alien bebé con un cabezón enorme y extremidades diminutas. Ya se le ve la nariz, algo que tiene su gracia. Pero, por desgracia, la esposa del señor Despertar Sexual trajo una ecografía en 3D. Solo puedo decir, Jacques, que ciertas cosas se te quedan para siempre grabadas en la memoria.

¿Algún plan en perspectiva, antes de que empiecen las clases?

Te quiere,

Blue

De: hourtohour.notetonote@gmail.com
Para: bluegreen181@gmail.com
Enviado el: 1 de enero a las 17:31
Asunto: Re: que no nos separemos, no

Haces bien en llamarme zombi. Estoy hecho un asco. Acabamos de volver de los grandes almacenes Target y me he dormido en el coche de camino a casa. Por suerte, conducía mi madre. Pero debes saber que Target está a cinco minutos de mi hogar. Increíble, ¿verdad? Así que ahora me siento raro, atontado y desorientado, y creo que mis padres querrán que cenemos todos juntos En Familia.

Buf.

Lamento que la ecografía en 3D, cuyos detalles has sido tan amable de obviar, te haya traumatizado. Por desgracia, soy un idiota de marca mayor con muy poco autocontrol en lo que respecta a Imágenes de Google. Así que ahora se ha grabado en mi memoria también, por toda la eternidad. Oh, el milagro de la vida. Puede que tú también quieras echar un vistazo a los «muñecos reborn». En serio, hazlo ahora.

Este fin de semana no ha pasado gran cosa, sin contar el hecho de que cada dichoso objeto del universo me recuerda a ti. En Target, estás por todas partes. ¿Sabías que venden unos enormes rotuladores permanentes llamados Superpermanentes? Y también está la superglue, claro. Tienes la sensación de estar viendo a la Liga de la Justicia de los artículos de oficina. Te juro que estuve a esto de comprarlos, solo para poder enviarte fotos de las identidades que se gastan cuando luchan contra el crimen. Les habría confeccionado capitas y todo. Si no fuera porque ALGUIEN se niega una y otra vez a que intercambiemos los números.

Te quiere,
Jacques

De: bluegreen181@gmail.com
Para: hourtohour.notetonote@gmail.com
Enviado el: 2 de enero a las 10:13
Asunto: Reborn

Me parece que no tengo palabras. Acabo de leer el artículo de Wikipedia y ahora estoy mirando las fotos. Más bien no puedo dejar de mirarlas. Debes de haber encontrado lo más espeluznante de todo Internet, Jacques.

Y me he reído a carcajadas al leer lo de la Liga de la Justicia contra el crimen en versión artículos de oficina. Ojalá los hubiera visto. Pero en cuanto a enviarnos mensajes de texto… solo te puedo decir que lo siento mucho. La idea de intercambiar los números me aterroriza. De verdad. La mera posibilidad de que puedas llamarme, oír mi voz en el contestador y atar cabos… No sé qué decir, Jacques. Sencillamente, no estoy listo para que sepas quién soy. Comprendo que es una tontería y, la verdad, a estas alturas me paso la mitad del día imaginando nuestro primer encuentro en persona. Pero no se me ocurre cómo hacerlo sin que todo cambie. Creo que me asusta la idea de perderte.

¿Me estoy explicando? No me odies.

Te quiere,
Blue

De: hourtohour.notetonote@gmail.com
Para: bluegreen181@gmail.com
Enviado el: 2 de enero a las 12:25
Asunto: Re: Reborn

Intento entender qué te preocupa tanto de intercambiar los números. ¡Tienes que confiar en mí! Sí, soy un cotilla, pero no te voy a llamar si sé que eso te incomoda. No pretendía hacer una montaña. Y no quiero que dejemos de comunicarnos por email. Pero es que también me gustaría poder enviarte mensajes de texto como una persona normal.

Y SÍ, quiero conocerte en persona. Y claro que eso cambiaría las cosas… pero puede que yo esté listo para que cambien y tal. Así que quizás esté haciendo una montaña. No sé. Me gustaría saber quiénes son tus amigos, qué haces después de clase y todo eso que no me cuentas. Me gustaría saber cómo suena tu voz.

Pero no si no estás listo. Y soy incapaz de odiarte. No me vas a perder. Tú piénsalo. ¿Vale?

Te quiere,

Jacques

Hoy es el primer día de clase después de las vacaciones y me estoy planteando muy en serio pasarlo en el aparcamiento. No entiendo nada. Pensaba que todo iría bien. Pero ahora que estoy aquí, me siento incapaz de salir del coche. Me entran ganas de vomitar solo de pensarlo.

Nora dice:

—No creo que nadie se acuerde.

Me encojo de hombros.

—Estuvo ahí durante ¿cuánto, tres días? Y hace ya una semana que la retiraron.

—Cuatro días —la corrijo.

—Ni siquiera creo que la gente lea Tumblr.

Estamos recorriendo el vestíbulo cuando suena el primer timbrazo. Los alumnos se apresuran por los pasillos y bajan las escaleras a empujones. Nadie parece prestarme una especial atención y, pese a sus palabras de ánimo, advierto que Nora experimenta tanto alivio como yo. Fundiéndome en la multitud, me abro paso hasta mi taquilla y me parece que por fin empiezo a relajarme. Un par de compañeros me saludan como de costumbre. Garrett, el de la mesa del comedor, levanta la barbilla y dice:

—¿Qué pasa, Spier?

Guardo la mochila en la taquilla y echo mano de los libros de literatura y francés. Nadie ha deslizado una nota homófoba en la rejilla del armarito. Bien. Nadie ha pintarrajeado aún la palabra «maricón» en mi taquilla. Todavía mejor. Estoy a punto de pensar que las cosas han mejorado un poco en Crekwood. O que nadie ha visto la entrada de Martin en Tumblr, a fin de cuentas.

Martin. Dios mío, prefiero ni pensar en la posibilidad de enfrentarme a su malvado careto. Pero asistimos juntos a la puta primera clase, faltaría más.

Aún noto el aliento del miedo cuando pienso que voy a ver a Martin, supongo.

Hago esfuerzos por respirar con normalidad.

Mientras me interno en la zona de expresión lingüística, un futbolista al que apenas reconozco está a punto de chocar conmigo al dejar atrás las escaleras. Retrocedo un paso para recuperar el equilibro, pero él posa una mano en mi hombro y me mira a los ojos.

—Vaya, hola —dice.

—Hola…

Me rodea las mejillas con las manos y me acerca la cara como si se dispusiera a besarme.

—¡Muac!

Sonríe, y tengo su rostro tan cerca que noto el calorcillo de su aliento. A mi alrededor, la gente se parte de risa como el puto Elmo de los teleñecos.

Me separo con rabia, rojo como un tomate.

—¿Adónde vas, Spier? —pregunta alguien—. McGregor ha pedido tanda.

Y todo el mundo vuelve a reír. O sea, ni siquiera conozco a esas personas. No entiendo a qué vienen tantas risas.

En clase de lengua y literatura, Martin no me mira.

Por suerte, a lo largo de todo el día, Leah y Abby se comportan como puñeteros pitbulls. Lanzan miradas asesinas a diestro y siniestro cada vez que alguien me mira siquiera con cara de guasa. Es un gesto muy tierno por su parte. Y la situación no es un completo desastre. De vez en cuando alguien susurra algo o se ríe. Y de tanto en tanto me dedican inmensas sonrisas en el pasillo. A saber lo que significan. Dos lesbianas que ni siquiera conozco se acercan a mi taquilla, me abrazan y me dan sus números de teléfono. Como mínimo una docena de chavales heteros me expresan su apoyo en tono trascendente. Una chica incluso me confirma que Jesús me sigue amando.

Cuánta atención. Como que me estoy mareando.

A la hora de comer, las chicas tienen a bien comentar y evaluar a los cincuenta millones de chicos que, por lo que parece, consideran novios en potencia adecuados para mí. Y todo es muy divertido hasta que a Anna se le ocurre bromear con la posibilidad de que Nick sea gay. Ante lo cual Nick se tira encima de Abby. Así que Leah se mosquea a más no poder.

—¡Deberíamos buscarle un novio a Leah también! —propone Abby, y a mí se me ponen los pelos de punta. Adoro a Abby y sé que solo intenta quitarle hierro al asunto, pero por Dios. A veces mete la pata hasta el fondo.

—Ni de coña, gracias Abby —dice Leah en su tono más repelente. Podría pasar por una respuesta amable, si no fuera porque sus ojos disparan chispas de rabia. Se levanta de malos modos y devuelve la silla a su sitio sin decir ni pío.

En cuanto se marcha, Garrett mira a Bram, que se muerde el labio. Y estoy seguro de que el intercambio significa, en código hetero, que a Bram le gusta Leah.

Y no sé por qué, pero se me llevan los demonios.

—Si te gusta, pídele salir —le digo a Bram, que se sonroja al instante.

Yo qué sé. Estoy harto de heteros que se cagan de miedo.

No sé ni cómo me las arreglo para sobrevivir hasta el ensayo. Hoy es el primer día sin guión, y ensayamos directamente algunas de las escenas de grupo. Ha venido un pianista a la sesión y la gente está concentrada y llena de energía. Supongo que todo el mundo empieza a ser consciente de que queda menos de un mes para el estreno.

Pero a mitad de la canción de los rateros, Martin deja de cantar de repente.

Y entonces Abby dice:

—La hostia. ¿Va en serio?

Y todo el mundo guarda silencio unos instantes mirándose unos a otros. A todas partes menos a mí. Por un momento, no sé a qué viene esa reacción, pero entonces sigo la mirada de Abby hasta posarla en el fondo del auditorio. Y veo a dos chicos que me suenan de algo delante de la doble espiral. Creo que iban conmigo a clase de salud el año pasado. Uno lleva capucha, falsas gafas de sol y una falda por encima de los pantalones militares. Ambos sostienen gigantescas pancartas.

El cartel del primero reza «¿Cómo va eso, Simon?»

Y el del chico de la falda dice: «MÁS, MÁS, DAME POR DETRÁS».

Hacen movimientos obscenos y unos cuantos alumnos se asoman a la puerta, entre risas. Una chica ríe con tantas ganas que se sujeta la barriga y alguien dice:

—¡Parad ya! Ay, Dios mío, qué malos sois.

Pero también se está partiendo.

Es raro… Ni siquiera me he sonrojado. Tengo la sensación de observarlo todo a millones de kilómetros de distancia.

Y entonces, de golpe y porrazo, la dichosa Taylor Metternich, nada menos, se precipita por las escaleras laterales del escenario y corre por el pasillo del auditorio. Abby le pisa los talones.

—Ay, mierda —dice el tío de la falda, y el otro suelta una risita tonta. Y abandonan el auditorio por piernas con un portazo.

Taylor y Abby se apresuran tras ellos, y se oye un barullo inmenso de gritos y pasos. La señorita Albright echa a correr y los demás nos quedamos más o menos donde estamos. To dos excepto yo que, no sé ni cómo, acabo sentado en uno de los estrados, apretujado entre dos chicas mayores que me abrazan por los hombros.

Echo un vistazo a Martin, que parece haberse derrumbado. Se tapa la cara con las manos.

Pasan unos minutos. Abby entra como un vendaval seguida de la señorita Albright, que rodea a Taylor con el brazo. Y Taylor tiene el rostro sofocado y congestionado, como si hubiera llorado. Observo cómo la profesora acompaña a Taylor a la primera fila, la sienta junto a Cal y se arrodilla para hablar con ellos

Abby sube las escaleras directamente hacia mí, sin dejar de sacudir la cabeza.

—La gente es un asco.

Asiento despacio.

—Taylor ha estado a punto de atizarles a esos tíos, en serio.

Taylor Metternich. Alucina. Atizándoles a unos chicos.

—Te estás quedando conmigo.

—No, de verdad —me asegura Abby—. Yo también he estado a un pelo.

—Bien —dice una de las chicas mayores. Brianna.

Echo un vistazo a Taylor. Está recostada en la silla con los ojos cerrados, respirando.

—Pero no les ha pegado, ¿no? No quiero que se meta en líos por mi culpa.

—Ay, por favor. ¿Pero qué dices? Tú no tienes la culpa de nada, Simon —exclama Abby—. Esos tíos son unos idiotas.

—Esto no puede quedar así —interviene Brianna—. ¿Acaso la política del centro no es de tolerancia cero?

Pero, en Creekwood, la tolerancia cero respecto al acoso se aplica de forma tan laxa como el dichoso código de vestimenta.

—No os preocupéis —dice Abby—. Ahora mismo están en el despacho de la señorita Knight. Creo que van a llamar a sus madres.

Como era de esperar, instantes después la señorita Albright nos pide a todos que nos sentemos en corro en el escenario.

—Bueno. Siento mucho que hayáis presenciado eso —me mira a mí en particular—. Ha sido sumamente irrespetuoso e inapropiado, y quiero que sepáis que tendrá graves consecuencias —se interrumpe y yo la miro. Entonces me doy cuenta de que está lívida—. Así pues, desgraciadamente, tendremos que dejarlo por hoy para que pueda ocuparme de ello. Sé que es un fastidio y os ruego que me perdonéis. Mañana continuaremos donde lo hemos dejado.

A continuación se acuclilla delante de la tarima para hablar conmigo.

—¿Te encuentras bien, Simon?

Noto un cosquilleo en la cara.

—Sí.

—Vale, bien —prosigue con voz queda—. Quiero que sepas que vamos a expulsar a esos cabrones. Lo digo muy en serio. Me dejaré la piel si hace falta.

Abby, Brianna y yo la miramos de hito en hito.

Es la primera vez que oigo a un profesor soltar un taco.

El caso es que Abby se tiene que quedar en el instituto hasta que salga el último autobús y a mí me sabe fatal. No sé. Tengo la sensación de que, en parte, todo esto es culpa mía. Pero Abby me dice que no sea bobo y que matará el tiempo mirando el entrenamiento de fútbol.

—Te acompaño.

—Simon, en serio. Ve a casa y descansa.

Pero ¿y si quiero burlarme de Nick?

No puede rebatir ese argumento. Atajamos por el pasillo de ciencias y descendemos por las escaleras traseras a la sala de música, donde suenan una guitarra y una batería tras la puerta cerrada. Son la caña. Casi parecen profesionales, salvo que la parte vocal suena rara y errática, como si estuviera cantando la segunda voz. Abby se pone a bailar al ritmo de la batería mientras pasamos, hasta que salimos por la puerta lateral que da a los campos de fútbol.

Hace un frío que pela, y no me explico cómo esos chicos sobreviven con pantalón corto y las piernas desnudas. Las chicas entrenan en el campo que tenemos más cerca, montones de colas de caballo en movimiento. Pasamos por su lado para llegar a la zona de los muchachos, que corren entre conos anaranjados y se pasan balones de fútbol de acá para allá. Abby cuelga los brazos por encima de la valla cuando se apoya para mirar. Varios chavales llevan camisetas térmicas debajo de la equipación y unos cuantos, espinilleras. Y todos tienen las típicas pantorrillas de futbolista. Así que las vistas molan y tal.

El entrenador toca el silbato y los chicos se reúnen a su alrededor un minuto, mientras les dice algo. Luego se dispersan para pasarse botellas de agua, hacer regates con la pelota y estirar las piernas. Nick trota hacia nosotros, ruborizado y sonriente. Garrett y Bram lo siguen de cerca.

—Qué raro que os obliguen a hacer otra prueba —comenta Abby.

—Ya —responde Garrett entre jadeos. Está sudoroso y colorado, y sus ojos parecen de un azul eléctrico—. Es una formalidad. O algo así. Solo para decidir —se interrumpe para recuperar el aliento— en qué posición vamos a jugar.

—Ah, vale —dice ella.

—¿Y qué? ¿Os habéis saltado el ensayo? —pregunta Nick mirando a Abby con una sonrisa.

—Más o menos —asiente ella—. Es que… bueno. Quería comerme con los ojos a los futbolistas.

Se inclina hacia Nick sonriendo de oreja a oreja.

—¿Ah, sí?

Tengo la sensación de que no debería estar escuchando esto.

—¿Y qué? ¿Va bien? —pregunto girándome hacia Garrett y Bram.

—Muy bien —dice Garrett. Bram asiente.

Qué raro. Me siento a comer con estos chicos cinco días a la semana, pero nunca nos vemos si no es en grupo. En parte me gustaría conocerlos mejor. Aunque Bram se cague de miedo delante de Leah. No sé. Por otro lado, tanto Garrett como Bram se han portado superbién respecto al rollo gay todo el día, algo que no me esperaba de unos futbolistas.

Además, Bram es mono. O sea, muy, muy mono. Está plantado a cosa de un paso de la valla, empapado en sudor, con un suéter de cuello alto debajo de la camiseta de fútbol. Y no ha dicho nada en realidad, pero tiene unos ojos marrones la mar de expresivos. Y la piel de un marrón clarito, suaves rizos oscuros y las manos bonitas, nudosas.

—¿Y qué pasa si la cagáis en la audición? —pregunto—. ¿Os pueden echar del equipo?

—¿La audición? —repite Bram con una sonrisa mínima. Cuando me mira, me siento al borde del desmayo.

—Los entrenamientos.

Me ruborizo. Y le devuelvo la sonrisa. Y entonces me siento un poco culpable.

A causa de Blue. Aunque aún no esté listo. Aunque solo sea un montón de palabras en mi portátil.

Es que también tengo la sensación de que es como mi novio.

Yo qué sé.

En fin, puede que sea el aire invernal o quizá las pantorrillas de los futbolistas, pero a pesar de los acontecimientos de hoy estoy de un humor pasable.

Hasta que llego al aparcamiento. Porque encuentro a Martin Addison apoyado contra mi coche.

—¿Dónde te habías metido? —me suelta.

Espero a que se aparte. O sea, ni siquiera me apetece mirarlo.

—¿Podemos hablar un momento? —insiste.

—No tengo nada que decirte —replico.

—Bueno, vale —Suspira, y veo el vapor de su aliento—. Simon, es que… de verdad, te debo una disculpa.

Me quedo donde estoy, sin hacer nada.

Estira los brazos y hace chasquear los nudillos debajo de los guantes.

—Jo. Es que… Lo siento muchísimo. Eso que ha pasado. No sabía que… O sea, no imaginaba que la gente aún hacía esas cosas.

—Ya, ¿quién lo iba a imaginar? Con lo progresista que es Shady Creek.

Martin niega con la cabeza.

—De verdad, no pensé que sería para tanto.

No sé ni qué responder.

—Mira, lo siento, ¿vale? Estaba enfadado. Por lo de Abby. No pensaba lo que hacía. Y entonces mi hermano hizo algo que me molestó y… Me sentía como una mierda, vale. Y hace semanas que borré las capturas. Lo juro por Dios. ¿Puedes decir algo, por favor?

O sea, por poco me echo a reír.

—¿Pero qué coño quieres que te diga?

—No sé —responde—. Yo solo intento…

—Vale, ¿qué te parece esto? Pienso que eres un cabrón. Pienso que eres un cabrón de mierda. O sea, ni se te ocurra fingir que no sabías que me estabas haciendo una putada. Me hiciste chantaje. Ha sido… O sea, ¿qué carajo pretendías? ¿Humillarme?

Niega con la cabeza y se dispone a contestarme, pero lo interrumpo.

—¿Y sabes qué? No vuelvas a decir que no ha sido para tanto. Ha sido una putada como la copa de un pino, ¿vale? Esto tenía que ser… esto me pertenecía. Era yo quien debía decidir cuándo y dónde y cómo, y si iba a decirlo —De repente, noto un nudo en la garganta—. Así que, sí, me lo has arrebatado. ¿Y tenías que meter a Blue de por medio? Me da asco, Martin. En serio, no puedo ni mirarte a la cara.

Está llorando. Intenta no hacerlo, pero llora a lágrima viva. Y noto una especie de tirón en el corazón.

—Así pues, ¿te puedes apartar de mi coche —concluyo— y dejarme en paz de una puta vez?

Asiente, agacha la cabeza y se aleja a toda prisa.

Me subo al auto. Arranco el motor. Y entonces me echo a llorar.

24

De: hourtohour.notetonote@gmail.com
Para: bluegreen181@gmail.com
Enviado el: 5 de enero a las 19:19
Asunto: ¡Está nevando!

Blue,

¡Mira por la ventana! No me lo puedo creer. Copos de verdad el primer día de clase después de las vacaciones. ¿Hay alguna posibilidad de que esto se convierta en un apocalipsis nevado? Porque molaría mucho, pero mucho, tener libre el resto de la semana. Jo, ha sido un día rarísimo. Ni siquiera sé qué decirte, salvo que salir del armario ante el universo es agotador.

En serio, estoy hecho polvo.

¿Alguna vez te enfadas tanto que te echas a llorar? ¿Y te sientes culpable por haberte enfadado? Dime que no soy raro.

Te quiere,
Jacques

De: bluegreen181@gmail.com
Para: hourtohour.notetonote@gmail.com
Enviado el: 5 de enero a las 22:01
Asunto: Re: ¡Está nevando!

No creo que seas raro. Por lo que dices, debes de haber tenido un día de mierda. Ojalá pudiera hacer algo para ayudarte. ¿Has probado a ahogar las penas en comida? Me han dicho que las Oreo son terapéuticas. Además, no soy nadie para hablar, pero no deberías sentirte culpable por enfadarte… sobre todo si mis suposiciones acerca del motivo de tu enfado son ciertas.

Vale. Tengo que decirte una cosa y me parece que te vas a agobiar. Ya sé que no podría haber escogido peor momento, pero no veo cómo evitarlo, así que allá va:

Jacques, estoy casi seguro de saber quién eres.

Te quiere,

Blue

De: hourtohour.notetonote@gmail.com
Para: bluegreen181@gmail.com
Enviado el: 6 de enero a las 19:12
Asunto: ¿De verdad?

Hala. Vale. No me agobio. Pero este es un momento trascendental, ¿no?

En realidad, creo que yo también sé quién eres. Así que, solo por diversión, voy a probar.

1. Te llamas igual que un antiguo presidente de los Estados Unidos.
2. Y que un personaje de cómic.

3. Te gusta dibujar.
4. Tienes los ojos azules.
5. Y una vez me empujaste por un pasillo a oscuras sentado en una silla de oficina.

Te quiere,

Jacques

De: bluegreen181@gmail.com
Para: hourtohour.notetonote@gmail.com
Enviado el: 6 de enero a las 21:43
Asunto: Re: ¿De verdad?

1. En realidad, sí.
2. No muy conocido pero sí.
3. No, la verdad.
4. No.
5. Definitivamente, no.

Lo siento, pero dudo que sea la persona que piensas que soy.

Blue

De: hourtohour.notetonote@gmail.com
Para: bluegreen181@gmail.com
Enviado el: 6 de enero a las 23:18
Asunto: Re: ¿De verdad?

Bueno, iba muy bien hasta llegar al final.

Vaya. Jo. Supongo que estaba completamente equivocado. Lo siento, Blue. Espero que esto no enrarezca la relación.

Ahora bien, es posible que tú tampoco hayas acertado. Y entonces estaríamos empatados. Aunque supongo que has leído la entrada de Tumblr. Jo, me siento tan idiota…

Te quiere,

Jacques

De: bluegreen181@gmail.com
Para: hourtohour.notetonote@gmail.com
Enviado el: 7 de enero a las 07:23
Asunto: Re: ¿De verdad?

¿La entrada de Tumblr? ¿Te refieres a «Secretos de Creek»? La verdad, me parece que llevo desde agosto sin mirarlo. ¿Qué se supone que debía leer? Da igual, no te sientas un idiota. No pasa nada. Pero no creo que yo me equivoque, la verdad.

Jacques a dit. ¿No?

Blue

25

Ya, bueno, no he sido muy cuidadoso, que digamos. Supongo que he ido dejando pistas por doquier y no debería sorprenderme que Blue haya atado cabos. Puede que, en el fondo, esa fuera mi intención.

Por cierto, *Jacques a dit* equivale a «Simón dice» en francés. Y, por lo visto, no se trata de una elección tan inteligente como yo pensaba.

Pero he metido la pata hasta el fondo con eso de Cal. O sea, lo juro por Dios, soy un idiota de marca mayor. De verdad, ¿a quién se le ocurre? ¿Ojos color turquesa y el presentimiento de que Blue era Cal? Típica lógica de Simon. No es de extrañar que la haya cagado.

Al despertar paso cosa de veinte minutos mirando fijamente el mensaje de Blue en el portátil antes de contestarle. Y luego me quedo ahí sentado refrescando la aplicación una y otra vez hasta que Nora llama a mi puerta. Pese a todo, llegamos al instituto con cinco minutos de margen. Así que paso cinco minutos más mirando fijamente el email, ahora en el móvil.

Pero bueno, no ha visto la entrada de Tumblr. Algo es algo. Más bien es una noticia sensacional, la verdad.

Entro en el momento exacto en que suena el timbrazo y me noto sumamente mareado. Menos mal que mis manos parecen conocer la combinación de la taquilla, porque mi cerebro se ha desconectado. La gente me habla, y yo asiento, pero no entiendo ni una palabra. Me parece que un par de chavales con pinta de palurdos me acaban de llamar «la loca del semen». No sé. Me da lo mismo.

Yo solo puedo pensar en Blue. Supongo que en el fondo albergo la esperanza de que hoy pase algo. Que se produzca alguna clase de revelación. No me puedo creer que Blue no me aborde, ahora que sabe quién soy. Y eso significa que lo busco por todas partes. En clase de francés, Leah me pasa una nota y el corazón se me desboca ante la posibilidad de que sea un mensaje de Blue. *Reúnete conmigo en tu taquilla. Estoy listo.* Algo así. Pero resulta ser un dibujo de estilo manga, increíblemente realista, de la profe haciéndole una felación a una barra de pan. Hablando de cosas que me recuerdan a Blue.

Y cuando alguien me propina un toque en el hombro en clase de historia, mi corazón se dispara como una bola de *pinball*. Pero solo es Abby.

—Chist, escucha esto.

Escucho, y oigo a Taylor explicándole a Martin que el hueco entre sus piernas no es exactamente intencionado sino que se debe a su metabolismo, y que ni siquiera se había dado cuenta de que algunas chicas se esforzaban en conseguirlo. Martin asiente, se rasca la cabeza y la mira con expresión aburrida.

—No puede evitar tener un metabolismo rápido, Simon —dice Abby.

—Eso parece.

Puede que Taylor, en secreto, sea el terror de los abusones, pero me sigue pareciendo una repelente.

Y cuando Abby, más tarde, me propina otro toque para que le recoja el boli que se le ha caído, la partida de *pinball* empieza otra vez. No puedo evitarlo. Me embarga la sensación de que se avecina un cambio y no me la quito de encima.

Así que cuando la jornada escolar termina y no ha sucedido nada extraordinario, experimento una pequeña decepción. Igual que cuando dan las once el día de tu cumpleaños y comprendes que nadie te ha organizado una fiesta sorpresa.

El jueves, después del ensayo, Cal menciona que es bisexual como sin darle importancia. Y que podríamos quedar alguna vez. Me pilla desprevenido. Lo miro de hito en hito; soy incapaz de hacer nada más. El dulce y lánguido Cal, con su peinado hípster y sus ojos de mar.

Por desgracia, no es Blue.

Blue, que últimamente apenas responde a mis emails.

Por raro que parezca, olvido el comentario de Cal hasta el día siguiente en clase de lengua y literatura. El señor Wise no está en el aula cuando llego, y los empollones se han desmadrado. Dos alumnos discuten sobre Shakespeare y, de golpe y porrazo, un chico se sube a una silla y se pone a declamar a voz en grito el soliloquio de *Hamlet*, directamente al oído de otro tío. El sofá está más concurrido que nunca, no sé por qué. Nick se ha sentado en el regazo de Abby.

Ella asoma la cabeza por detrás del cuerpo de mi amigo y me llama. Sonríe de oreja a oreja.

—Simon, le estaba contando a Nick lo que pasó ayer en el ensayo.

—Sí —dice Nick—. ¿Y quién, si se puede saber, es ese tal Calvin?

Niego con la cabeza y me sonrojo.

—Nadie. Uno de teatro.

—¿Nadie? —ladea la cabeza—. ¿Seguro? Porque esta dice que...

—¡Cállate! —lo corta Abby a la vez que le tapa la boca con la mano—. Perdona, Simon. Estaba tan emocionada por ti... No era un secreto, ¿verdad?

—No, pero no es... no fue nada.

—Bueno, ya veremos —replica Abby con una sonrisilla de suficiencia.

No sé cómo explicarle que, lo mires como lo mires, estoy con otro. Con alguien que obviamente se llama igual que un presidente y que un personaje de comic no muy conocido, no le gusta dibujar, no tiene los ojos azules y aún no me ha empujado sentado en una silla de oficina.

Alguien a quien, por lo visto, le gustaba más cuando no sabía quién era yo.

26

De: hourtohour.notetonote@gmail.com
Para: bluegreen181@gmail.com
Enviado el: 9 de enero a las 20:23
Asunto: Re: ¿De verdad?

Vale, lo pillo. Solo porque yo haya sido descuidado no es justo que te presione para que des la cara antes de estar listo. Y, créeme, soy un puñetero experto en eso. Pero ahora tú conoces mi identidad de superhéroe y yo no conozco la tuya… y es un poco raro, ¿no?

No sé qué más decirte. El anonimato nos vino bien durante un tiempo, y lo entiendo. Pero me gustaría saber quién eres en la vida real.

Te quiere,
Simon

De: bluegreen181@gmail.com
Para: hourtohour.notetonote@gmail.com
Enviado el: 10 de enero a las 14:12
Asunto: Re: ¿De verdad?

Bueno, más bien Blue es mi identidad de superhéroe, así que en realidad te refieres a mi identidad de paisano. Pero eso, obviamente, no tiene nada que ver con el tema que nos ocupa. Es qué ya no sé qué más decirte. Lo siento mucho, Simon.

Da igual, parece que las cosas te están saliendo como tú querías. Me alegro por ti.

Blue

De: hourtohour.notetonote@gmail.com
Para: bluegreen181@gmail.com
Enviado el: 10 de enero a las 15:45
Asunto: Re: ¿De verdad?

¿Que me están saliendo como yo quería? ¿De qué carajo estás hablando?

???

Simon

De: hourtohour.notetonote@gmail.com
Para: bluegreen181@gmail.com
Enviado el: 12 de enero a las 12:18
Asunto: Re: ¿De verdad?

En serio, no sé a qué vino eso, porque prácticamente nada me está saliendo como yo quería.

Vale, no quieres que te envíe mensajes de texto. Y no quieres conocerme en persona. Lo he pillado. Muy bien. Pero me revienta que todo haya cambiado, incluso nuestros emails. O sea, sí, es una situación incómoda. Supongo que intento decirte que, si no te parezco atractivo o lo que sea, lo entiendo, de verdad. Lo superaré. Pero eres algo así como mi mejor amigo y necesito mantener el contacto.

¿No podemos fingir que nada de esto ha sucedido y seguir como antes?

Simon

27

Lo que no implica que vaya a dejar de pensar en ello.

Me paso el domingo entero en mi habitación, alternando a los Smiths con Kid Cudi a todo volumen, y ni siquiera me importa si mis padres se están agobiando. Por mí, que se pongan de los nervios. Intento que *Bieber* se siente conmigo en mi cama, pero no deja de pasearse de acá para allá, así que lo saco al pasillo. Pero entonces empieza a gemir para que lo deje entrar.

—Nora, llévate a *Bieber* —le grito por encima de la música, pero no contesta. De modo que le envío un mensaje.

Recibo la respuesta: *Ocúpate tú. Yo no estoy en casa.*

¿Dónde estás? Me revienta esta nueva moda de que Nora siempre esté ausente.

Pero no me contesta. Y me siento demasiado aplatanado y apático como para ir a preguntarle a mi madre.

Miro el ventilador del techo. Así que Blue no me va a decir quién es, de manera que tendré que deducirlo yo. Llevo unas horas repasando mentalmente la lista de pistas que he reunido.

Se llama igual que un presidente y que un personaje de cómic poco conocido. Es medio judío. Escribe de maravilla. Se marea con facilidad. Es virgen. No frecuenta las fiestas. Le gustan los superhéroes. Le gustan las Reese's y las Oreos (es decir, que no es un idiota). Sus padres están divorciados. Es el hermano mayor de un feto. Su padre vive en Savannah. Su padre es profesor de lengua y literatura. Su madre es epidemióloga.

El problema es que empiezo a percatarme de que apenas sé nada de nadie. O sea, más o menos estoy al tanto de qué gente sigue siendo virgen. Pero no tengo ni idea de si los padres de mis conocidos están divorciados ni de cómo se ganan la vida. En plan, los padres de Nick son médicos. Pero no sé a qué se dedica la madre de Leah y ni siquiera sé dónde anda su padre porque Leah nunca habla de él. Nunca le he preguntado a Abby por qué su padre y su hermano siguen viviendo en Washington. Y estoy hablando de mis mejores amigos. Siempre me he considerado un cotilla, pero supongo que solo siento curiosidad por las tonterías.

Bien pensado, es horrible.

Pero no tiene importancia. Porque, por más que descifre el enigma, Blue seguiría sin estar interesado en mí. Ha descubierto quién soy. Y ahora todo se ha estropeado, y no sé qué hacer. Le dije que, si yo no le atraía, no pasaba nada. Traté de fingir que no me importaba.

Pero no lo entiendo. Y claro que me importa.

Esto es una mierda, la verdad.

El lunes veo una bolsa de plástico prendida a la manija de mi taquilla, y al principio la tomo por un suspensorio. Supongo que he imaginado a algún estúpido deportista dejando ahí un suspensorio sudado como gesto supremo de humillación y desprecio. No sé. Puede que esté paranoico.

Da igual, no es un suspensorio. Es una camiseta de algodón con el logo del *Figure 8* de Elliott Smith. Lleva encima una nota que dice lo siguiente: *Seguro que Elliott sabe que habrías ido a sus conciertos si hubieras podido.*

La nota está escrita en cartulina turquesa con una caligrafía absolutamente regular; no hay ni una letra torcida. Y, por supuesto, se ha acordado de la segunda «t» de Elliott. Porque es Blue.

La camiseta es de talla mediana, envejecida, y todo en ella es absoluta y sorprendentemente perfecto. Durante un momento de locura, pienso en buscar un baño y ponérmela aquí mismo.

Pero me contengo. Porque sigue siendo raro. Porque aún no sé quién es. Y la idea de que me vea con la camiseta puesta me da vergüenza, no sé por qué. Así que la dejo doblada en la bolsa y lo guardo todo en la taquilla. Y me paso el día flotando en una nube de felicidad y nerviosismo.

Pero luego me toca ensayo y todo cambia de golpe y porrazo. Yo qué sé. Cal tiene algo que ver en ello. Abandona el auditorio para ir al baño cuando yo llego y se detiene un momento en el umbral. Nos dedicamos una especie de sonrisa y luego los dos seguimos andando.

No ha pasado nada. Ni siquiera ha sido un momento especial. Pero noto un estallido de rabia que brota de mi pecho. O sea, lo noto físicamente. Y todo porque Blue es un maldito cobarde. Puede que haya colgado una puta camiseta de mi taquilla, pero no tiene lo que hace falta para abordarme en persona.

Lo ha estropeado todo. Ahí está ese chico tan encantador con un peinado alucinante que tal vez se haya fijado en mí, y no me sirve de nada. Nunca voy a quedar con Cal. Es probable que nunca tenga novio. Estoy demasiado ocupado intentando enamorarme de alguien que no es real.

El resto de la semana transcurre entre una bruma extenuante. Ahora ensayamos a diario y las sesiones duran una hora más todas las noches, así que me toca cenar de pie en la barra del desayuno mientras intento que no caigan migas a mis libros de texto. Mi padre dice que esta semana me echa de menos, pero en realidad se refiere a que le disgusta tener que ver grabado el *reality Soltero*. No sé nada de Blue y yo tampoco lc hc cscrito.

El viernes es un gran día, supongo. Falta una semana para el estreno y vamos a representar dos funciones de *Oliver* en horario escolar, con el vestuario y todo: por la mañana para los de tercero y cuarto y por la tarde para los de primero y segundo de bachillerato. Tenemos que llegar al instituto una hora antes con el fin de prepararnos, así que Nora tendrá que esperar todo ese rato en el auditorio. Pero Cal la pone a trabajar, y parece contenta pegando fotos del elenco en la pared del vestíbulo, junto a capturas de pantalla de la versión cinematográfica protagonizada por Mark Lester y una lista de los participantes superampliada.

Entre bastidores hay un caos de mil demonios. Faltan piezas del atrezo, la gente va de acá para allá a medio vestir y los numerosos prodigios musicales con los que cuenta Creekwood están en el foso de la orquesta ensayando la obertura. Es la primera vez que la orquesta participa en la función y el mero hecho de oírlos tocar hace que todo parezca mucho más real. Taylor ya se ha vestido y maquillado. Ahora está por ahí practicando un extraño calentamiento vocal que ella misma ha inventado. Martin no encuentra su barba.

Yo llevo puesto el primero de mis tres atuendos, que consiste en una camisa enorme y raída de color blanco sucio, unos bombachos que se ajustan a la cintura con un cordel y los pies descalzos. Unas chicas me untan porquería al pelo para despeinarlo, lo que viene a ser como ponerle tacones a una jirafa. Y entonces me dicen que me tengo que aplicar perfilador de ojos, algo que me revienta. Como si no me bastara con llevar lentillas.

La única persona de la que me puedo fiar en ese aspecto es Abby, que me sienta en una silla del camerino de las chicas. A ellas no les importa verme allí, y no porque sea gay. Todo el mundo entra y sale de los camerinos a su antojo, y si acaso alguien desea intimidad se cambia en el baño.

—Cierra los ojos —me ordena.

Obedezco, y las yemas de los dedos de Abby me estiran con suavidad la piel del párpado. Y entonces noto como un *ris ris*, igual que si me estuvieran haciendo un dibujo en la piel, porque, no os engaño, el perfilador tiene la misma forma que un puñetero lápiz.

—¿Tengo una pinta ridícula?

—Para nada —responde ella. Guarda silencio un instante.

—Quería preguntarte una cosa.

—¿Sí?

—¿Por qué tu padre sigue en Washington?

—Bueno, aún no ha encontrado trabajo aquí.

—Ah. ¿Tu hermano y él vendrán a vivir aquí con vosotras?

Desliza el dedo por el borde de mi párpado.

—Mi padre sí, cuando pueda —explica—. Mi hermano estudia primero en Howard.

Ahora asiente, me estira el otro párpado y empieza a pintar.

—Ya tendría que saberlo. Soy un idiota —sentencio.

—¿Y por qué vas a ser un idiota? Yo nunca te lo había mencionado.

—Porque nunca te lo había preguntado.

El párpado inferior es aún peor si cabe, porque tengo que mantener los ojos abiertos y el lápiz se desliza justo por el borde, y me revienta que me toquen los ojos.

—No parpadees —me recuerda Abby.

—Ya lo intento.

La punta de la lengua le asoma entre los labios y huele a una mezcla de extracto de vainilla y polvos de talco.

—Muy bien. Mírame.

—¿Ya está? —pregunto.

Guarda silencio mientras comprueba el resultado.

—Casi —asiente. Pero ahora me ataca como un ninja con polvos y pinceles.

—Hala —dice Brianna al pasar.

—Ya lo sé —responde Abby—. Simon, no me interpretes mal, pero estás más bueno que el pan.

Estoy a punto de descoyuntarme de tan deprisa como me giro a mirarme en el espejo.

—No parezco yo —comento.

La imagen resulta un tanto surreal. Apenas estoy acostumbrado a mi rostro sin gafas y si le sumas el perfilador la imagen que proyecto es algo así como: OJOS.

—Ya verás cuando te vea Cal —me suelta Abby por lo bajo.

Niego con la cabeza.

—No es…

Pero no puedo completar el pensamiento. No puedo dejar de mirarme a mí mismo.

La primera representación del día fluye sorprendentemente bien, aunque casi todos los alumnos de cuarto aprovechan la ocasión para dormir dos horas más. Los de tercero, en cambio, están supermotivados ante la idea de perderse las dos primeras horas y eso los convierte en el público más alucinante del mundo. El cansancio de toda la semana se esfuma y estoy embriagado de adrenalina, risas y aplausos.

Nos despojamos del vestuario y todo el mundo está contentísimo y lleno de energía cuando la señorita Albright nos hace correcciones. Y luego nos encaminamos a la cafetería vestidos de calle. A mí me emociona una pizca la idea de comer con el maquillaje de la obra aún intacto. Y no solo porque, al parecer, estoy más bueno que el pan. Sencillamente es genial llevar una marca que me señala como parte del espectáculo.

Leah está obsesionada con el maquillaje de los ojos.

—Hostia, Simon.

Me asalta un ramalazo de timidez. Y el hecho de que el guaperas de Bram me esté mirando no ayuda.

—No tenía ni idea de que tus ojos fueran tan grises —dice Leah. Se vuelve a mirar a Nick con expresión de incredulidad—. ¿Tú lo sabías?

—No —coincide Nick.

—En plan, el iris tiene un anillo de color carbón en la parte exterior —prosigue ella—, pero son más claros en el centro y casi plateados alrededor de la pupila, pero de un plata oscuro.

—Cincuenta sombras de gray* —suelta Abby.

—Puaj —exclama Leah, y Abby y ella intercambian una sonrisa.

Es una especie de milagro.

Después de comer nos reunimos en el auditorio para que

---

* Referencia a la conocida novela. Gray es gris, el color de los ojos de Simon (*N. de la T.*)

la señorita Albright nos recuerde lo alucinantes que somos, y luego nos dirigimos a los camerinos para enfundarnos las prendas que llevaremos en la primera escena. Esta vez lo hacemos a toda prisa, pero creo que me gusta. La orquesta empieza a afinar otra vez y se oyen charlas en el auditorio cuando los alumnos de bachillerato van ocupando los asientos.

Esta es la función que me emociona de verdad. Porque asisten los alumnos de mi clase. Porque Blue estará allí entre el público. Y por muy mosqueado que esté con él, me gusta la idea de que me contemple desde el patio de butacas.

Ahora Abby y yo estamos espiando a la concurrencia por la rendija de la cortina.

—Nick está ahí —dice, y señala la zona izquierda del auditorio—. Y Leah. Y allí detrás están Morgan y Anna.

—¿No estamos tardando mucho en empezar?

—No sé —dice Abby.

Echo un vistazo por encima del hombro al puesto de Cal, un escritorio entre bastidores. Lleva auriculares y un micro pequeño que se dobla por delante de su boca. Lo veo fruncir el ceño y asentir. Y luego se levanta y echa a andar hacia el patio de butacas.

Me vuelvo a mirar al público. Las luces siguen encendidas y la gente se sienta en los respaldos de los asientos para hablar a gritos de punta a punta de la sala. Un par de alumnos han hecho una bola con los programas y los lanzan hacia el techo.

Y entonces noto una mano en el hombro. Es la señorita Albright.

—Simon, ¿me puedes acompañar un momento?

—Claro —respondo. Abby y yo nos miramos extrañados.

Sigo a la señorita Albright al camerino, donde Martin, desplomado en una silla de plástico, se enrolla la punta de la barba al dedo.

—Pasa y coge una silla.

La profesora cierra la puerta. Martin me mira como preguntándome a qué viene todo eso.

Yo le ignoro.

—Bueno, acaba de pasar una cosa —empieza la señorita Albright, despacio— y os lo quería contar a vosotros antes que a nadie. Creo que tenéis derecho a saberlo.

Al instante, me invade un mal presentimiento. La señorita Albright mira al infinito un momento y luego parpadea para volver a la realidad. Parece agotada.

—Alguien ha alterado la lista del elenco que está en el vestíbulo —explica— y ha cambiado los nombres de vuestros personajes por otro inapropiado.

—¿Por cuál? —pregunta Martin.

Pero yo lo deduzco al instante. Martin representa a Fagin. Yo aparezco como «chico de Fagin». Supongo que a algún genio le ha parecido muy gracioso tachar un par de íes y de enes, para cambiar Fagin por *fag*.*

—Ah —dice Martin cuando ata cabos, un instante después. Intercambiamos miradas, él pone los ojos en blanco y, por un momento, casi tengo las sensación de que volvemos a ser amigos.

—Sí. Y han añadido un dibujo. En fin —prosigue la señorita Albright—. Cal lo está retirando ahora y dentro de un momento saldré ahí fuera para mantener una pequeña charla con vuestros encantadores compañeros.

—¿Vas a cancelar la función? —le pregunta Martin, que se ha llevado las manos a las mejillas.

—¿Os gustaría que lo hiciera?

Martin me mira.

—No. Por mí no. O sea… no la canceles.

---

* Maricón en inglés *(N. de la T.)*

El corazón me late a mil.

Me siento… no sé. No quiero plantearme nada de eso ahora. En estos momentos solo estoy seguro de una cosa: la idea de que Blue no vea la obra me resulta insoportable.

Ojalá me diera igual.

Martin entierra la cara entre las manos.

—Lo siento muchísimo, Spier.

—Para ya —me levanto—. ¿Vale? Para.

Supongo que empiezo a estar harto de todo esto. Intento que no me afecte. No debería importarme lo que me llamen unos idiotas en un mundo idiota, y debería darme igual lo que la gente piense de mí. Pero me importa. Abby me rodea los hombros con el brazo y observamos desde las bambalinas cómo la señorita Albright sale al escenario.

—Hola —dice a través del micrófono. Lleva un cuaderno en las manos y no sonríe. Ni una pizca—. Algunos ya me conocéis. Soy la señorita Albright, la profesora de teatro.

Un alumno lanza un silbido de admiración y otros chicos sueltan risitas tontas.

—Así pues, sé que estáis aquí para ver un preestreno exclusivo de una obra sensacional. Contamos con un gran reparto y equipo, y estamos ansiosos por empezar. Pero antes de eso, quiero dedicar un par de minutos a que revisemos juntos la normativa de Creekwood en relación al acoso escolar.

Por alguna razón, escuchar las palabras «repasar» y «normativa» juntas en la misma frase silencia a la gente. Se oye un zumbido de conversaciones quedas y tela vaquera que roza contra los asientos. Alguien suelta una carcajada y otra persona le grita:

—¡SILENCIO!

Y entonces suenan un montón de risas mal contenidas.

—Esperaré —dice la señorita Albright. Las risas se apagan y ella muestra el cuaderno al público—. ¿Alguien sabe lo que es esto?

—¿Tu diario? —pregunta algún capullo de segundo de bachillerato.

La señorita Albright ignora el comentario.

—Es la normativa de Creekwood, que deberíais haber leído y firmado a principios de curso.

Todo el mundo deja de escuchar al instante. Dios mío. El oficio de profesor debe de ser horrible. Me siento en el suelo del escenario con las piernas cruzadas, rodeado de chicas. La señorita Albright sigue hablando, leyendo párrafos del manual y luego hablando un poco más. Cuando nombra la tolerancia cero, Abby me aprieta la mano. El tiempo se arrastra.

Ahora mismo no siento absolutamente nada.

Por fin, la señorita Albright ocupa su sitio entre bambalinas y planta el manual en una silla con rabia.

—Vamos allá —dice. Nos mira con una intensidad que asusta.

Las luces de la sala se atenúan y las primeras notas de la obertura empiezan a sonar en el foso. Dejo atrás la zona de bambalinas y me planto en el escenario. Me pesa todo el cuerpo. En parte quiero marcharme a casa y acurrucarme en la cama con el iPod.

Pero el telón ya se está abriendo.

Y yo sigo avanzando.

28

Solo más tarde, en el camerino, se me enciende una bombilla.

Martin Van Buren. El octavo puto presidente de los Estados Unidos.

Pero no me lo puedo creer. Es imposible.

Se me cae la toallita al suelo. A mi alrededor, las chicas se quitan gorras, sacuden la melena, se limpian la cara con jabón y cierran la cremallera de las bolsas del vestuario. Una puerta se abre en alguna parte y se oyen unas súbitas carcajadas.

La cabeza me funciona a mil por hora. ¿Qué sé de Martin? ¿Qué sé de Blue?

Martin es listo, desde luego. ¿Tan listo como para ser Blue? No tengo ni idea de si Martin es medio judío. O sea, podría ser. No es hijo único, pero podría haber mentido al respecto, supongo. No lo sé. No lo sé. Esto no tiene ni pies ni cabeza. Porque Martin no es gay.

Por otro lado, alguien cree que sí. Aunque no debería dar crédito a nada que proceda de un capullo anónimo que me llama «maricón».

—¡Simon, no! —exclama Abby, que acaba de asomar por la puerta.

—¿Qué pasa?

—¡Te lo has quitado! —me clava la mirada unos instantes—. Supongo que aún se nota.

—¿Aún se nota lo bueno que estoy? —pregunto, y ella se echa a reír.

—Mira, acabo de recibir un mensaje de Nick, y nos está esperando en el aparcamiento. Esta noche te llevamos de fiesta.

—¿Qué? —digo—. ¿Adónde?

—Aún no lo sé. Pero mi madre se ha marchado a Washington a pasar el fin de semana y eso significa que la casa y el coche son míos. Así que hoy pasarás la noche en territorio Suso.

—¿Vamos a dormir en tu casa?

—Ajá —dice, y me doy cuenta de que se ha retirado el maquillaje y se ha vuelto a enfundar los vaqueros de pitillo—. Así que lleva a tu hermana a casa. Haz lo que tengas que hacer.

Me miro en el espejo e intento plancharme el pelo.

—Nora ya ha cogido el autobús —respondo despacio. Es raro. El Simon del espejo todavía lleva lentillas. Sigue siendo casi irreconocible—. ¿Y por qué vamos a salir?

—Porque, por una vez, no tenemos ensayo —responde ella, y me pellizca la mejilla—. Y porque has tenido un día rarísimo.

Por poco me echo a reír. No tiene ni puta idea.

De camino al aparcamiento, no para de hablar y de hacer planes y yo dejo que sus palabras resbalen sobre mí. No dejo de dar vueltas a mis conclusiones acerca de Martin. Me resulta casi inconcebible.

Si yo estuviera en lo cierto, significaría que Martin escribió esa entrada en Tumblr en agosto; aquella en la que confesaba que era gay. Y que llevo cinco meses intercambiando emails con él. Casi podría creerlo, pero no me explico lo del chantaje. Si Martin es gay, ¿por qué meter a Abby por medio?

—He pensado que podríamos pasar la tarde en Little Five Points —me informa Abby— y luego salir por el centro, claro.

—Me parece bien —asiento.

No tiene pies ni cabeza.

Pero entonces recuerdo la tarde de la Casa de los Gofres y los repasos nocturnos, y el hecho de que casi empezaba a caerme bien antes de que todo se viniera abajo. Chantaje con amistad como efecto colateral. Tal vez esa fuera su intención desde el principio.

Solo que nunca tuve la sensación de que yo le gustara. Ni una vez. Así que las cosas no pueden ir por ahí. Martin no puede ser Blue.

A menos que… Pero no.

Porque todo esto no es una broma. Blue no puede ser una broma. No debo ni planteármelo. Nadie sería tan malvado. Ni siquiera Martin.

De repente, me cuesta respirar.

No puede ser una broma, porque no sé lo que haría si lo fuera.

No puedo ni pensarlo. Dios mío. Lo siento, pero no puedo. Y no lo haré.

Nick está esperando a la entrada del instituto, y Abby y él entrechocan los puños cuando se ven.

—Aquí está —dice ella.

—¿Y ahora qué? —pregunta Nick—. ¿Vamos a casa, cogemos las cosas y luego tú nos recoges?

—Ese es el plan —asiente Abby. Se descuelga la mochila y abre el bolsillo exterior para sacar las llaves del coche. Entonces ladea la cabeza—. ¿Habéis hablado con Leah?

Nick y yo nos miramos.

—Todavía no —dice él. Parece súbitamente desanimado. Lo de invitar a Leah es peliagudo porque, si bien la quiero mucho, su presencia lo cambia todo. Estará de morros y se pondrá rara con Nick y con Abby. No tendrá ganas de ir al centro. Y también hay algo más que no sé cómo describir en realidad, pero su inseguridad a veces resulta contagiosa.

Pero a Leah le revienta que la excluyan.

—¿Y si vamos solo nosotros tres? —sugiere Nick con cautela y enseguida baja la mirada. Noto que se siente fatal por lo que está haciendo.

—Vale —acepto.

—Muy bien —decide Abby—. Vamos.

Veinte minutos después estoy en el asiento trasero del coche de la madre de Abby con un montón de libros a mis pies.

—Déjalos en cualquier parte —me indica ella, buscando un instante mis ojos en el espejo retrovisor—. Mi madre los lee cuando viene a recogerme, mientras me espera. O cuando conduzco yo.

—Jo, a mí me entran náuseas solo de mirar la pantalla del teléfono cuando voy en coche —comenta Nick.

—Náusea —lo corrijo, y me da un vuelco el corazón.

—Vaya, ya salió el académico. —Nick se da media vuelta en el asiento y me sonríe.

Abby entra con cuidado en la 285 y se sumerge en el tráfico sin dificultad. Ni siquiera parece tensa. Me percato de que, seguramente, es la mejor conductora de los tres.

—¿Sabes adónde vamos? —pregunto.

—Lo sé —responde Abby. Veinte minutos más tarde entramos en el aparcamiento de Zesto. Nunca he comido en este restaurante. Bueno, casi nunca voy a la zona urbana, en realidad. El local es cálido y ruidoso y está atestado de gente que come perritos calientes con salsa picante, hamburguesas y cosas por el estilo. Pero, sinceramente, me trae sin cuidado que estemos en pleno enero. Pido helado de chocolate con Oreos y, durante los diez minutos que dedico a saborearlo, casi vuelvo a sentirme normal. Para cuando regresamos al coche, el sol empieza a ponerse.

A continuación nos dirigimos a La Hija del Chatarrero. Que está al ladito del café Aurora.

Pero no estoy pensando en Blue.

Pasamos unos veinte minutos curioseando de acá para allá. La Hija del Chatarrero es una tienda que me encanta. Nick se queda pillado con los libros de filosofía oriental que ha visto en una vitrina y Abby se compra unas medias. Yo acabo vagando por los pasillos y evitando los ojos de las aterradoras chicas de los mohicanos rosa.

No estoy pensando en el café Aurora y no estoy pensando en Blue.

No quiero pensar en Blue.

No puedo ni plantearme la idea de que Blue sea Martin.

Ha anochecido del todo pero no es demasiado tarde, y Abby y Nick quieren llevarme a una librería feminista que conocen, en la que sin duda encontraré un montón de material gay. Echamos un vistazo a las estantería, y Abby saca libros ilustrados de temática LGBT para enseñármelos, y Nick arrastra los pies con aire de sentirse incómodo. Abby me compra un libro sobre pingüinos gays y luego salimos a dar un paseo. Pero empieza a hacer frío y nos está entrando hambre otra vez, así que nos metemos en el coche para dirigirnos al centro.

Por lo que parece, Abby tiene muy claro nuestro destino. Se desvía por una calle secundaria y aparca en paralelo como si nada. Luego caminamos a paso vivo hasta la esquina y enfilamos por la calle mayor. Cuando Nick se estremece bajo su chaqueta fina, Abby pone los ojos en blanco y dice:

—Estos chicos de Georgia…

Lo rodea con el brazo y le frota el suyo arriba y abajo con la mano mientras caminan.

—Ya estamos —declara cuando llegamos por fin a un local de Juniper llamado Webster que cuenta con un gran patio decorado con lucecitas de Navidad y banderas de arcoíris. El sitio parece desierto, pero apenas si hay espacio para aparcar.

—¿Es un bar gay? —pregunto.

Tanto Abby como Nick sonríen.

—Vale —digo—, pero ¿cómo vamos a entrar?

Yo mido uno setenta, Nick es imberbe y Abby lleva la muñeca forrada de pulseras de la amistad. Nadie se va a tragar que tengamos veintiuno.

—Es un restaurante —dice Abby—. Vamos a cenar.

Por todas partes hay chicos ataviados con fular, cazadora y pantalones de pitillo. Todos son muy monos y también apabullantes. Casi todos llevan piercings. Una barra se extiende al fondo, suena música tipo hip hop y los camareros tienen que ponerse de lado para abrirse paso entre el gentío cargados con jarras de cerveza y cestas de alitas de pollo.

—¿Solo sois tres? —pregunta el encargado, que me apoya una mano en el hombro apenas un segundo, si bien lo suficiente para provocarme un revuelo en el estómago—. Será un minuto, cielo.

Nos retiramos de la zona de paso y Nick toma una carta para echar un vistazo. Todos los platos contienen una indirecta. Salchichas. Bollos. Abby no para de soltar risitas. Y yo no dejo de recordarme a mí mismo que estamos en un restaurante, nada más. Sin querer, entablo contacto visual con un tío bueno que luce una camiseta ajustada con el cuello de pico. Aparto la vista a toda prisa, pero el corazón me late a mil.

—Voy al baño —les digo, porque me temo que si sigo aquí de pie voy a entrar en combustión. Los servicios están al final de un pasillo corto, pasada la barra, y tengo que abrirme paso entre la gente para llegar hasta allí. Cuando vuelvo a salir, la concurrencia ha aumentado. Veo a dos chicas con sendas jarras de cerveza en las manos que están medio bailando, a un grupo de chicos riendo y a un montón de gente que bebe cerveza agarrando a su pareja de la mano.

Alguien me propina unos golpecitos en el hombro.

—¿Álex?

Me doy media vuelta.

—No soy…

—No eres Álex —me interrumpe el chico—, pero tu pelo es igualito al de Álex.

Y alarga la mano para enredarme los dedos en el cabello.

Está sentado en un taburete y no parece mucho mayor que yo. Es rubio, de un tono más claro que el mío. Tan rubio como Draco. Lleva un polo y vaqueros normales, y es muy mono. También es posible que esté borracho.

—¿Cómo te llamas, Álex? —me pregunta a la vez que se baja del taburete. Cuando se pone de pie, descubro que me lleva casi una cabeza y huele a desodorante. Luce una dentadura deslumbrante.

—Simon —contesto.

—El bobo Simón llamó al pastelero.

Canturrea la nana y suelta una risita.

Sí, está borracho.

—Yo soy Peter —se presenta, y pienso: Como el de la nana del que comía calabazas.

—No te vayas —me pide—. Te invito a una copa. —Sosteniéndome el codo con la mano, se vuelve hacia la barra. De repente, tengo entre los dedos una auténtica copa para martinis llena de algo verde—. Como las manzanas —dice Peter.

Tomo un sorbo y no me parece horrible.

—Gracias —digo, y el revoloteo desaparece por completo. Yo qué sé. Esto se parece tan poco a mi vida normal…

—Tienes unos ojos alucinantes —observa Peter con una sonrisa. En ese momento la música cambia y suena un bajo estrepitoso de estilo heavy. Peter dice algo más, pero la música ahoga las palabras.

—¿Qué?

Se aproxima un paso a mí.

—¿Estudias?

—Sí.

El corazón se me desboca. Está tan cerca que nuestras bebidas se tocan.

—Yo también. En Emory. Estoy en primero. Espera.

Apura el resto de la copa de un trago largo y se vuelve hacia la barra. Estiro el cuello por encima de la muchedumbre para averiguar dónde están Nick y a Abby. Los veo sentados a una mesa en la otra punta del local y me observan con expresión inquieta. Cuando se percata de que la miro, Abby me hace gestos frenéticos. Yo sonrío y la saludo a mi vez.

Sin embargo, la mano de Peter vuelve a sostener mi brazo y ahora me tiende un chupito lleno de algo de un color naranja intenso, como uno de esos medicamento para el resfriado. Pero aún no he terminado la bebida de manzana, así que me la trinco de dos tragos y le tiendo a Peter la copa vacía. Y entonces entrechoca su chupito con el mío y se lo bebe de golpe.

Yo doy un sorbo al mío y sabe como a refresco de naranja, pero Peter se ríe y me estira la punta de los dedos.

—Simon, ¿habías probado un chupito antes? —me pregunta.

Niego con la cabeza.

—Buf, vale. Inclina la cabeza hacia atrás y… —me hace una demostración con su vaso vacío—. ¿Vale?

—Vale —asiento, y una sensación cálida y alegre empieza a apoderarse de mí. Me bebo el chupito de dos tragos y me las arreglo para no escupir nada. Y sonrío a Peter, que me arrebata el vaso antes de tomarme la otra mano y entrelazar los dedos con los míos.

—Simoncito. ¿De dónde eres?

—De Shady Creek.

—Vale —dice, y noto que no lo ha oído, pero sonríe, vuelve a sentarse en el taburete y me atrae hacia sí. Y sus ojos son como castaños y eso me gusta. Y hablar me resulta más fácil ahora, porque estoy diciendo las palabras justas, y él asiente, ríe y me aprieta las manos. Le hablo de Abby y de Nick, a los que procuro no mirar, porque cada vez que lo hago sus ojos me llaman a gritos. Entonces Peter me habla de sus amigos:

—Ay, por Dios, tienes que conocer a mis amigos. Tienes que conocer a Álex.

Así que pide otros dos chupitos y me lleva de la mano a una mesa redonda situada en un rincón del local. Los amigos de Peter son un grupo enorme, casi todos chicos, y son muy monos y la cabeza me da vueltas.

—Este es Simon —anuncia Peter a la vez que me rodea con el brazo y me abraza. Me presenta a todo el mundo, pero yo olvido sus nombres al instante, menos el de Álex. Peter lo señala diciendo:

—Te presento a tu doble.

Pero me siento un tanto desconcertado, porque Álex no se parece en nada a mí. O sea, los dos somos blancos. Pero incluso nuestro supuesto pelo idéntico es totalmente distinto. Él lo lleva despeinado a propósito. El mío es un caos. Pero Peter no deja de mirarnos al uno y al otro, soltando risitas tontas, y un chico se sienta en el regazo de otro para cederme el asiento, y entonces alguien me pasa una cerveza. O sea, hay alcohol por todas partes.

Los amigos de Peter son escandalosos y divertidos, y yo me río con tantas ganas que me entra hipo, pero no me acuerdo de qué me hacía tanta gracia. Y el brazo de Peter me rodea los hombros con fuerza. En algún momento, de sopetón, se inclina para plantarme un beso en la mejilla. Estoy en un universo paralelo. Esto se parece a tener novio. Y no sé por qué empiezo a contarle lo de Martin y los emails y cómo el muy cabrón me hizo chantaje. La historia tiene su gracia y tal, ahora que lo pienso. Y todo el mundo se parte de risa y la única chica de la mesa exclama:

—Ay, Peter, por Dios. Es adorable.

Y yo me siento en el séptimo cielo.

Pero entonces Peter se inclina hacia mí y, con los labios pegados a mi oído, me pregunta:

—¿Vas al instituto?

—A primero de bachillerato.

—Al instituto —repite. Su brazo sigue ceñido a mi cuerpo—. ¿Cuántos años tienes?

—Diecisiete —susurro, un tanto turbado.

Me mira y sacude la cabeza.

—Ay, cielo —dice con una sonrisa triste—. No. No.

—¿No? —pregunto.

—¿Con quién has venido? ¿Dónde están tus amigos, Simoncito?

Señalo a Nick y a Abby.

—Ah —dice.

Me ayuda a levantarme, me toma la mano y la sala oscila a mi alrededor, pero acabo sentado de todas formas, sin saber cómo he llegado hasta allí. Al lado de Abby y enfrente de Nick, delante de una hamburguesa con queso intacta. Fría, pero sencilla y perfecta, sin hojas verdes y con montones de patatas fritas.

—Adiós, Simoncito —se despide Peter, que me abraza y me planta un besito en la frente—. Disfruta tus diecisiete.

Y se aleja a trompicones. Abby y Nick me miran como si no supieran si echarse a reír o morirse de miedo. Ay, Dios mío. Cuánto los quiero. O sea, de verdad que los quiero. Pero me siento un poco achispado.

—¿Cuánto has bebido? —pregunta Nick.

Intento contar con los dedos.

—Déjalo. No quiero saberlo. Come algo.

—Me encanta este sitio —digo.

—Ya se nota —observa Abby, a la vez que me embute una patata frita en la boca.

—Pero ¿habéis visto sus dientes? —pregunto—. Tenía los puñeteros dientes más blancos que he visto en mi vida. Me juego algo a que usa esas cosas. Las tiras esas.

—Tiras blanqueadoras —apunta Abby. Me sostiene por la cintura y Nick me sostiene por la otra cintura. Quiero decir por la misma cintura. Y yo les rodeo los hombros con los brazos porque los QUIERO TANTÍSIMO.

—Eso es. Tiras blanqueadoras —suspiro—. Va a la universidad.

—Eso hemos oído —replica Abby.

Es la noche perfecta. Todo es perfecto. Ya ni siquiera hace frío. Es viernes por la noche y no estamos en la Casa de los Gofres ni jugando a *Assassin's Creed* en el sótano de Nick, y no estamos añorando a Blue. Hemos salido, estamos vivos y todo el universo está de fiesta ahora mismo.

—Hola —saludo cuando me cruzo con alguien. Sonrío a todo el mundo al pasar.

—Simon, por Dios —se avergüenza Abby.

—Vale —decide Nick—. Te sientas delante, Spier.

—¿Qué? ¿Por qué?

—Porque no creo que a Abby le apetezca que vomites en la tapicería de su madre.

—No voy a vomitar —protesto, pero apenas pronuncio las palabras se me revuelven las tripas de un modo que no presagia nada bueno.

Así que me siento delante, bajo la ventanilla y el aire frío me azota y me refresca la cara. Cierro los ojos y recuesto la cabeza hacia atrás. De golpe y porrazo, los abro otra vez.

—Un momento, ¿adónde vamos? —pregunto.

Abby le está cediendo el paso a un coche

—A mi casa —responde—. A College Park.

—Pero no he traído la camiseta —digo—. ¿Podemos pasar por mi casa?

—Está en dirección contraria —objeta Abby.

—Mierda —exclamo. *Mierda mierda mierda.*

—Te puedo dejar una —se ofrece ella—. Seguro que hay ropa de mi hermano en casa.

—Además, llevas una camiseta puesta —observa Nick.

—Noooo. No. No es para ponérmela —explico.

—¿Y para qué es? —pregunta Abby.

—No me la puedo poner —repito—. Sería raro. Tengo que dejarla debajo de la almohada.

—Y eso no es raro —replica Nick.

—Es una camiseta de Elliott Smith. ¿Sabíais que se apuñaló a sí mismo cuando teníamos cinco años? Por eso nunca he podido ir a un concierto suyo —cierro los ojos—. ¿Creéis en la vida después de la muerte? Nick, ¿los judíos creen en el cielo?

—Vale —dice Nick. Abby y él intercambian una mirada por el espejo retrovisor y Abby se pasa al carril de la derecha. Toma el desvío de la autopista y, cuando se sumerge en el tráfico, me percato de que vamos hacia el norte. A Shady Creek. A buscar mi camiseta.

—Abby, ¿te he dicho alguna vez que eres la mejor persona de todo el universo? Ay, Dios mío, te quiero muchísimo. Te quiero más de lo que te quiere Nick. —Abby se ríe, Nick empieza a toser y yo me pongo un poco nervioso porque ahora no me acuerdo de si era un secreto que Nick está loco por Abby. Debería seguir hablando—. Abby, ¿no quieres ser mi hermana? Necesito hermanas nuevas.

—¿Y qué les pasa a las antiguas? —pregunta.

—Son horribles —confieso—. Nora ya nunca está en casa y ahora Alice tiene novio.

—¿Y eso qué tiene de horrible? —quiere saber Abby.

—¿Alice tiene novio? —interviene Nick.

—Pues que, en teoría, son Alice y Nora. Se supone que no deberían cambiar —explico.

—¿No te parece bien que cambien? —Abby se ríe—. Pero tú estás cambiando mucho. Ya no eres el mismo de hace cinco meses.

—¡Yo no he cambiado!

—Simon. Acabo de verte ligar con un tío cualquiera en un bar gay. Llevas perfilador de ojos. Y estás como una cuba.

—No estoy como una cuba.

Abby y Nick vuelven a intercambiar una mirada por el espejo retrovisor y se echan a reír.

—Y no era un tío cualquiera.

—¿Ah, no? —dice Abby.

—Era un universitario cualquiera —le recuerdo.

—Ah —replica.

Abby aparca en el camino de entrada de mi casa y yo la abrazo diciendo:

—Gracias gracias gracias.

Me revuelve el pelo.

—Vale. Vuelvo enseguida —promete—. No os marchéis.

El camino se mece ligeramente, pero no demasiado. Tardo un rato en encontrar la llave. No hay luz en el recibidor, pero la tele sigue encendida. Yo pensaba que encontraría a mis padres durmiendo a estas horas y resulta que están apoltronados en el sofá, vestidos con pantalón de pijama y acompañados de *Bieber*, que se ha sentado entre los dos.

—¿Qué haces en casa, hijo? —pregunta mi padre.

—He venido a buscar una camiseta —respondo, pero supongo que ha sonado raro, así que vuelvo a intentarlo—. Llevo una camiseta, pero he venido a buscar otra para llevarla a casa de Abby, porque es una camiseta especial y no pasa nada, pero la necesito.

—Vale… —responde mi madre, y mira de reojo a mi padre.

—¿Estáis viendo *The Wire*? —pregunto. La serie está en pausa ahora—. Ay, Dios mío. Eso es lo que hacéis cuando no estoy en casa. Miráis series de televisión.

Y no consigo contener la risa.

—Simon —me corta mi padre, que parece desconcertado, enfadado y risueño a un tiempo—. ¿Tienes algo que contarnos?

—Soy gay —digo, y suelto una risita. No puedo parar.

—Vale, siéntate —me ordena él, y estoy a punto de hacer un chiste, pero me mira fijamente, así que me siento en el brazo del sofá—. Estás borracho.

Me mira como si no se lo pudiera creer. Me encojo de hombros.

—¿Quién conduce? —quiere saber.

—Abby.

—¿Ha bebido?

—Papá, venga. No. —Levanta las palmas—. ¡No! Por Dios.

—Em, ¿quieres…?

—Sí —dice mi madre a la vez que aparta a *Bieber*. Se levanta del sofá, cruza el recibidor y oigo abrirse y luego cerrarse la puerta de la calle.

—¿Ha salido a hablar con Abby? —me ofendo—. ¿En serio? ¿Acaso no confiáis en mí?

—Bueno, no veo por qué tendríamos que hacerlo. Apareces a las diez y media, borracho, y encima te lo tomas a risa, así que…

—Me estás diciendo que el problema es que no intento ocultarlo. Que el problema es que no os he dicho una mentira.

Mi padre se levanta de sopetón. Lo miro y advierto que está enfadadísimo. Y eso sucede tan raramente que me pongo nervioso, pero también me envalentono, de modo que le suelto:

—¿Prefieres que te mienta? Debes de estar muy molesto ahora que ya no puedes hacer chistes de gays. Me juego algo a que mamá no te deja, ¿verdad?

—Simon —me advierte mi padre

Suelto una risita, pero me sale forzada.

—Seguro que quisiste que te tragase la tierra, cuando te diste cuenta de que llevabas haciendo bromas homófobas delante de tu hijo gay durante los últimos diecisiete años.

Se hace un silencio tenso y horrible. Mi padre se limita a mirarme.

Por fin, mi madre vuelve a entrar y pasa la vista de mi padre a mí durante unos instantes. Luego informa:

—He enviado a Abby y a Nick a casa.

—¿Qué? ¡Mamá! —Me levanto muy deprisa y se me revuelven las tripas—. No. No. Solo he venido a buscar mi camiseta.

—Ya, pero mejor te quedas aquí esta noche —replica mi madre—. Tu padre y yo tenemos que hablar un momento. ¿Por qué no vas a buscar un vaso de agua y nosotros acudimos enseguida?

—No tengo sed.

—No es una sugerencia —me espeta mi madre.

Deben de estar de broma. Me está diciendo que me siente en la cocina y beba agua mientras ellos hablan de mí a mis espaldas. Cierro de un portazo.

En cuanto el agua roza mis labios, me la bebo de un trago, casi sin respirar. Tengo el estómago revuelto. Me parece que el agua lo ha empeorado. Cruzo los brazos sobre la mesa y apoyo la cabeza en el codo. Estoy hecho polvo.

Mis padres entran al cabo de un momento y se sientan a mi lado en la mesa.

—¿Has bebido agua? —pregunta mi padre.

Empujo el vaso vacío hacia él sin levantar la cabeza.

—Bien —dice. Se hace un silencio—. Hijo, esto traerá consecuencias.

Me parece muy bien, porque las cosas no eran aún suficientemente horribles. Mis compañeros del instituto me consideran patético y me gusta un chico al que no puedo olvidar y puede que sea uno que no trago. Estoy seguro de que esta noche acabaré vomitando.

Pero sí. Esto traerá consecuencias.

—Lo hemos comentado y… ¿suponemos que es la primera vez que pasa? —Asiento sin levantar la cabeza—. En ese caso, tu madre y yo hemos acordado que estarás castigado sin salir dos semanas a partir de mañana.

Lo miro.

—No puedes hacerme eso.

—¿No? ¿No puedo?

La obra se estrena el fin de semana que viene.

—Ya, ya lo sabemos —responde mi padre—. Puedes ir al colegio, a los ensayos y a todas las funciones, pero tendrás que volver directamente a casa. Y el portátil se quedará en el salón durante una semana.

—Y me darás el móvil ahora mismo —interviene mi madre a la vez que alarga la mano. Directa al grano.

—Qué mierda —musito, porque es lo que se dice en esos casos, pero, ¿queréis que os diga la verdad? Me importa un carajo.

29

Este fin de semana celebramos el Día de Martin Luther King, así que no tenemos clase hasta el martes. Cuando llego al instituto, Abby me está esperando junto a mi taquilla.

—¿Dónde te habías metido? Llevo todo el fin de semana enviándote mensajes de texto. ¿Te pasa algo?

—No —respondo, frotándome los ojos al mismo tiempo.

—Estaba muy preocupada por ti. Cuando tu madre salió… Da bastante miedo, la verdad. Pensaba que iba a hacerme la prueba de alcoholemia.

Ay, Dios.

—Lo siento —le digo—. Son muy estrictos con el tema de conducir en estado sobrio.

Abby se aparta para que pueda introducir la combinación.

—No, no pasa nada —me tranquiliza ella—. Es que me sentó mal dejarte allí. Y como no he sabido nada de ti en todo el fin de semana…

Abro la taquilla.

—Me han quitado el móvil. Y el ordenador. Y me han castigado dos semanas sin salir. —Busco el cuaderno de francés—. Ya ves.

Abby me mira desolada.

—¿Y qué pasa con la obra?

—No, tranquila. Eso no me lo han prohibido.

Cierro la taquilla y la cerradura emite un chasquido sordo.

—Menos mal —respira—. Pero lo siento mucho. Todo esto ha sido por mi culpa.

—¿Qué ha sido por tu culpa? —pregunta Nick, que nos alcanza de camino a lengua y literatura.

—Simon está castigado —le informa ella.

—Tú no tienes la culpa de nada —le aseguro—. Fui yo el que se emborrachó y montó el numerito delante de mis padres.

—No fue muy inteligente por tu parte —reconoce Nick. Lo miro. Noto algo distinto, aunque no acabo de saber qué.

Entonces me percato; las manos. Van cogidos de la mano. Me vuelvo a mirarlos de golpe y ambos sonríen con timidez. Nick se encoge de hombros.

—Vaya, vaya, vaya —digo—. La noche del viernes no me echasteis de menos, por lo que parece.

—La verdad es que no —conviene Nick. Abby esconde la cara en su hombro.

Sonsaco a Abby durante una conversación por parejas en clase de francés.

—¿Y qué? ¿Cómo fue? Cuéntamelo todo. *C'était un surprise* —añado cuando Madame Blanc se acerca a mi sitio.

—*C'était une surprise*, Simon. *Au féminin.*

Me encantan los profes de francés, de verdad. Ponen el grito en el cielo si te equivocas de género, pero siempre pronuncian mi nombre como si fuera una chica: *Simone.*

—Esto, *nous étions…* —Abby sonríe a Madame Blanc, y luego espera a que no pueda oírla—. Bueno, pues te dejamos en casa y yo estaba muy preocupada, porque tu madre parecía superenfadada, y no quería que pensara que había conducido bajo los efectos del alcohol y tal.

—Si lo hubiera pensado, no te habría dejado volver a casa.

—Ya, bueno —prosigue Abby—. No sé. Da igual, nos marchamos, pero al final aparcamos un rato en la entrada de casa de Nick, por si convencías a tus padres de que te dejaran salir.

—Pues lo siento. Ni en broma.

—Ya, ya lo sé —responde—. Es que no me hacía gracia marcharme sin ti. Te enviamos un mensaje de texto y seguimos esperando un rato más.

—Lo siento —repito.

—No, estuvo bien —dice Abby, y entonces esboza una enorme sonrisa—. *C'était magnifique.*

El almuerzo es alucinante, porque tanto Morgan como Bram han cumplido años durante el largo fin de semana, y Leah se toma muy en serio eso de que todo el mundo tenga un enorme pastel. De ahí que haya dos, ambos de chocolate.

Sin embargo, no sé quién ha traído hoy los pasteles, porque Leah no aparece a la hora de comer. Y ahora que lo pienso, tampoco la he visto en clase de lengua ni en francés.

Me llevo la mano al bolsillo instintivamente, pero entonces recuerdo que me han quitado el teléfono. Así que me inclino hacia Anna, que lleva dos sombreritos de fiesta y está comiendo un montón de glaseado, directamente, sin el pastel.

—Eh, ¿dónde está Leah?

—Hum —dice Anna sin mirarme a los ojos—. Está aquí.

—¿Ha venido a clase?

Anna se encoge de hombros.

Intento no preocuparme, pero no la veo en todo el día y tampoco al siguiente. Solo que Anna dice que ha venido a clase. Y he visto su coche en el aparcamiento, así que no entiendo nada. Y su coche sigue en el aparcamiento a las siete, cuando por fin salimos del ensayo. No sé qué está pasando.

Solo quiero tener noticias suyas. Puede que me haya enviado algún mensaje al móvil sin que me haya enterado.

O puede que no. No sé. Qué lata.

Pero el jueves por la tarde, en el breve lapso de tiempo entre las clases y el ensayo, la veo salir por fin del cuarto de baño que hay cerca del vestíbulo.

—¡Leah! —corro hacia ella y la abrazo—. ¿Dónde te habías metido?

Se crispa entre mis brazos.

Retrocedo.

—Esto… ¿te pasa algo?

Me asesina con la mirada.

—No quiero hablar contigo —me espeta. Se estira la orilla de la falda y cruza los brazos.

—¿Qué? —La miro—. Leah, ¿qué pasa?

—Dímelo tú —responde—. ¿Qué tal el viernes? ¿Os divertisteis Nick, Abby y tú?

Se hace un brevísimo silencio.

—No sé qué quieres que te diga —le suelto—. O sea, lo siento.

—Sí, ya se nota —replica.

Un par de chicas de tercero pasan corriendo por nuestro lado. Gritan, se persiguen y empujan la puerta con el cuerpo. Esperamos.

—Bueno, perdona —prosigo cuando cierran la puerta del baño por dentro—. Quiero decir, si te has puesto así por lo de Nick y Abby, no sé qué quieres que te diga.

—Ya, esto es por lo de Nick y Abby. O sea… —Se ríe y sacude la cabeza—. Da igual.

—No, di. ¿Quieres que hablemos —le pregunto— o prefieres ponerte sarcástica sin decirme lo que te pasa? Porque si te vas a burlar de mí, en serio, tendrás que ponerte a la cola.

—Oh, pobre Simon.

—Vale, ¿sabes qué? Al cuerno. Me voy a cambiar para la puta obra. Búscame cuando te hayas cansado de portarte como una gilipollas.

Doy media vuelta y echo a andar al tiempo que intento ignorar el nudo que empieza a atenazarme la garganta.

—Genial —me grita—. Que te diviertas. Saluda a tu mejor amiga de mi parte.

—Leah —me vuelvo a mirarla—. Por favor. Para.

Ella sacude apenas la cabeza. Está apretando los dientes y no para de parpadear.

—O sea, me parece muy bien. Pero la próxima vez que os apetezca salir sin mí —dice— enviadme fotos. Así al menos podré fingir que sigo teniendo amigos.

Y emite un sonido que parece un sollozo contenido. Empujándome al pasar, se encamina directamente a la puerta. Y durante todo el ensayo solo oigo ese sonido, una y otra vez.

30

Llego a casa y lo único que me apetece es salir a caminar, por donde sea. A cualquier parte. Pero me entero de que ni siquiera tengo permiso para sacar al dichoso perro. Y yo estoy que me subo por las paredes y me siento raro y desgraciado.

Odio que Leah se enfade conmigo. Lo odio. No digo que no suceda a menudo, porque en las relaciones con Leah siempre subyace un componente emocional que a mí se me escapa. Pero esta vez parece distinto y peor de lo normal. Se lo ha tomado fatal.

Además, es la primera vez que la veo llorar.

Ceno un sándwich de queso gratinado y Oreos, porque mis padres aún están trabajando y Nora ha salido otra vez. Y luego paso el resto de la tarde sin hacer mucho más que mirar el ventilador. No tengo fuerzas para hacer los deberes. Y nadie esperará que los haga, de todos modos, porque mañana es el día del estreno. Escucho música y estoy aburrido, ansioso y, sinceramente, hecho un asco.

Luego, hacia las nueve, mis padres entran diciendo que tenemos que hablar. Justo cuando pensaba que el día de hoy no podía mejorar.

—¿Me puedo sentar? —pregunta mi madre, que está como esperando delante de mi cama. Me encojo de hombros y se sienta. Mi padre ocupa la silla del escritorio.

Entrelazo las manos detrás de la cabeza y suspiro.

—A ver si lo adivino. No te emborraches.

—Sí, claro —dice mi padre—, no te emborraches.

—Ya lo pillo.

Se miran. Mi padre carraspea.

—Te debo una disculpa, hijo.

Levanto la vista para mirarlo.

—En relación a lo que dijiste el viernes. Lo de los chistes de gays.

—Lo dije en broma —lo tranquilizo—. No pasa nada.

—No —insiste mi padre—. Sí que pasa.

Me encojo de hombros.

—Bueno, solo quiero que te quede bien claro, por si el mensaje se ha perdido por el camino. Te quiero. Muchísimo. Pase lo que pase. Y supongo que es guay tener un padre enrollado.

—Ejem —interviene mi madre.

—Perdona. Unos padres enrollados. Unos padres cañeros que están en la onda.

—Sí, claro, es alucinante —digo.

—Pero páranos los pies cuando lo creas necesario, ¿vale? Párame los pies —me pide. Se frota la barbilla—. Sé que no te lo puse fácil para salir del armario. Estamos muy orgullosos de ti. Eres supervaliente, hijo.

—Gracias —digo. Me incorporo y me apoyo contra la pared, pensando que es el momento perfecto para una caricia en el pelo, «que duermas bien, hijo» y «no te quedes despierto hasta muy tarde».

Pero no se mueven. Así que digo:

—Bueno, para que conste, ya sabía que lo decías en broma. Si no quería salir del armario, no fue por eso.

Mis padres se miran.

—¿Te puedo preguntar por qué fue? —pregunta mi madre.

—Bueno, por nada en concreto —explico—. Es que no quería que me obligarais a hablar de ello. Ya sabía que se montaría un número. No sé.

—¿Y se montó un número? —quiere saber mi madre.

—Bueno, pues sí.

—Lo siento —se disculpa—. ¿Montamos nosotros un número?

—Por Dios. ¿Va en serio? Vosotros hacéis una montaña de cualquier cosa.

—¿De verdad? —pregunta.

—Cuando empecé a beber café. Cuando empecé a afeitarme. Cuando salí con una chica.

—Nos parecía emocionante —se justifica ella.

—No es tan emocionante —observo—. Es más… yo qué sé. Estáis obsesionados con todo lo que hago. Tengo la sensación de que no puedo ni cambiarme de calcetines sin que nadie lo mencione.

—Ya —interviene mi padre—. Lo que intentas decir es que damos un poco de miedo.

—Sí —reconozco.

Mi madre se echa a reír.

—Ya veo, pero tú aún no tienes hijos, así que no lo puedes entender. Es como que… tienes un niño de pañales que de repente empieza a hacer cosas por sí mismo. Yo solía percatarme de cada pequeño cambio y era alucinante —sonríe con tristeza—. Y ahora me pierdo un montón de cosas. Tu manera de cambiar día a día. Y me cuesta renunciar a eso.

—Pero tengo diecisiete años. ¿No te parece lógico que esté cambiando?

—Pues claro que sí. Y me encanta. Esta es la época más emocionante de todas —dice, y me aprieta la punta del pie—. Solo digo que me gustaría estar presente.

No sé muy bien qué responder a eso.

—Os habéis hecho tan mayores —prosigue—, los tres. Y sois tan distintos entre vosotros. Desde pequeños. Alice no le tenía miedo a nada, Nora era muy cuidadosa y tú siempre estabas haciendo el payaso. La gente no paraba de decir que eras igualito que tu padre.

Mi padre sonríe y yo me quedo de una pieza. Nunca jamás he pensado en mí mismo en esos términos.

—Me acuerdo de cuando te cogí en brazos por primera vez. De tu boquita. Te agarraste a mi pecho…

—Mamá.

—Uf, fue un momento increíble. Y tu padre trajo a tu hermana, que no paraba de decir: «Bebé no». —Mi madre se ríe—. No podía apartar los ojos de ti. No me podía creer que fuéramos padres de un niño. Supongo que estábamos tan acostumbrados a considerarnos los padres de una niña que fue todo un mundo por descubrir.

—Lamento no haber salido más masculino —digo.

Me padre se da media vuelta en la silla para mirarme a los ojos.

—No lo dirás en serio.

—No mucho.

—Eres un chico fantástico —afirma—. Un ninja.

—Vaya, pues gracias.

—De nada, chaval —responde.

Oímos cerrarse una puerta a lo lejos y las uñitas de un perro que patinan por la tarima; Nora acaba de llegar a casa.

—Oye —dice mi madre, que me aprieta el pie otra vez—. No quiero cortarte el rollo, pero ¿no podrías darnos un poco de cancha? Mantenernos informados de tus cosas cuando puedas, y nosotros procuraremos no ponernos en plan raro y obsesivo.

—Me parece bien —acepto.

—Bien —dice. Se miran de nuevo—. En fin, tenemos una cosa para ti.

—¿No será otra anécdota vergonzosa sobre mi forma de mamar?

—Ay, Dios mío, con lo que te gustaban las tetas —bromea mi padre—. No me puedo creer que hayas salido gay.

—Muy gracioso, papá.

—Ya lo sé —Se levanta y se extrae algo del bolsillo—. Toma —dice, a la vez que me lo lanza.

Mi móvil.

—Aún estás castigado, pero este fin de semana te concedemos libertad condicional. Y si te sabes todo el papel te dejaremos usar el móvil mañana después de la obra.

—No tengo papel —respondo despacio.

—En ese caso, no tienes que preocuparte por nada, hijo.

Pese a todo, es raro y tal, porque aunque no tenga papel con el que confundirme, estoy nervioso. Emocionado, tembloroso, acelerado y nervioso. En cuanto suena el timbrazo de salida, la señorita Albright se lleva a Abby, Martin, Taylor y unos cuantos alumnos más a practicar escalas de última hora en la sala de música mientras los demás nos quedamos en el auditorio comiendo pizza. Cal corretea de acá para allá con los técnicos, y en parte me siento aliviado de estar rodeado de chicas mayores en estos momentos. No hay ningún Calvin Coolidge o Martin Van Buren presente, ni ningún otro chico llamado igual que un antiguo presidente para desconcertarme. Ninguna Leah que me asesine con la mirada.

La función comienza a las siete, pero la señorita Albright quiere que estemos preparados a las seis. Me pongo las lentillas y me cambio temprano, y luego me siento en el camerino de las chicas a esperar a Abby. Han dado las cinco y media cuando llega por fin, y salta a la vista que está rara. Apenas me saluda.

Arrimo la silla a la suya y la observo mientras se maquilla.

—¿Estás nerviosa? —le pregunto.

—Un poco.

Sin despegar la vista del espejo, se aplica máscara de pestañas con pequeños toques.

—Nick viene esta noche, ¿no?

—Sí.

Otra respuesta lacónica y cortante. Parece casi enfadada.

—Cuando termines —le digo—, ¿me ayudarás a estar más bueno que el pan?

—¿Qué te pinte los ojos? —pregunta—. Vale. Un momento.

Abby echa mano de su neceser y coloca su silla delante de la mía. A estas alturas, somos las únicas personas que quedan en el camerino. Destapa el lápiz y me tensa el párpado. Yo intento no moverme.

—Estás muy callada —comento instantes después—. ¿Va todo bien?

No responde. Noto el roce del lápiz en el borde de las pestañas. *Ris ris ris.*

—¿Abby? —insisto. El lápiz se retira y yo abro los ojos.

—Ciérralos —me indica. Y procede a pintarme el segundo ojo. Guarda silencio durante unos segundos. Por fin, dice—: ¿Qué es esa historia de Martin?

—¿De Martin? —pregunto. Se me revuelven las tripas.

—Me lo ha contado todo —explica—, pero me gustaría que me lo contaras tú.

Me he quedado helado. Todo. ¿Pero qué significa «todo» exactamente?

—¿Lo del chantaje?

—Sí —confirma—. Eso. Vale, ábrelos. —Ahora me está perfilando el párpado inferior y yo lucho contra la necesidad de parpadear—. ¿Por qué no me lo dijiste?

—Porque no —le suelto. No sé. No se lo dije a nadie.

—¿E hiciste lo que te pedía?

—No tenía mucha elección, que digamos.

—Pero tú sabías que a mí no me gustaba él, ¿verdad? Vuelve a tapar el lápiz.

—Sí —reconozco—. Lo sabía.

Abby se echa hacia atrás para estudiarme detenidamente antes de suspirar e inclinarse hacia delante otra vez.

—Te los voy a igualar.

Y se queda callada otra vez.

—Perdóname. —De repente, siento la necesidad de que me entienda—. No sabía qué hacer. Se lo iba a decir a todo el mundo. En realidad no quería ayudarle. Apenas le ayudé.

—Ya.

—Y por eso publicó esa entrada en Tumblr, ¿sabes? Porque no le estaba ayudando lo suficiente.

—No, si ya lo entiendo —dice.

Suelta el lápiz y difumina el trazo con el dedo. Un momento después noto cómo me pasa un pincel empolvado por las mejillas y la nariz.

—Ya está —anuncia, y abro los ojos. Cuando la miro, frunce el ceño—. Es que, mira, ya sé que estabas en una posición difícil. Pero no te corresponde a ti tomar decisiones sobre mi vida amorosa. Solo yo decido con quién salgo y con quién no. —Se encoge de hombros—. Pensaba que tú también lo veías así.

Me oigo a mí mismo tomar aire.

—Lo siento muchísimo.

Agacho la cabeza. O sea, ahora mismo solo quiero que me trague la tierra.

—Bueno, qué se le va a hacer —Se encoge de hombros nuevamente—. Me marcho, ¿vale?

—Vale —asiento.

—Quizás alguna otra persona podría maquillarte mañana —dice.

La función no nos sale mal del todo. Bueno, en realidad la clavamos. Taylor está muy seria, Martin parece un viejo cascarrabias y Abby se muestra tan vital y divertida que dirías que nuestra conversación en el camerino no se ha producido. Pero cuando la obra concluye desaparece sin despedirse, y Nick se ha marchado para cuando termino de cambiarme. Y no tengo ni idea de si Leah ha venido siquiera.

Así pues, sí. El estreno ha sido un éxito. Soy yo el que se siente desgraciado.

Me reúno con mis padres y mi hermana en el vestíbulo, y mi padre me recibe con un enorme ramo de flores que parece sacado de un libro del Doctor Seuss.* Porque si bien mi papel no tenía texto, por lo visto soy un regalo del cielo para el teatro. Durante el trayecto a casa tararean las canciones, comentan que Taylor posee una voz increíble y me preguntan si soy amigo de ese chico tan divertido de la barba. También conocido como Martin. Dios, vaya pregunta.

Voy en busca del portátil en cuanto llego a casa. Para ser sincero, estoy más desconcertado que nunca.

---

* Theodor Seuss Geisel (Springfield, Massachusetts, 2 de marzo de 1904 – San Diego, California, 24 de septiembre de 1991) fue un escritor y caricaturista estadounidense, más extensamente conocido por sus libros infantiles escritos bajo su seudónimo, Doctor Seuss. Publicó más de 60 libros para niños. (*N. de la T.*)

Supongo que no me ha sorprendido que Leah se enfadara por lo del viernes. Creo que se ha pasado un poco, pero lo entiendo. Seguramente me lo veía venir. ¿Pero Abby?

Sinceramente no me lo esperaba. Es raro, porque si bien me he sentido culpable por un montón de cosas, nunca se me ha ocurrido sentirme culpable por Abby. Soy un idiota del carajo. Porque no se puede convencer ni obligar ni manipular a nadie para que se fije en otra persona. Yo debería saberlo mejor que nadie.

Soy un amigo de mierda. Peor que un amigo de mierda, porque ahora mismo debería estar suplicándole a Abby que me perdone, pero no. Estoy demasiado ocupado preguntándome qué le habrá dicho Martin exactamente. Porque no he tenido la sensación de que le hubiera mencionado nada aparte del chantaje.

Y eso implicaría que no quiere reconocer que él es Blue. Y también que no es Blue. Y la idea de que Blue no sea Martin me provoca una mezcla de vértigo y esperanza.

O más bien de esperanza, a pesar del follón que he armado. A pesar del drama. A pesar de todo. Porque aun después de todos los malos rollos que he protagonizado esta semana, todavía me importa Blue.

Lo que siento por él se parece al latido de un corazón: suave y persistente, siempre presente de fondo.

Me conecto al correo de Jacques y, cuando lo hago, se me enciende una bombilla. Y no se trata de la típica lógica de Simon sino de una verdad objetiva e incuestionable.

Todos los emails de Blue llevan la hora indicada.

Así que muchos fueron enviados inmediatamente después de las clases. Muchos fueron enviados durante los ensayos. Y eso significa que Martin también estaba ensayando, por lo que no tenía acceso a Internet ni tiempo para escribir.

Blue no es Martin. Y tampoco es Cal. Es otra persona, sencillamente.

Así pues, retrocedo al principio de todo, a agosto, y vuelvo a leer los emails. Lo que ha escrito a guisa de asunto. Hasta la última línea de todos y cada uno de los emails.

No tengo ni idea de quién es. Ni puñetera idea.

Pero creo que me estoy volviendo a enamorar de él.

31

De: hourtohour.notetonote@gmail.com
Para: bluegreen181@gmail.com
Enviado el: 25 de enero a las 09:27
Asunto: Nosotros

Blue,

Llevo todo el fin de semana escribiendo, borrando y volviendo a escribir este mensaje, y pese a todo sigo sin saber cómo decirte lo que te quiero decir. Pero lo voy a hacer. Allá va.

Ya sé que llevas un tiempo sin tener noticias mías. Han sido un par de semanas muy raras.

Así que, en primer lugar, quiero decirte lo siguiente: sé quién eres.

Bueno, sigo sin conocer tu nombre ni el aspecto que tienes ni nada de todo eso. Pero quiero que entiendas que de verdad sé quien eres. Sé que eres listo, cuidadoso, original y divertido. Y que te quedas con todo y escuchas, pero no en plan cotilla sino de corazón. Le das vueltas a las cosas en la cabeza, te fijas en los detalles y siempre, siempre tienes la palabra justa.

Y creo que me gusta que nos hayamos conocido al revés que todo el mundo, primero por dentro y luego por fuera.

En fin, me he dado cuenta de que he pasado mucho tiempo pensando en ti, releyendo tus emails y tratando de hacerme el gracioso. Pero he dedicado muy poco a dejarte las cosas claras, a correr riesgos y a escribir de corazón.

Es obvio que no sé cómo hacerlo, pero lo que intento decir es que me gustas. Más que eso. Cuando coqueteo contigo no lo hago en plan de broma y cuando digo que te quiero conocer no me refiero solo a que me inspires curiosidad. No voy a fingir que sé lo que va a pasar y no tengo ni puñetera idea de si es posible enamorarse por email. Pero me gustaría muchísimo conocerte, Blue. Deseo intentarlo. Y en todas las escenas posibles que se me pasan por la cabeza me entran ganas de plantarte un beso en cuanto te tengo delante.

Solo quería dejártelo claro como el agua.

Así pues, lo que intento decir es que hay una feria alucinante en el aparcamiento del centro comercial de la carretera de circunvalación y que, por lo visto, estará abierta hasta las nueve.

Por si las moscas, estaré allí a las seis y media. Y me encantaría verte.

Te quiere,
Simon

32

Pincho la palabra «enviar» e intento no pensar en ello, pero estoy mareado y hecho un manojo de nervios de camino al instituto. Y escuchar a Sufjan Stevens a todo volumen no arregla nada. De ahí que la gente no suela escuchar a Sufjan Stevens a todo volumen. Tengo la sensación de que mi estómago ha entrado en función centrifugado.

Primero me enfundo las prendas del revés y luego paso diez minutos buscando las lentillas antes de acordarme de que las llevo puestas. Mis movimientos se han tornado tan espasmódicos que no tengo nada que envidiar a Martin, y Brianna lo pasa fatal para aplicarme el perfilador de ojos. Todo es revuelo, palabras de ánimo e instrumentos que se afinan a mi alrededor, pero mi mente se limita a repetir, como un disco rallado: Blue Blue Blue.

No sé ni cómo me las ingenio para terminar la función. Sinceramente, no recuerdo ni la mitad.

Después se organiza una escena muy empalagosa en el escenario. La gente se abraza y le da las gracias al público, al equipo y a la orquesta. A los de segundo les regalan rosas, Cal recibe un ramo entero y el de la señorita Albright es gigantesco. Mi padre lo llama «la llorera de la matiné del domingo». Ni siquiera se lo reprocho.

Pero entonces me acuerdo de cómo la señorita Albright juró dejarse la piel para conseguir que expulsaran a los chicos de «dame por detrás». Y de lo enfadada y decidida que parecía cuando estampó el manual contra la silla.

Ojalá le hubiera traído otro ramo o una tarjeta o una puñetera diadema. No sé. Algo especial como gesto de agradecimiento.

Entonces toca volver a cambiarse. Y tenemos que desmontar el escenario. Tardamos siglos. Yo nunca llevo reloj, pero saco el teléfono una y otra y otra vez para mirar la hora. 5:24. 5:31. 5:40. Hasta la última fibra de mi ser se retuerce, da vueltas y grita de nervios.

A las seis, me marcho. Cruzo la puerta sin más. Y hace calor en el exterior. O sea, hace calor para esta época del año. No quiero hacerme tantas ilusiones, porque a saber lo que piensa Blue y a saber lo que me espera. Pero no puedo evitarlo. Tengo un buen presentimiento.

No dejo de pensar en lo que me dijo mi padre: «Eres supervaliente, hijo».

Puede que sí.

La feria viene a ser nuestro fin de fiesta, y todo el mundo acude directamente del instituto al centro comercial. Todo el mundo menos yo. Me desvío a la izquierda en el semáforo y me dirijo a casa. Porque me da igual que estemos en enero. Quiero ponerme la camiseta.

Está debajo de la almohada, fina, blanca y cuidadosamente doblada, con su fondo de ondas rojas y negras y una foto de Elliott en primer plano. En blanco y negro, salvo su mano. Me la enfundo a toda prisa y echo mano de una cazadora para llevarla encima. A estas alturas, tengo que salir pitando si quiero llegar al centro comercial a las seis y media.

Sin embargo, noto algo rígido y abultado entre los omóplatos, allí donde nunca alcanzas a rascarte. Introduzco el brazo por debajo de la orilla y subo la mano hasta arriba. Hay un trozo de papel pegado a la tela, por la parte interior. Lo agarro y lo despego.

Otra nota escrita en cartulina turquesa, y empieza con una posdata. Me tiemblan los dedos cuando la leo.

P.D.: Adoro cómo sonríes, como si no fueras consciente de que lo haces. Adoro tu perpetuo cabello de recién levantado. Adoro cómo alargas el contacto visual un instante más de lo necesario. Y adoro tus ojos gris luna. Así pues, si piensas que no me atraes, Simon, estás loco.

Y debajo de la nota ha escrito su número de teléfono.

Noto un cosquilleo que irradia de un punto situado debajo de mi estómago; una especie de dolor maravilloso, casi insoportable. Jamás en la vida he sido tan consciente de los latidos de mi corazón. Blue y su caligrafía vertical, y la palabra «adoro» escrita una y otra vez. Como si dijera «te adoro».

Por no mencionar el hecho de que podría llamarlo ahora mismo y averiguar quién es.

Pero me parece que no lo voy a llamar. Aún no. Porque, o mucho me equivoco, o me está esperando. En carne y hueso. En persona. Y eso significa que debo partir hacia el centro comercial.

Son casi las siete cuando llego por fin, y me daría de bofetadas por haber tardado tanto. Ya ha oscurecido, pero hay ruido, luz y vida por doquier. Me encantan esas ferias ambulantes. Me encanta que un aparcamiento se transforme en pleno enero en un verano de Coney Island. Veo a Cal, a Brianna y a un par de alumnos mayores haciendo cola para sacar tiques, y me encamino hacia ellos.

Me preocupa que la falta de luz me impida verlo. Y me preocupa que Blue haya venido y se haya marchado. Pero es imposible saberlo, por cuanto ignoro a quién estoy buscando.

Compramos montones de tiques y montamos en todo. Hay una noria, un tiovivo, autos de choque y sillas voladoras. Subimos también al trenecito, con las piernas encajadas como podemos. Y luego compramos chocolate caliente y lo tomamos sentados en el bordillo de la acera, cerca del puesto de comida.

Miro a todo el mundo que pasa por delante, y cada vez que alguien baja la vista y busca mis ojos, se me para el corazón.

Veo a Abby y a Nick sentados enfrente de las atracciones, cogidos de la mano, comiendo palomitas. A los pies de Nick hay un montonazo de animales de peluche colocados en fila.

—No me creo que haya ganado todo eso para regalártelo —le digo a Abby. Estoy nervioso cuando me acerco a ella. No sé si ha decidido hablarme otra vez.

Pero me sonríe.

—Qué va. Los he ganado yo para regalárselos a él.

—En el juego de la garra —aclara Nick—. Es un fenómeno. Creo que hace trampas. —Le propina un codazo.

—Ya te gustaría —le suelta Abby.

Me río, un tanto turbado.

—Siéntate con nosotros —me invita ella.

—¿Seguro?

—Sí —se arrima a Nick para dejarme sitio. Entonces apoya la cabeza en mi hombro un momento y susurra—. Perdona, Simon.

—¿Lo dices en serio? Perdona tú —le digo—. Lo siento muchísimo.

—Eh. Lo he estado pensando y uno merece un poco de cancha cuando le están haciendo chantaje.

—Ah, ¿de verdad?

—Sí. Además, no puedo seguir enfadada cuando estoy loca de felicidad.

No veo el rostro de Nick, pero advierto que le propina un toque con la punta de la deportiva en la bailarina. Y tengo la sensación de que se arriman aún más si cabe.

—Sois una parejita vomitiva, ¿lo sabéis? —bromeo.

—Seguramente —responde Nick.

Abby me mira y dice:

—¿Y qué? ¿Esa es la camiseta?

—¿Cómo? —pregunto, y me sonrojo.

—La camiseta por la cual don Borrachín Empapuzado me obligó a recorrer toda la ciudad.

—Ah —digo—. Sí.

—Y supongo que hay una historia detrás.

Me encojo de hombros.

—¿Tiene algo que ver con el chico que estás buscando? —pregunta—. Todo esto guarda relación con un chico, ¿no?

Por poco me atraganto.

—¿El chico que estoy buscando?

—Simon —dice, y me posa una mano en el brazo—. Salta a la vista que estás buscando a alguien. No paras de mirar a todas partes.

—Umpf —respondo a la vez que escondo la cara.

—No pasa nada por ser romántico, ¿sabes? —sonríe.

—No soy romántico.

—Claro —Ahora se ríe—. Se me había olvidado. Nick y tú sois un par de cínicos.

—Oye, ¿yo qué he hecho? —protesta Nick.

Abby se inclina hacia él pero me mira a mí.

—Eh, espero que aparezca, ¿vale?

Vale.

Pero son las ocho y media y todavía no he dado con él. O él no ha dado conmigo. No sé qué pensar.

Le gusto. O sea, eso venía a decir en la nota. Pero la escribió hace dos semanas. Me entran ganas de tirarme de los pelos. Dos semanas con la camiseta guardada debajo de la dichosa almohada y sin tener ni idea de lo que contenía. Ya sé que me repito, pero soy un idiota de marca mayor.

Quiero decir, en dos semanas podría haber cambiado de idea respecto a mí.

La feria cerrará dentro de media hora y todos mis amigos se han marchado ya. Yo también debería irme. Pero me quedan unos cuantos tiques, así que los gasto en las tómbolas y me guardo el último para el remolino. Supongo que es la última atracción del mundo en la que montaría Blue, así que llevo evitándola toda la noche.

No hay cola; entro directamente. Consiste en unas vagonetas metálicos con techos abovedados que llevan un volante en el centro para que puedas hacerlas girar. Además, la propia atracción gira rápidamente, de modo que el objetivo es marearte a tope. O puede que sea no pensar en nada.

Estoy solo en mi vagoneta, con el cinturón tan prieto como puedo. Una pareja de chicas grita en el coche contiguo y el técnico se acerca para cerrar la puerta de la atracción. Casi todas las vagonetas están vacías. Me echo hacia atrás y cierro los ojos.

En ese momento, alguien se desliza a mi lado.

—¿Me puedo sentar contigo? —pregunta, y abro los ojos de sopetón.

Es el guaperas de Bram Greenfeld, el de los ojos amables y las pantorrillas de futbolista.

Aflojo el cinturón para dejarlo entrar. Y le sonrío. Es imposible no hacerlo.

—Me gusta tu camiseta —dice. Parece nervioso.

—Gracias —respondo—. Es Elliott Smith.

El técnico se acerca para bajar la barandilla. Ahora estamos encerrados en el vagón.

—Ya lo sé —dice Bram. Noto algo raro en su voz. Me vuelvo a mirarlo, despacio, y veo sus ojos, enormes, oscuros y abiertos de par en par.

Se hace un silencio. Todavía nos estamos mirando. Y tengo una sensación extraña en el estómago, como un muelle que se estira.

—Eres tú —digo.

—Ya sé que llego tarde —responde.

Se oye un chirrido, notamos una sacudida y suena la música. Alguien grita y se ríe, y el remolino empieza a girar.

Bram tiene los ojos cerrados, la barbilla pegada al pecho. No dice ni pío. Se tapa la nariz y la boca con las manos. Yo aferro el volante con fuerza para que no se mueva, pero este se empeña en girar en el sentido de las agujas del reloj. Igual que si la atracción tuviera voluntad propia. Y gira y gira.

—Perdona —se disculpa cuando la atracción se detiene por fin. Su voz es poco más que un hilo y sigue sin abrir los ojos.

—No pasa nada —le digo—. ¿Te encuentras bien?

Asiente, suspira con fuerza y responde:

—Sí. Se me pasará enseguida.

Dejamos la atracción atrás y nos sentamos en el bordillo. Él se dobla en dos y entierra la cabeza entre las rodillas. Yo me acomodo a su lado. Estoy hecho un manojo de nervios, raro y casi borracho.

—Acabo de leer tu email —explica—. Estaba seguro de que ya te habrías marchado.

—No me puedo creer que seas tú —confieso.

—Soy yo —asiente. Abre los ojos—. ¿De verdad no lo sabías?

—No tenía ni idea —le digo. Observo su perfil. Sus labios apenas se encuentran, como si el más mínimo roce bastara para separarlos. Tiene las orejas tirando a grandes y dos pecas en el pómulo. Y las pestañas más impresionantes que he visto en mi vida.

Se vuelve a mirarme y yo desvío la vista a toda prisa.

—Pensaba que era evidente —comenta.

Niego con la cabeza.

Ahora tiene la mirada clavada al frente.

—Quería que lo supieras. Me parece.

—¿Y por qué no me lo dijiste?

—Porque no —replica con un mínimo temblor de voz. Y yo me muero por acariciarlo. A decir verdad, jamás en toda mi vida he deseado nada con tanta intensidad—. Porque si hubieras querido que fuera yo, creo que ya lo habrías adivinado.

No sé qué responder. Ni siquiera sé si es verdad o no.

—Pero no me diste ninguna pista —observo por fin.

—Sí que lo hice —arguye con una sonrisa—. Mi dirección.

—Bluegreen181 —digo.

—Bram Louis Greenfeld. Y mi cumpleaños.

—Por Dios. Soy un idiota.

—No, no lo eres —responde con voz queda.

Pero sí que lo soy. Soy un idiota. Quería que fuera Cal. Y di por supuesto que Blue sería blanco, supongo. Casi me entran ganas de darme de bofetadas. La piel blanca no debería ser la norma, igual que no debería serlo la heterosexualidad. No debería haber una norma siquiera.

—Lo siento —digo.

—¿Por qué?

—Por no haberlo supuesto.

—Pero sería injusto por mi parte esperar algo así —alega.

—Tú adivinaste quién era yo.

—Bueno, sí —reconoce. Baja la vista—. Hacía tiempo que lo suponía. Pero pensaba que estaba viendo lo que quería ver.

Viendo lo que quería ver.

Eso significa que Bram albergaba la esperanza de que Jacques fuera yo, creo.

Noto un nudo en el estómago y se me nubla la mente. Carraspeo.

—Debería haberme callado quién era mi profe de lengua y literatura.

—No habría servido de nada.

—¿Ah, no?

Sonríe apenas y desvía la vista.

—Es que escribes igual que hablas.

—Para nada.

Ahora estoy sonriendo a tope.

En la feria están cerrando las atracciones y apagando las luces. Las norias quietas y oscuras poseen un aire hermoso e inquietante. Más allá de las casetas, la entrada del centro comercial se oscurece también. Sé que mis padres me están esperando en casa.

Pero me arrimo a Bram hasta que nuestros brazos prácticamente se tocan, y noto cómo da un levísimo respingo. Apenas un par de centímetros separan nuestros dedos meñiques y noto como una corriente invisible que circula entre ellos.

—¿Y a qué vino eso del presidente? —pregunto.

—¿Qué?

—Eso de que te llamas igual que un antiguo presidente.

—Ah —dice—. Abraham.

—Ahhhh.

Guardamos silencio un instante.

—No me puedo creer que te hayas subido al remolino para estar conmigo.

—Debes de gustarme mucho —responde.

Así que me inclino hacia él y tengo el corazón en la garganta.

—Me gustaría tomarte la mano —musito.

Porque estamos en público. Porque no sé si quiere salir del armario.

—Pues hazlo —dice.

Y lo hago.

33

El lunes, en clase de lengua y literatura, mis ojos encuentran a Bram de inmediato. Está sentado en el sofá junto a Garrett. Lleva una camisa debajo de un jersey y tiene una pinta tan alucinante que casi duele mirarlo.

—Hola, hola —le saludo.

Sonríe como si me estuviera esperando y se desplaza para dejarme sitio.

—Buen trabajo este *finde*, Spier —me felicita Garrett.

—No sabía que hubieras ido.

—Ya lo creo —asiente—. Greenfeld me obligó a ver la obra tres veces.

—¿Ah, en serio? —digo al mismo tiempo que sonrío a Bram. Y él me devuelve la sonrisa, y yo estoy tembloroso y sin aliento, como si todo me bailara por dentro. Y ayer por la noche no dormí. Ni un minuto. Me he pasado diez horas sin hacer prácticamente nada más que imaginar este momento, y ahora que se ha producido por fin no tengo ni idea de lo que debería decir. Seguramente algo brillante, ingenioso y que no tenga nada que ver con las clases. Sin duda nada como:

—¿Has acabado de leer el capítulo?

—Sí —responde.

—Yo no.

Me sonríe, y yo hago lo propio. Entonces me sonrojo y él baja la vista, y parecemos dos mimos que fingen estar nerviosos.

El señor Wise entra por fin y se pone a leer en voz alta *El despertar*. Se supone que tenemos que seguir el texto en nuestros ejemplares. Pero yo me pierdo una y otra vez. Nunca en mi vida he estado tan distraído. Así que me inclino hacia Bram para leer con él y su cuerpo se desplaza hacia el mío. Soy consciente a más no poder de cada uno de los roces que compartimos. Es igual que si nuestras terminaciones nerviosas hubieran hallado el modo de conectarse a través de la tela.

Y entonces Bram estira la pierna y me aprieta la rodilla con la suya. De ahí que, durante el resto de la clase, me dedique básicamente a mirarle la rodilla a Bram. Lleva los vaqueros rotos a media pierna y una minúscula franja de piel oscura asoma apenas entre los hilos de la tela. Y yo solo quiero tocarla. En cierto momento, Bram y Garrett se giran a mirarme y me doy cuenta de que acabo de suspirar en voz alta.

Después de la clase, Abby me pasa el brazo por los hombros y dice:

—No sabía que Bram y tú fuerais tan amigos.

—Cállate —le suelto, y me arden las mejillas. A la dichosa Abby nunca se le pasa por alto ni un puñetero detalle.

No espero verlo hasta la hora de comer, pero se materializa en mi taquilla cuando estoy a punto de dirigirme a la cafetería.

—He pensado que podríamos ir a alguna parte —dice.

—¿Fuera del instituto?

En teoría, solo pueden salir los de segundo de bachillerato, pero ningún guardia de seguridad va a saber a qué curso vamos. Eso creo.

—¿Has hecho esto alguna vez?

—No —reconoce. Y me aprieta las yemas de los dedos, solo un instante.

—Yo tampoco —digo—. Vale.

Así que salimos por una puerta trasera y recorremos el aparcamiento con todo el aplomo que somos capaces de reunir. Esta mañana ha estado lloviendo durante un par de horas y ahora sopla un aire gélido.

El Honda Civic de Bram, viejo y confortable, está impecable. Bram pone la calefacción en cuanto entramos. El cable auxiliar que sale del encendedor lleva un iPod conectado. Bram me dice que escoja la música. No creo que sea consciente de que ofrecerme su iPod es como abrirme de par en par las ventanas de su alma.

Como era de esperar, su selección musical es perfecta. Mucho soul clásico y hip hop reciente. Una cantidad sorprendente de bluegrass. Un solo tema de Justin Bieber a modo de capricho. Y todos y cada uno de los álbumes y músicos que le he mencionado en mis emails, sin excepción.

Creo que estoy enamorado.

—¿Y qué? ¿Adónde vamos? —pregunto.

Me mira un momento y sonríe.

—Tengo una idea.

Así que me recuesto contra el reposacabezas y curioseo la lista de temas de Bram mientras la calefacción reaviva mis dedos. Está empezando a llover de nuevo. Al otro lado de la ventana, las gotas se deslizan en diagonal hasta desaparecer.

Tomo una decisión, pulso la tecla de reproducción y la voz de Otis Redding surge suave de los altavoces. *Try a Little tenderness.* Subo el volumen.

Y luego le rozo el codo a Bram.

—Estás muy callado —digo.

—¿Ahora o en general?

—Bueno, las dos cosas.

—Estoy callado cuando tú estás delante —responde con una sonrisa.

Yo le sonrío a mi vez.

—¿Soy uno de esos chicos tan monos que te arrebatan la voz?

Aprieta el volante.

—Eres el chico mono.

Toma el desvío que lleva a un centro comercial próximo al instituto y aparca delante del supermercado Publix.

—¿Vamos a hacer la compra? —pregunto.

—Eso parece —responde con una sonrisa mínima. El misterioso Bram. Nos tapamos la cabeza con las manos mientras corremos bajo la lluvia.

Cuando llegamos a la luminosa entrada, noto el zumbido del teléfono a través de los vaqueros. Me he perdido tres mensajes de texto, todos de Abby.

No vienes a comer?

Mm, dónde estás?

Bram tampoco está. Qué raro ;)

Pero ahí está Bram, con una cesta de la compra en la mano, los rizos mojados y los ojos brillantes.

—Nos quedan veintisiete minutos para comer —dice—. Quizá deberíamos dividirnos para vencer.

—Tú mandas. ¿Adónde, jefe?

Me envía al pasillo de los lácteos en busca de una botella de leche.

—¿Y qué? ¿Qué has comprado? —le pregunto cuando nos reencontramos en la caja.

—El almuerzo —responde, e inclina la cesta hacia mí. En el interior hay dos tazas de plástico llenas de oreos en miniatura y una caja de cucharas de plástico.

Me entran ganas de besarlo allí mismo, delante del escáner de los códigos de barras.

Bram se empeña en pagarlo todo. La lluvia cae con fuerza pero le plantamos cara. Por fin, nos desplomamos en los asientos del coche sin respiración y cerramos las portezuelas. Me seco las gafas con los faldones de la camisa. Bram enciende el motor y el calor vuelve a inundarnos, y solo se oye el repiqueteo de las gotas contra los cristales. Se mira las manos y advierto que está sonriendo.

—Abraham —digo, solo por oír cómo suena, y noto un dolor suave debajo del vientre.

Vuelve los ojos hacia mí.

Y la lluvia crea una especie de cortina, seguramente para bien. Porque de repente estoy encima del cambio de marchas, mis manos están en sus hombros y me cuesta respirar. Solo alcanzo a ver los labios de Bram. Que se abren con suavidad en el instante en que me inclino para besarlo.

Y me siento incapaz de describirlo. Todo es silencio y presión, ritmo y respiración. Al principio no alcanzamos a vernos la nariz, pero luego por fin sí y entonces me doy cuenta de que mis ojos siguen abiertos. Así que los cierro. Y las yemas de sus dedos rozan mi nuca con un movimiento suave y constante.

Se detiene un momento y abro los ojos. Él sonríe y yo hago lo propio. Y entonces se inclina para besarme otra vez, con dulzura y la misma suavidad que una pluma. Y todo es casi demasiado perfecto. Casi demasiado Disney. Este no puedo ser yo.

Diez minutos más tarde, comemos papilla de Oreos cogidos de la mano, y es el almuerzo perfecto. Más Oreos que leche. Yo jamás me habría acordado de las cucharas, pero él sí. Cómo no.

—¿Y ahora qué? —le pregunto.

—Deberíamos volver al instituto.

—No, me refiero a nosotros dos. No sé qué quieres hacer. No sé si estás listo para salir del armario —digo, pero él golpetea los nudillos de mi mano con el pulgar y eso me desconcentra.

Por fin, deja golpetearme la mano, me mira y entrelaza los dedos con los míos. Yo me echo hacia atrás e inclino la cabeza hacia él.

—Si tú te tiras a la piscina, yo también —decide.

—¿A la piscina? —pregunto—. ¿En qué sentido? ¿En plan de novios?

—O sea, sí. Si tú quieres.

—Claro que quiero —asiento. Mi novio. Un novio de ojos castaños, redacción impecable y estrella del fútbol.

Y no puedo dejar de sonreír. Quiero decir, en ocasiones cuesta más no sonreír que hacerlo.

Esta noche, a las ocho y cinco, Bram Greenfeld ya no está soltero en Facebook; es decir, aparece la mejor noticia que se ha publicado nunca en la historia de Internet.

A las ocho y once, Simon Spier deja de estar soltero también. Lo que genera unos cinco millones de «me gusta» y un comentario instantáneo de Abby Suso: ME GUSTA ME GUSTA ME GUSTA.

Seguido de un comentario de Alice Spier: *Un momento...* *¿qué?*

Seguido de otro comentario de Abby Suso: ¡Llámame!

Le envío un mensaje de texto diciendo que hablaremos mañana. Esta noche prefiero guardarme los detalles para mí.

En lugar de hablar con Abby, llamo a Bram. O sea, apenas puedo creer que hasta ayer no tuviera su número de móvil. Responde al instante.

—Hola —dice, deprisa, con voz queda. Como si la palabra nos perteneciera.

—Qué buenas noticias hay en Facebook esta noche.

Me tiendo boca arriba en el colchón.

Su risa tranquila.

—Sí.

—¿Y ahora qué hacemos? ¿Lo llevamos con discreción? ¿O inundamos las bandejas de todo el mundo con *selfies* de besos?

—Mejor los *selfies* —opina—, pero solo unos veinte al día.

—Y tendremos que anunciar nuestro aniversario cada semana. Cada domingo.

—Sí, y cada lunes nuestro primer beso.

—Y otras veinte entradas cada noche sobre lo mucho que nos añoramos.

—Pero yo te añoro —dice.

O sea, Dios mío. Vaya semanita para estar castigado.

—¿Qué estás haciendo ahora mismo? —le pregunto.

—¿Eso es una invitación?

—Ojalá.

Se ríe.

—Estoy sentado a mi mesa del escritorio, mirando por la ventana y hablando contigo.

—Hablando con tu novio.

—Sí —dice. Le oigo sonreír—. Con él.

—Muy bien —Abby se acerca a mi taquilla—. Estoy al borde de un ataque de nervios. ¿Qué carajo está pasando entre Bram y tú?

—Yo, esto…

La miro y sonrío a la par que una ola de calor me asciende por las mejillas. Ella espera. Me encojo de hombros. No sé por qué me resulta tan raro hablar de esto.

—Ay, Dios mío. Pero ¿tú te has visto?

—¿Qué? —pregunto.

—Te has ruborizado —me pellizca los carrillos—. Lo siento, pero eres tan mono que no puedo soportarlo. Anda, vete. Márchate.

Bram y yo tenemos literatura y mates juntos, lo que más o menos equivale a dos horas mirándole los labios con anhelo y a cinco horas imaginando sus labios con anhelo. En lugar de ir a comer, nos colamos en el auditorio, y me resulta raro ver el escenario sin los decorados de *Oliver*. El festival de talentos del instituto se celebra el viernes y alguien ha colgado ya borlas doradas delante de las cortinas.

Estamos solos en el teatro, pero tanto espacio me agobia así que tomo a Bram de la mano y lo arrastro al camerino de los chicos.

—Ajá —dice mientras toqueteo el pestillo—. La actividad que tienes pensada es de las que se hacen con la puerta cerrada.

—Sí —confirmo, y lo beso.

Sus manos se deslizan hasta mi cintura y me atrae hacia sí. Me pasa unos pocos centímetros y huele a jabón Dove, y para ser alguien que aprendió el oficio de besar ayer mismo, tiene unos labios absolutamente mágicos. Suaves, dulces y lánguidos. Besa igual que canta Elliott Smith.

Y entonces sacamos sillas y yo coloco la mía de lado para poder apoyar las piernas en su regazo. Y él tamborilea con las manos en mis espinillas, y hablamos de todo un poco. De que el Pequeño Feto ya tiene el tamaño de un boniato. De que Frank Ocean es gay.

—Ah, y adivina quién era bisexual, por lo visto —dice Bram.

—¿Quién?

—Casanova.

—¿El dichoso Casanova?

—El mismo —asiente—. Según mi padre.

—¿Me estás diciendo —empiezo, y le beso el puño— que tu padre te ha dicho que Casanova era bisexual?

—Fue su reacción cuando le conté lo mío.

—Tu padre es increíble.

—Increíblemente torpe.

Me encanta su sonrisilla sarcástica. Me encanta comprobar lo cómodo que se siente conmigo. O sea, me encanta esto. Todo. Se inclina para rascarse el tobillo y noto un tirón en el corazón. Ese tono marrón dorado de su nuca.

Todo.

Floto en mi nube durante el resto del día y solo puedo pensar en él. Le envío un mensaje en cuanto llego a casa. *¡Te echooo muchoooo de menos!*

O sea, es una broma. En parte.

Me responde al instante. *¡Hoy cumplimos dos días! ¡¡¡Feliz aniversario!!!*

Su respuesta me arranca una carcajada en la mesa de la cocina.

—Estás de buen humor —observa mi madre, que acaba de entrar con *Bieber*.

Me encojo de hombros.

Ella me mira con una sonrisa de medio lado, curiosa.

—Bueno, vale, no tienes que hablar de ello si no quieres, yo solo lo digo. Si quisieras…

Dichosos psicólogos. Se acabó lo de no ponerse pesados y obsesivos.

Un coche aparca en la entrada.

—¿Nora ya está en casa? —pregunto. Es raro, pero me he acostumbrado a que no llegue hasta la hora de cenar.

Miro por la ventana y luego vuelvo a mirar. Nora está en casa. Pero ¿he visto bien el coche? ¿El conductor?

—¿Esa es Leah? —me extraño—. ¿Ha traído a Nora a casa?

—Eso parece.

—Vale, bien. Tengo que salir.

—Ah, no —replica mi madre—. Lástima que estés castigado.

—Mamá —protesto.

Me enseña las palmas de las manos.

—Estoy dispuesta a negociarlo —propone.

—¿A cambio de qué?

—Una noche de libertad a cambio de diez minutos de acceso a tu Facebook.

Jesús bendito.

—Cinco —propongo—. Y supervisados.

—Hecho —acepta—, pero quiero ver a tu novio.

Ya. Una de mis hermanas, como mínimo, está a punto de morir asesinada.

Pero antes: Leah. Corro hacia la puerta.

El rostro de Nora se vuelve de golpe a mirarme, sorprendido, pero yo sigo corriendo, entre jadeos, hacia la puerta del copiloto. Antes de que Leah pueda poner objeciones, la abro y me subo al vehículo.

El coche de Bram es viejo, pero el de Leah es una antigualla sacada de los Picapiedra. O sea, tiene radiocasete y las ventanillas se bajan a mano. Lleva una fila de afelpados personajes de comic en el salpicadero y por el suelo siempre hay papeles y botellas de refresco tirados. Y huele a popurrí de la abuela.

En realidad, como que me encanta el coche de Leah.

Ella me mira con incredulidad. En plan, olas de rabia salen proyectadas de sus ojos.

—Sal de mi coche —dice.

—Quiero hablar.

—Vale, pues muy bien. Yo no.

Me abrocho el cinturón de seguridad.

—Llévame a la Casa de los Gofres.

—¿Me tomas el puto pelo?

—Para nada.

Me recuesto en el asiento.

—Esto es un asalto en toda regla.

—Ya —digo—. Supongo que sí.

—No me lo puedo creer —sacude la cabeza. Pero un instante después arranca el coche. Mira al frente con los labios apretados y no dice ni pío.

—Ya sé que estás enfadada conmigo —empiezo.

Nada.

—Y siento lo de la excursión del otro día. De verdad que sí.

Silencio.

—¿Puedes decir algo?

—Ya estamos —detiene el coche. El aparcamiento está casi vacío—. Ve a buscar tu puto gofre o lo que quieras.

—Tú te vienes conmigo —le ordeno.

—Ya, esto… No.

—Vale, pues no vengas. Pero no voy a entrar sin ti.

—No es mi problema.

—Muy bien —digo—. Hablaremos aquí.

Me desabrocho el cinturón y giro el cuerpo hacia ella.

—No hay nada de lo que hablar.

—Y entonces, ¿qué? ¿Se acabó? ¿Ya nunca más seremos amigos?

Se echa hacia atrás y cierra los ojos.

—Ohhh, pobrecito. ¿Por qué no vas a llorarle a Abby?

—Vale, ¿va en serio? —me impaciento—. ¿Qué carajo te pasa con ella?

Intento no alzar la voz, pero estoy hablando a gritos.

—No me pasa nada con ella —replica Leah—. Es que no entiendo por qué de repente se ha convertido en nuestra amiga del alma.

—Bueno, para empezar, porque es la novia de Nick.

Leah se vuelve a mirarme a toda prisa, igual que si la hubiera abofeteado.

—Muy bien. Sigue metiendo a Nick por medio —me espeta— y así todos nos podremos olvidar de que tú también estás obsesionado con ella.

—¿Te estás quedando conmigo? Soy gay.

—¡Vale, pues platónicamente, pero estás obsesionado con ella! —vocifera—. No, si lo entiendo. Te ayuda a subir puntos.

—¿Qué?

—Mejor amiga cuatro punto cero. Ahora disponible en un puto paquete más bonito y molón que nunca.

—Oh, por el amor de Dios —exclamo—. Tú eres muy guapa.

Se ríe.

—Ya.

—En serio, para ya. Estoy hasta los cojones de esto —la miro—. No hay puntos que valgan. Tú eres mi mejor amiga.

Resopla.

—Pues lo eres. Las dos los sois. Y Nick. Los tres —insisto—. Pero nadie podría remplazarte. Tú eres Leah.

—¿Y entonces por qué se lo dijiste antes a ella? —me reprocha.

—Leah —digo.

—Es que… da igual. No tengo derecho a que me importe una mierda.

—Deja de decir eso. Tienes todo el derecho del mundo a que te importe.

Guarda silencio. Y yo hago lo propio. Entonces dice:

—Es que fue tan… yo qué sé. Saltaba a la vista que a Nick le gustaba. Nada de eso me ha pillado por sorpresa. Pero cuando se lo dijiste a ella en primer lugar, fuc rollo… No mc lo esperaba. Pensaba que confiabas en mí.

—Y confío en ti —le aseguro.

—Bueno, por lo visto confías más en ella —arguye—, y me parece alucinante, porque ¿cuánto hace que la conoces? ¿Seis meses? Nosotros nos conocemos desde hace seis años.

No sé qué decirle. Tengo un nudo en la garganta.

—Pero da igual —repite—. No puedo… ya sabes. Es cosa tuya.

—O sea —trago saliva—, sí, me costó menos decírselo a ella. Pero no se trata de que confíe más en ella o en ti ni nada de eso. Tú no tienes ni idea —me escuecen los ojos—. Es que… a ver. Te conozco desde siempre, y a Nick desde hace más tiempo aún. Me conocéis mejor que nadie. Demasiado bien —explico.

Aferra el volante y evita mis ojos.

—Quiero decir, todo. Lo sabéis todo de mí. Las camisetas de lobos. Los helados con galletas. «Boom boom pow».

Esboza una sonrisa.

—Y no, con Abby no comparto ese tipo de pasado. Precisamente por eso me resultó más fácil. Hay una parte de mí muy importante que aún no tengo controlada. Y no sé cómo encaja en mí. Cómo encajo yo en ella. Es como una nueva versión de mí mismo. Necesitaba hablar con alguien que no le diera mucha importancia —suspiro—. Pero quería decírtelo, de verdad.

—Vale.

—Es que llegó un momento en que se me hacía una montaña mencionarlo.

Clavo la vista en el volante.

—A ver, eso lo entiendo —dice por fin—. De verdad que sí. Es igual que cuando te guardas algo. Cuanto más tiempo pasa, más te cuesta hablar de ello.

Nos quedamos callados un momento.

—¿Leah?

—¿Sí?

—¿Qué pasó con tu padre?

Apenas puedo respirar.

—¿Mi padre?

Me vuelvo a mirarla.

—Bueno, es una historia rara.

—¿Sí?

—Bueno. En realidad, no. Se enrolló con un pibón de diecinueve años del despacho. Y se marchó.

—Ah. —La miro—. Leah, cuánto lo siento.

Me he tirado seis años sin hacer esa pregunta.

Dios mío, soy un capullo.

—Deja de parpadear así.

—¿Cómo?

—No te atrevas a llorar.

—¿Qué? Ni de coña.

Y es entonces cuando pierdo los papeles. Me echo a llorar a lágrima viva, a moco tendido, como un grifo abierto.

—Eres un caso, Spier.

—¡Ya lo sé! —me derrumbo sobre su hombro. Aspiro ese aroma a almendras de su champú que tan bien conozco—. Te quiero mucho, ¿sabes? Y siento mucho lo que ha pasado. Lo de Abby. Todo.

—No pasa nada.

—De verdad. Te quiero.

Se sorbe la nariz.

—Esto... ¿te ha entrado algo en el ojo, Leah?

—No. Cállate. Tú tienes la culpa.

Me enjugo los ojos y me río.

34

De: marty.mcfladdison@gmail.com
Para: hourtohour.notetonete@gmail.com
Enviado el: 29 de enero a las 17:24
Asunto: perdona no expresa ni una mínima parte

Hola, Spier,

Supongo que me odias, algo totalmente lógico teniendo en cuenta las circunstancias. No se ni cómo empezar este mensaje, así que empezaré pidiéndote perdón. Aunque sé que la palabra «perdón» se queda corta y quizá debería pedírtelo en persona, pero seguramente no quieres ni mirarme a la cara, así que no me queda otra, supongo.

En fin, no puedo dejar de pensar en la conversación que mantuvimos en el aparcamiento y lo que dijiste de que te había arrebatado algo. Y tengo la sensación, de verdad, de que te quité algo inmenso. Creo que hasta entonces no quise ni considerarlo pero, ahora que lo he aceptado, no me puedo creer que te hiciera lo que te hice. Todo. El chantaje, y tienes razón, fue chantaje. Y la entrada de Tumblr. No sé si te diste cuenta, pero la quité yo antes de que los moderadores se ocuparan de ello. Sé que eso no arregla nada pero supongo que querrás saberlo. Me reconcome el sentimiento de culpa por todo lo que pasó y ni siquiera te voy a pedir que me perdones. Solo quiero que sepas lo mucho que lo siento.

Ni siquiera sé cómo explicarlo. Lo intentaré, pero te va a parecer una idiotez, sobre todo porque lo es. En primer lugar, quiero decirte que no soy homófobo y que los gays me parecen fenomenales, o normales o lo que tú prefieras. Vamos, que no tengo ningún problema con eso.

A lo que íbamos. Mi hermano salió del armario en verano, justo antes de volver a Georgetown, y mi familia le ha dado muchísima importancia. Mis padres intentan convertirlo en algo fabuloso, así que ahora nuestra casa es una especie de utopía gay. Pero es rarísimo, porque Carter ni siquiera está aquí, y nunca habla de ello cuando viene a casa. Mis padres y yo desfilamos el día del orgullo gay de este año, y él no estaba allí, y cuando se lo conté dijo: «Ah, vale, qué bien», como si le pareciera excesivo. Y puede que fuera excesivo. Eso sucedió el fin de semana antes de que entrara en tu cuenta de Gmail. Supongo que estaba de un humor muy raro.

Pero seguramente estoy poniendo excusas, porque tal vez lo único que pasó fue que me gustaba mucho una chica y estaba desesperado. Y celoso de que una tía como Abby pudiera venirse a vivir aquí y trabar amistad contigo precisamente, que ya tenías muchos amigos, y no creo que te des cuenta siquiera de lo importante que es eso. No pretendo echarte un sermón ni insultarte ni nada parecido. Solo digo que para ti es muy fácil y que deberías ser consciente de la suerte que tienes.

En fin, no sé si me estoy explicando y es probable que hayas dejado de leer esto hace siglos, pero quiero aclararlo todo. Y, aunque ya sea tarde, te juro que lo lamento infinitamente. Da igual, dicen por ahí que estás felizmente enamorado de un tal Abraham Greenfeld y quiero que sepas que me alegro muchísimo por ti. Te lo mereces. Eres un tío alucinante, Spier, y fue superguay conocerte. Si pudiera volver atrás en el tiempo, te haría chantaje para que fueras mi amigo y lo dejaría ahí.

De todo corazón,
Marty Addison

35

El festival de talentos empieza a las siete, y Nick y yo llegamos en el instante en que bajan las luces. En teoría, Bram y Garrett están sentados en la zona del fondo, hacia el centro, y nos han guardado dos asientos. Mis ojos lo localizan de inmediato. Esta torcido en la silla, mirando la puerta, y sonríe cuando me ve.

Nos abrimos paso apretujados y yo me siento al lado de Bram, junto a Nick. Garret está al otro lado.

—¿Eso es el programa? —pregunta Nick, que se ha inclinado por delante de mí.

—Sí. ¿Lo quieres? —dice Garrett al tiempo que le pasa un cilindro de papel ya bastante arrugado.

Nick repasa la lista de actuaciones. Sé que está buscando a Abby.

—Me juego algo a que sale la primera o la última —aventuro.

Él sonríe.

—La penúltima.

Y la sala se oscurece del todo.

La charla del público languidece cuando el escenario se ilumina y Maddie, una alumna del consejo estudiantil, toma el micrófono. Yo me inclino hacia Bram. Y, como está tan oscuro, le poso la mano en la rodilla. Noto cómo se desplaza una pizca cuando entrelaza los dedos con los míos. Me levanta la mano y aprieta los labios contra el borde de mi mano.

Los deja ahí un momento. Y yo noto ese tirón trémulo debajo del ombligo.

Luego deja caer nuestras manos entrelazadas otra vez en su regazo. Y si tener novio es así, no sé por qué, en el nombre de Dios, he esperado tanto tiempo.

En el escenario, las actuaciones se suceden, una chica detrás de otra. Todas enfundadas en vestiditos cortos. Todas cantando temas de Adele.

Y entonces le toca a Abby, que surge del fondo arrastrando un atril negro, muy fino, hasta dejarlo al borde del escenario. Miro de reojo a Nick, pero él no me ve. Tiene la mirada fija al frente, arrebatado, erguido y con una sonrisa incipiente en los labios. Una rubia de cuarto se acerca con un violín y una partitura. Se encaja el violín debajo de la barbilla y mira a Abby. Esta asiente y aspira, visiblemente. Y la violinista empieza a tocar.

Es una versión rara, casi triste, de «Time after time». Los movimientos de Abby expresan cada nota. Nunca había visto a nadie bailar a solas, aparte de los bochornosos numeritos que se montan en los bar mitzvá. Al principio, carezco de punto de referencia. En un baile grupal, te puedes guiar por la sincronía. Pero Abby controla sus propios movimientos; y, pese a todo, cada paso y cada gesto transmiten intención, brillo y autenticidad.

Me fijo en cómo la mira Nick; no puedo evitarlo. A lo largo de todo el número, sonríe en silencio contra su puño.

Abby y su violinista terminan ante un público admirado y sorprendido, y entonces el telón cae parcialmente mientras montan el escenario para la actuación final. Sacan una batería, así que deduzco que un grupo está a punto de tocar. Maddie toma el micro e informa largo y tendido de los modos diversos en que se pueden donar fondos al consejo estudiantil. Se oyen notas de guitarra y golpes de batería a medida que la banda se conecta y prueba los instrumentos.

—¿Quiénes son? —le pregunto a Nick.

Mira el programa.

—Se llaman Emoji.

—Qué mono.

La cortina se abre delante de cinco chicas pertrechadas con instrumentos. Lo primero que me llama la atención es el colorido. Todas lucen distintos estampados de colores tan chillones que podrían pasar por una banda de punk rock. En ese momento, la batería arranca con un ritmo rápido y sincopado.

Y entonces me percato de que la percusionista es Leah.

Me he quedado sin palabras. La melena le cuelga por debajo de los hombros y mueve las manos a una velocidad supersónica. Y entonces entran los demás instrumentos: Morgan al teclado y Anna al bajo. Taylor canta.

Y mi hermana Nora toca la guitarra, tan tranquila y segura de sí misma que me cuesta reconocerla. Ni siquiera sabía que hubiera reanudado las clases.

Bram me mira y se echa a reír.

—Simon, vaya cara.

Hacen una versión de «Billie Jean», de Michael Jackson, y no os engaño. Es brutal. Las chicas se levantan y se ponen a bailar en los pasillos. Y entonces, sin detenerse, cambian a «Just like heaven», de The Cure. Taylor canta con una voz dulce y aguda, nada forzada, perfecta a su manera. Pero yo sigo anonadado. Apenas puedo asimilarlo.

Bram tenía razón: las personas son como casas con enormes habitaciones y minúsculas ventanas. Y quizá sea bueno eso de que nunca dejemos de sorprendernos mutuamente.

—Nora no toca mal, ¿eh? —dice Nick, que se ha inclinado hacia mí.

—¿Tú lo sabías?

—Llevo meses dándole clases. Pero me pidió que no te lo dijera.

—¿De verdad? ¿Por qué?

—Porque sabía que harías una montaña —responde.

O sea, mi familia es así. Todo es un dichoso secreto, porque le damos una enorme importancia a cualquier cosa. Siempre estamos saliendo del armario.

—Mis padres se van a poner furiosos cuando se enteren de lo que se han perdido.

—No, yo los he traído —confiesa Nick a la vez que señala al otro lado del pasillo. Veo sus cabezas un par de filas por delante de la nuestra. Están recostados entre sí con las cabezas juntas. Y entonces me fijo en la mata de cabello rubio oscuro de la persona que mi madre tiene al lado. Es raro, pero me recuerda mucho a Alice.

Nora esboza su amago de sonrisa y lleva el pelo suelto y ondulado, y noto una especie de nudo en la garganta.

—Pareces muy orgulloso —susurra Bram.

—Sí, estoy flipando.

Entonces la mano de Nora se detiene sobre la caja de la guitarra, Taylor deja de cantar y todo el mundo enmudece, excepto Leah, que adopta esa expresión suya, entre mosqueada y resuelta. Y se lanza a tocar el solo más cañero y alucinante que he oído jamás. Tiene la mirada fija, las mejillas arreboladas y está preciosa. Si se lo dijera, no me creería.

Me vuelvo a mirar a Bram, pero se ha girado hacia el otro lado, de cara a Garrett, y veo en sus mejillas que está sonriendo. Garrett niega con la cabeza, sonríe a su vez y dice:

—No quiero oírlo, Greenfeld.

La canción termina y el público estalla en aplausos mientras las luces de la sala se encienden. La gente empieza a dirigirse hacia la salida y los dejamos pasar. Abby acude a reunirse con nosotros de inmediato. En ese momento, un chico de pelo castaño con una barbita rojiza recorre la fila vacía que tenemos delante y me sonríe.

—Deduzco que tú eres Simon —dice.

Yo asiento, desconcertado. Él también me suena de algo, la verdad, pero no acabo de ubicarlo.

—Hola. Soy Theo.

—Theo, o sea… ¿el Theo de Alice?

—Algo así —asiente sonriendo.

—¿Ha venido? ¿Qué haces tú aquí? —Mis ojos se desplazan instintivamente a los asientos que ocupaban mis padres hace un momento, pero su fila ya está vacía—. Encantado de conocerte —añado.

—Lo mismo digo. Mira, Alice está en el vestíbulo, pero me ha dado un recado para ti y, esto, Bram.

Bram y yo intercambiamos una mirada, mientras Nick, Abby y Garrett lo observan todo con interés.

—Vale —prosigue—. Quiere que te diga que tus padres están a punto de invitarte a un sitio llamado Varsity y tú tienes que decir que no puedes ir. Las palabras mágicas son que tienes muchos deberes.

—¿Qué? ¿Por qué?

—Porque —explica Theo a la par que asiente—, por lo visto, se tarda media hora en llegar y media hora en volver, más todo el tiempo que lleva pedir los platos y cenar.

—Y ya te digo que vale la pena —le informo—. ¿Has probado el sorbete de naranja?

—Pues no —responde—. Aunque, si te soy sincero, he pasado un total de cinco horas en Atlanta en toda mi vida. Hasta ahora.

—¿Pero por qué no quiere que vaya?

—Porque quiere que tengáis la casa para vosotros solos durante dos horas.

—Ah.

Me arden las mejillas. Nick resopla.

—Sí —dice Theo, y sonríe a Bram un instante—. Así pues, os veo ahí fuera.

Se aleja hacia el vestíbulo.

Miro a Bram, cuyos ojos brillan con aire travieso y una expresión nada propia de él.

—¿Tú estabas en el ajo?

—No —responde—, pero apoyo la propuesta.

—A ver, es un poco raro que mi propia hermana lo haya organizado todo.

Sonríe a la vez que se muerde el labio.

—Pero genial —reconozco.

Así pues, nos encaminamos al vestíbulo, y enfilo directamente hacia Alice. Bram se queda algo apartado con Nick, Abby y Garrett.

—No me puedo creer que estés aquí.

—Bueno —dice—, el pequeño Nick Eisner me insinuó que algo grande se avecinaba. Pero siento haberme perdido la obra de la semana pasada, canijo.

—No pasa nada. He conocido a Theo —la informo, bajando la voz—. Es muy enrollado.

—Ya, ya. —Sonríe turbada—. ¿Cuál es el tuyo?

—El de la chaqueta gris con cremallera, al lado de Nick.

—Te estoy engañando. Lo he buscado en Facebook —confiesa, y me abraza—. Es monísimo.

—Ya lo sé.

En ese momento se abren las puertas y las chicas de Emoji entran en el vestíbulo. Nora grita cuando nos ve, en serio.

—¡Allie! —se abalanza sobre ella—. ¿Qué haces aquí? ¿Por qué no estás en Connecticut?

—Porque eres una estrella del rock —le suelta Alice.

—Qué va —replica Nora, resplandeciente.

Mis padres la obsequian con el ramo más doctor Seuss del mundo y pasan cinco minutos elogiando con entusiasmo su talento como guitarrista. Y luego se dedican a alabar al resto de la banda y a Abby, así que al final formamos un grupo enorme. Y Nora está hablando con Theo, mis padres le estrechan la mano a Bram, y Taylor y Abby acaban abrazándose. Es una escena surreal y maravillosa.

Me acerco a Leah, que sonríe y se encoge de hombros. Así que la estrujo entre mis brazos.

—Eres la puñetera ama —le digo—. No tenía ni idea.

—Me han prestado la batería del instituto. He aprendido por mi cuenta.

—¿Desde cuándo?

—Llevo practicando un par de años.

Me limito a mirarla. Se muerde el labio.

—Soy alucinante, ¿no? —pregunta.

—Sí —exclamo. Y lo siento, pero vuelvo a abrazarla. No puedo evitarlo.

—Vale ya —dice, a la par que se retuerce para liberarse. Pero sé que está sonriendo.

Así que le planto un besito en la frente y ella se pone como un tomate. Cuando Leah se sonroja es brutal.

Y entonces mis padres se acercan para proponernos que vayamos a celebrarlo a Varsity.

—Tengo un montón de deberes. Será mejor que vuelva a casa —alego.

—¿Seguro, hijo? —pregunta mi padre—. ¿Quieres que te traiga un sorbete de naranja?

—O dos —sugiere Alice. Y sonríe.

Alice me dice que deje el teléfono conectado, para poder avisarme cuando vayan de camino a casa.

—Y no te olvides de los sorbetes.

—Simon, creo que a eso se le llama nadar y guardar la ropa.

—Bien grandes —insisto—. En vasos de *souvenir*.

Debe de haber aún unas cien personas caminando hacia el aparcamiento. Yo volveré en coche con Bram. Hay demasiada gente para ir de la mano. Porque estamos en Georgia. Así que camino a su lado, dejando un hueco entre los dos. Como un par de amigos que salen un viernes por la noche. Salvo porque el aire que nos rodea echa chispas.

Bram ha dejado el coche en una de las plantas del aparcamiento, en el nivel superior. Desbloquea el auto desde el final de las escaleras y yo rodeo el vehículo para abrir la puerta del copiloto. En ese momento, ruge el motor del coche de al lado y doy un respingo. Espero a que se aleje antes de abrir mi portezuela, pero el conductor no tiene prisa. Miro por la ventanilla y descubro que se trata de Martin.

Nos miramos a los ojos. Me sorprende verlo aquí, porque hoy no ha ido a clase. Eso significa que no lo he visto desde que me envió el email.

Se atusa el pelo y como que tuerce los labios.

Y yo como que lo miro.

No he contestado a su mensaje. Aún no.

No sé.

Pero hace un frío que pela, así que me subo al coche y luego miro por la ventanilla cómo Martin se aleja.

—¿Está bastante caliente el coche? —pregunta Bram. Asiento—. Bueno, supongo que vamos a tu casa.

Parece nervioso, y eso me pone nervioso a mi vez.

—¿Te parece bien?

—Sí —dice, y me mira un instante—. O sea, sí.

—Vale. Sí —digo. Y el corazón sc mc dcsboca.

Cuando entro en el recibidor con Bram me siento como si viera mi casa por primera vez. La cómoda pintada de cualquier manera, apoyada contra la pared, rebosante de catálogos y propaganda. Un horripilante dibujo enmarcado de Alvin y las ardillas que Nora hizo en preescolar. Suena un golpe sordo cuando *Bieber* salta del sofá, seguido de un tintineo y un repiqueteo de uñas cuando corre hacia nosotros.

—Vaya, hola —dice Bram, que prácticamente se ha acuclillado—. Ya sé quién eres.

Bieber lo saluda con pasión, todo lengüetazos, y Bram ríe sorprendido.

—Nos provocas esa reacción —le explico.

Le planta un besito a *Bieber* en la nariz y me sigue al salón.

—¿Tienes hambre? —le pregunto—. ¿O sed?

—No, gracias —responde.

—Creo que hay Coca-cola. —Me muero de ganas de besarlo. No sé por qué estoy remoloneando—. ¿Quieres ver algo?

—Claro.

Lo miro.

—Yo no.

Se ríe.

—Pues no veamos nada.

—¿Te enseño mi habitación?

Esboza otra vez esa sonrisa traviesa. Así pues, puede que sí sea propia de Bram. Es posible que aún lo esté desentrañando.

Fotografías enmarcadas cubren la pared de la escalera y Bram se detiene a mirarlas todas.

—El famoso disfraz de cubo de basura —comenta.

—El momento estelar de Nora —replico—. Había olvidado que lo sabías.

—Y este eres tú con el pez, ¿no? Emocionado a más no poder.

En la foto, tengo seis o siete años, estoy quemado por el sol y me alejo cuanto puedo del pescado que cuelga de un bramante de mi mano. Parezco a punto de estallar en lágrimas horrorizadas.

—Siempre me ha encantado pescar —digo.

—No me puedo creer que fueras tan rubio.

Cuando llegamos a lo alto de las escaleras, me toma la mano y me la aprieta.

—Estás aquí de verdad —observo a la par que sacudo la cabeza—. Bueno, aquí es.

Abro la puerta e intento apartar la ropa con el pie.

—Perdona por… el desastre.

Hay un montón de ropa sucia junto al cesto vacío y una pila de ropa limpia al lado del armario desierto. Libros y papeles por todas partes. Una bolsa vacía de pececitos salados en el escritorio, junto a un despertador de Jorge, el Curioso estropeado, el portátil y un brazo de robot de plástico. La mochila en la silla del escritorio. Portadas de vinilos enmarcadas en la pared, torcidas.

Pero la cama está hecha. Así que nos sentamos en ella, apoyados contra la pared con las piernas estiradas.

—Cuando me escribes —pregunta—, ¿desde dónde lo haces?

—Normalmente desde aquí. A veces desde el escritorio.

—Ah —dice, asintiendo al mismo tiempo. En ese momento me inclino hacia él para besarle el cuello con suavidad, justo debajo de la mandíbula. Se vuelve hacia mí y traga saliva.

—Hola —digo.

Sonríe.

—Hola.

Y entonces le doy un beso de verdad, y él me lo devuelve, y me estruja el cabello con el puño. Y nos besamos como si eso fuera respirar. Noto mil mariposas en el estómago. Y no sé ni cómo acabamos en posición horizontal, sus manos alrededor de mi espalda.

—Esto me gusta —digo, y mi voz suena como un jadeo—. Deberíamos hacerlo cada día.

—Vale.

—No hagamos nada más. Ni ir a clase. Ni comer. Ni hacer los deberes.

—Iba a proponerte que fuéramos al cine —confiesa con una sonrisa. Cuando él sonríe, yo sonrío.

—Nada de cines. Odio el cine.

—¿En serio?

—En serio, en serio. ¿Para qué quiero ver cómo se besan otras personas —digo— si puedo estar besándote a ti?

Y eso es algo que no me puede refutar, supongo, porque me atrae hacia sí y me besa con pasión. Y de golpe estoy empalmado, y sé que él también lo está. Es emocionante, extraño y absolutamente aterrador.

—¿En qué estás pensando? —pregunta Bram.

—En tu madre.

—Noooo —responde entre risas.

Pero la verdad es que sí. Particularmente, en la norma: «todas y cada una de las veces, incluido el sexo oral». Porque acabo de darme cuenta de que esa regla podría referirse a mí. Algún día. En su momento.

Le planto un besito en los labios.

—De verdad que me gustaría llevarte a alguna parte —insiste él—. Si no odiaras el cine, ¿que película te gustaría ver?

—Cualquiera.

—Pero seguramente una historia de amor, ¿verdad? Algo rollo Simon, con un final feliz.

—¿Por qué nadie se cree que soy un cínico?

—Esto… —se ríe.

Relajo el cuerpo encima del suyo, la cabeza enterrada en el hueco de su cuello.

—Me gustan las historias sin final —comento—. Me gustan esas que no acaban.

Él me estrecha con más fuerza, me besa la coronilla y nos quedamos allí tendidos.

Hasta que mi teléfono vibra en el bolsillo trasero de los vaqueros. Alice. *Estamos en la autopista. Prepárate.*

Recibido. Gracias, James Bond. Apoyo el móvil en el pecho de Bram mientras escribo.

Le doy otro beso rápido. Nos levantamos y nos desperezamos. Y luego pasamos un rato en el baño, por separado. Para cuando mi familia llega a casa, estamos sentados en el dos plazas del salón con un montón de libros de texto entre los dos.

—Ah, hola —digo, al tiempo que alzo la vista de una hoja de ejercicios—. ¿Qué tal ha ido? Bram se ha venido a estudiar conmigo, por cierto.

—Y estoy segura de que habéis aprovechado el tiempo —observa mi madre. Yo aprieto los labios. Y Bram suelta una tosecita.

Deduzco, a juzgar por su expresión, que se avecina una conversación. La típica charla incómoda sobre lo que implica estar castigado. Mi madre hará una montaña.

Pero quizá tenga razón por una vez. Puede que esto sea una montaña híper mega supergigante.

Y quizá yo quiera que lo sea.

Agradecimientos

Son muchísimas las personas que han dejado su hermosa huella en este libro y que merecen más agradecimiento y reconocimiento del que yo podría expresar jamás. Estoy eternamente agradecida a…

…Donna Bray, mi genial editora, que conecta de maravilla con el sentido del humor de Simon y que conoce esta historia del derecho y del revés. Gracias por adorar y aceptar a Simon desde el primer día. Quedé anonadada por la profundidad, estructura y sabiduría de tus comentarios. Mejoraron este libro hasta extremos que no creía posibles.

…Brooks Sherman, mi extraordinario agente, que fue el primero en creer en este libro y que lo vendió en cuatro días como todo un ninja. Eres en parte oráculo, en parte editor, en parte psicólogo y en parte la prueba viviente de que los Slytherin son gente maravillosa. Gracias por haber defendido mi trabajo como un campeón, por ser un tío alucinante y un amigo increíble.

…Viana Siniscalchi, Emilie Polster, Stef Hoffman, Caroline Sun, Bethany Reis, Veronica Ambrose, Patty Rosati, Nellie Kurtzman, Margot Wood, Alessandra Balzer, Kate Morgan Jackson, Molly Motch, Eric Svenson y el resto del equipo de B+B y Harper, por vuestro infinito entusiasmo y durísimo trabajo (y a Suman Seewat por impulsarme con tanta fuerza en Harper Canadá). Muchas gracias, también, a Alison Klapthor y Chris Bilheimer por la portada de mis sueños.

…el increíble y sorprendentemente cooperativo equipo de Bent Agency, sobre todo a Molly Ker Hawn y Jenny Bent. Gracias, también, a Janet Reid y a la banda de Fine-Print; y a Alexa Valle, que siguió dando guerra. También estoy muy agradecida a mi maravillosa agente de prensa, Deb Shapiro.

…el brillante y entregado equipo de Penguin/Puffin Reino Unido, incluidos Jessica Farrugia Sharples, Vicky Photiou, Ben Horslen y sobre todo Anthea Townsend (un aplauso para ella). Gracias de todo corazón, también, a todos los equipos editoriales extranjeros por haber creído en este libro y haber trabajado tan duro para conseguir que viera la luz al otro lado del charco.

…Kimberly Ito, mi primera lectora y mi Blue platónico. Jamás podré agradecerte lo suficiente tu sabiduría, apoyo y sentido del humor.

…Beckminavidera (que incluye a los siguientes genios: Adam Silvera, David Arnold y Jasmine Warga.) Colarme en vuestra secta es lo más inteligente que he hecho en mi vida. ¿Cómo habría sobrevivido sin nuestras inolvidables conversaciones por email, nuestros debates sobre las galletas Oreo y la adoración que sentimos por Elliott Smith?

…Heidi Schultz, por su infinita sabiduría y por unos postres para chuparse los dedos.

…el club de escritores de Atlanta, por la oportunidad de asistir a vuestras extraordinarias conferencias y grupos de crítica; sobre todo a George Weinstein y a las hilarantes y brillantes mentes del equipo Erratica: Chris Negron, Emily Carpenter y Manda Pullen.

…los Fearless Fifteeners y muchos otros amigos de la comunidad de escritores que se rieron conmigo, me apoyaron, me aconsejaron y me mantuvieron cuerda. Muchas gracias también a los increíbles libreros, blogueros, editores y vendedores, cuyo apoyo me sigue pasmando; unas cuantas Oreos extra para Diane Capriola. Gracias por hacerme sentir bienvenida a esta comunidad desde el primer día.

…mis héroes, Andrew Smith, Nina LaCour, Tim Federle y Alex Sanchez, que me dejaron patidifusa con sus libros y lo volvieron a hacer cuando elogiaron el mío.

…los brillantes adolescentes, niños, adultos y familias con los que he trabajado a lo largo de mi carrera como psicóloga clínica. Doy las gracias especialmente a los alumnos de Kingsbury, que nunca permitieron que me sintiera mayor o fuera de onda.

…los maravillosos profesores que he tenido a lo largo de los años, sobre todo Molly Mercer, por ser más que relativamente enrollada, además de la mejor y más importante profesora de mi vida.

…mis amigos de teatro del instituto Riverwood, cuya influencia en mi vida y en este libro no se puede expresar con palabras (sobre todo Sarah Beth Brown, Ricky Manne y Annie Lipsitz). Gracias, también, a los muchos amigos que me inspiraron y me apoyaron más de lo que nunca sabrán: Diane y toda la familia Blumenfeld, Lauren Starks, Jaime Hensel y toda la familia Hensel, Jaime Semensohn, Betsy Ballard, Nina Morton, los Binswanger, los Shuman y tantos otros… y a las mamás de Takoma, que me han salvado la vida en millones y millones de ocasiones.

…a mi familia: Molly Goldstein, Adele Thomas, Curt y Gini Albertalli; además de muchos otros Goldstein, Albertalli, Thomas, Bell, Berman, Wechsler, Levine y Witchel. Gracias, también, a Gail McLaurin y Kevin Saylor por su apoyo constante. Y por fin, muchísimas gracias a mi madrastra, Candy Goldstein, y a mis hermanastros, William Cotton y Cameron Klein.

…Eileen Thomas, mi madre, que siempre hace una montaña de mi vida; a Jim Goldstein, el padre enrollado, cañero y hípster original; mi hermana, Caroline Goldstein, que arrasó con su disfraz de cubo de basura en Purim; y a mi hermano, Sam Goldstein, que siendo un niño de preescolar escribía unos relatos inspirados en Pokémon mejores (y todavía más malsonantes) que nada de lo que yo escribiré nunca.

…mis hijos, Owen y Henry Albertalli, a los que amo absoluta y arrebatadoramente. Descubrir quiénes sois y veros crecer son los grandes privilegios de mi vida.

…mi marido, Brian Albertalli, que es mi mejor amigo del mundo y mi cómplice del delito, y que posee la otra mitad de mi cerebro. Si no fuera por ti, no habría libro que valiera. Tú eres la orilla a la que vale la pena nadar. Tú eres mi montaña.

…Edgardo Menvielle, Cathy Tuerk, Shannon Wyss y muchos otros psicólogos y voluntarios que cambian vidas a diario gracias al programa de género y sexualidad del Centro Médico Nacional Infantil. Gracias por lo que hacéis y por recibirme con los brazos abiertos.

…y a los extraordinarios niños y adolescentes LGBT y de géneros no conformistas que forman parte de mi vida (y a sus extraordinarias familias). Vuestra sabiduría, sentido del humor, creatividad y valor me maravilla. Seguramente ya lo habréis adivinado, pero he escrito este libro para vosotros.

PUCK

AVALON

Libros de *fantasy* y *paranormal* para jóvenes con los que descubrir nuevos mundos y universos.

LATIDOS

Los libros de esta colección desprenden amor y romance. Ideales para los lectores más románticos.

LILIPUT

La colección para niños y niñas de 9 a 14 años, con historias llenas de aventuras para disfrutar de verdad de la lectura.

SERENDIPIA

Una serendipia es un hallazgo inesperado y esto es lo que son los libros de esta colección: pequeños tesoros en forma de historias contemporáneas para jóvenes.

SINGULAR

Libros *crossover* que cuentan historias que no entienden de edades y que puede disfrutar tanto un niño como un adulto.

¿Cuál es tu colección?

Encuentra tu libro Puck en:

www.mundopuck.com

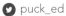 puck_ed

mundopuck

ECOSISTEMA DIGITAL